FLORIAN SCHERZER

ZEPPELINPOST

ROMAN

HIRSCHKÄFER
verlag

1. Auflage, September 2019

Text, Gestaltung: Florian Scherzer

Gedruckt in der EU

ISBN 978-3-940839-62-6

Besuchen Sie uns im Internet:

www.hirschkaefer-verlag.de

Mit Liebe gemacht.

Für meine Familie:
Lara, Dominique, Martina, Klaus, Daniel, Valentin, Juliana, Annick

Benjamin, Martin A, Martin B, Markus
(nicht zu vergessen)

1. Zeppelinstraße
2. Lilienstraße
3. Hinterbärenbad
4. Frühlingsanlagen/Schyrenbad
5. Erhardstraße
6. Arndthof
7. Lindwurmstraße/Sendling
8. Zenettistraße
9. Viktualienmarkt
10. Café Tambosi/Anast
11. Englischer Garten
12. Kiensinsel in der Isar
13. Künstlerflohmarkt
14. Salvatorplatz
15. Tal
16. Richtung Moosburg
17. Hauptbahnhof
18. Donnerbergerstraße
19. Bürgerbräukeller
20. Osteria Bavaria

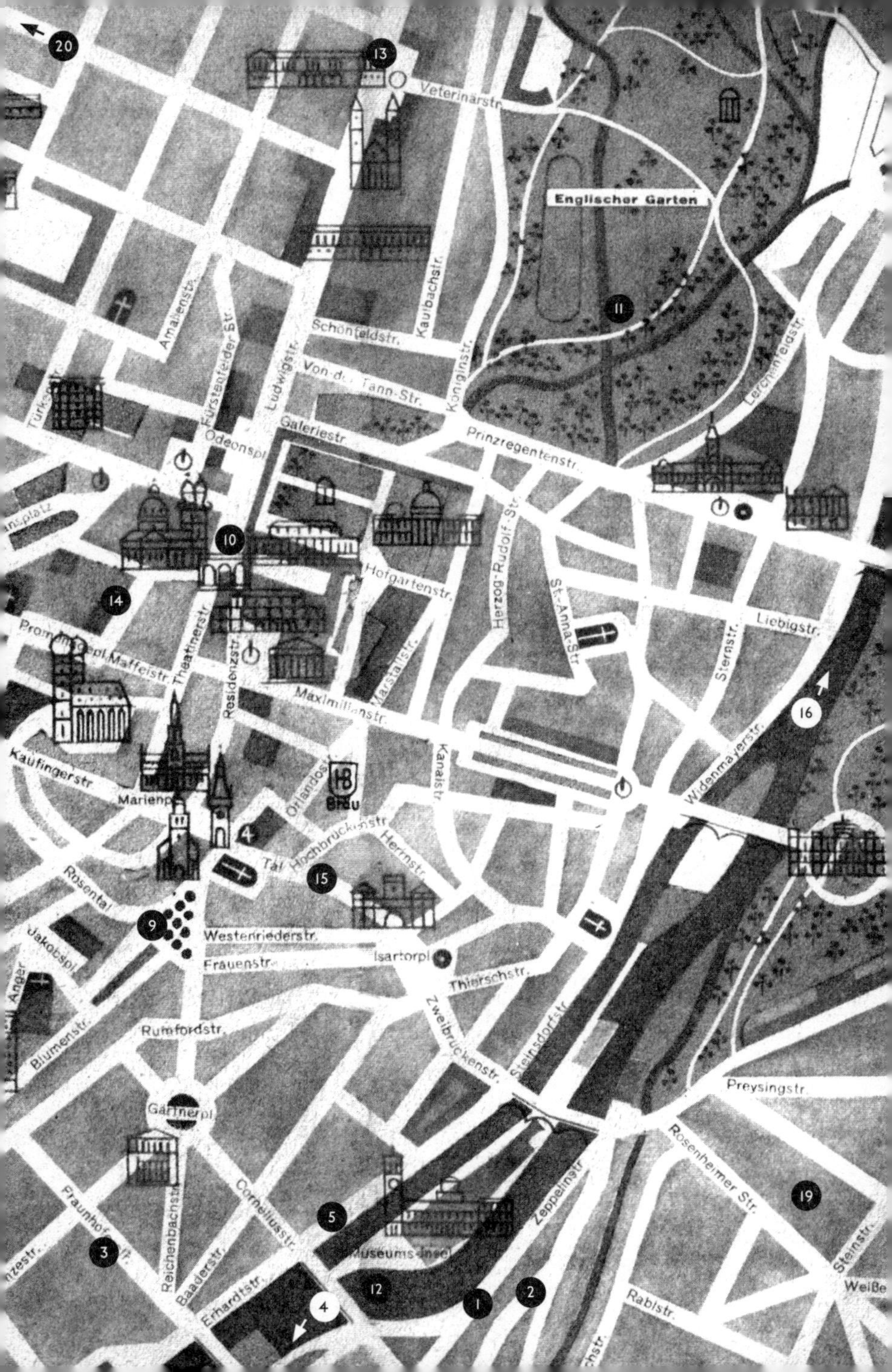

20
13
Veterinärstr.
Englischer Garten
11
Amalienstr.
Fürstenfelder Str.
Ludwigstr.
Schönfeldstr.
Kaulbachstr.
Königinstr.
Von-der-Tann-Str.
Galeriestr.
Odeonspl.
Prinzregentenstr.
Lerchenfeldstr.
10
14
Hofgartenstr.
Herzog-Rudolf-Str.
St.-Anna-Str.
Liebigstr.
Sternstr.
Theatinerstr.
Residenzstr.
Marstallstr.
Maffeistr.
Maximilianstr.
Kanalstr.
Widenmayerstr.
16
Kaufingerstr.
Orlandostr.
Bräu
Hochbrückenstr.
Herrnstr.
4
Tal
15
Rosental
9
Westenriederstr.
Frauenstr.
Isartorpl.
Thierschstr.
Jakobspl.
Anger
Blumenstr.
Rumfordstr.
Zweibrückenstr.
Steinsdorfstr.
Preysingstr.
Gärtnerpl.
Rosenheimer Str.
19
Corneliusstr.
Reichenbachstr.
Zeppelinstr.
5
Museums-Insel
3
Baaderstr.
12
Erhardtstr.
4
1
2
Rablstr.
Steinstr.

Erster Teil

Therese, nur du hast mir das letzte Jahr lebenswert gemacht.
Verzeih, dass ich dich töten musste.

Im Jahr 1997 wurde das sogenannte Karl-Valentin-Haus in der Zeppelinstraße 41 im Münchner Viertel Au renoviert. Dabei wurde in einem Kellerabteil des Vorderhauses neben vielen anderen Gegenständen, Möbeln und Müll aus den über hundert Jahren davor, ein ramponierter Schreibtisch gefunden. Der Entrümpler hielt ihn für wertlos und verkaufte ihn zusammen mit einigen anderen Möbeln aus dem Haus für zehn Mark weiter. Der Tisch landete in der Werkstatt des Restaurators Kagerer in der Rumfordstraße und wartete dort über zwanzig Jahre darauf, weggeworfen oder hergerichtet zu werden.

Als es endlich soweit war, begann der Restaurator als Erstes damit, die stark verklemmte Schublade mühselig herauszulösen. In der Hoffnung, dort einen kleinen Schatz zu finden. Münzen oder alte Geldscheine, die sich noch an Sammler verkaufen ließen. Das passierte nicht gerade selten. Zwar eher in Nachtkästchen oder Bettgestellen als in Schreibtischen, aber man wusste ja nie. Schließlich konnte man es sogar klappern hören, wenn man den Tisch rüttelte. In der Schublade war aber nichts als ein einzelner sehr dicker Briefumschlag mit vielen maschinengeschriebenen Seiten darin. Zwischendrin hand- und maschinengeschriebene Briefe, an deren Rand kleine Zettel geklebt waren, die offenbar einzelne Passagen der Briefe kommentierten. Das Kompendium war die ausführliche Lebensbeichte eines Carl Dürrnheimer. Die eigentlich viel interessantere Geschichte aus dem Haus in der Zeppelinstraße 41. Spannender als die Lausbubengeschichten aus der Jugend von Karl Valentin. Aber dafür deutlich weniger lustig.

Kagerer schenkte das Bündel Papier meinem Cousin, als er ihm den aufpolierten Schreibtisch für sein erstes Büro abkaufte. Der schenkte es mir, weil »du dich doch für so Historisches interessierst«. Ich las es und wollte meine Facharbeit am Gymnasium darüber schreiben. Mein Geschichtslehrer war dagegen und ich beschloss, im Studium oder später mal irgendeine Arbeit darüber zu schreiben. Irgendwann.

Als ich viele Jahre später unseren Keller räumen musste, weil seit Jahren Abwasser ins Mauerwerk gesickert war und alles renoviert werden musste, fiel mir dieses überraschend gut erhaltene Bündel

Papier in die Hände. Gleich daneben fand ich, deutlich aufgeweichter, meinen Collegeblock mit meinen sehr kryptischen Aufzeichnungen von damals, als ich noch dachte, dass dies das Thema meiner Facharbeit sein würde.

Mein Kind ist nun groß genug, um meistens alleine zurechtzukommen, die Frau arbeitet Vollzeit, und ich habe plötzlich Freiräume, die es mir ermöglichen, alles noch einmal von Neuem anzusehen, zu lesen und dieses Buch daraus zu machen:

Zweiter

Teil

München, im April 1933

Mein Name ist Carl Dürrnheimer. 31 Jahre. Geboren am 12. Februar 1902 in Neustadt an der Haardt/Pfalz (Kgr. Bayern). Wohnhaft Zeppelinstraße 41 in München.

Ich werde in den nächsten Stunden verhaftet werden und bin mir sicher, dass ich in den folgenden Wochen wegen des Mordes an meiner Verlobten Therese Aumiller zum Tode verurteilt werde. Oder zumindest zu lebenslänglich. Ich werde mich nicht gegen das Urteil wehren und während des Prozesses schweigen. Wenn es denn einen gibt. Das weiß man ja heutzutage nicht mehr. Ich habe mich zu sehr in einem undurchdringlichen Geflecht aus Geschichten und Erfundenem verstrickt, um jemals mit der Wahrheit glaubwürdig zu sein. Ich wüsste gar nicht, wie ich in dieser Situation noch meine Unschuld beweisen könnte. Das haben mir die beiden Polizisten mehr als deutlich gemacht. Es ist leichter, mich meinem Schicksal zu ergeben als zu kämpfen. Ich bin auch zu erschöpft, um mich noch groß gegen Ermittler und Staatsanwälte aufzubäumen. Mein Leben mit Therese war so erfüllt, dass es mir nicht schwerfällt, einfach auch zu verschwinden, jetzt, wo sie weg ist. Ohne Therese hat mein Leben ohnehin keinen Inhalt mehr. Das muss ich mir eingestehen. Nichts würde mein Weiterleben rechtfertigen. Was soll auch nach diesem wundervollen Jahr mit ihr noch kommen?

Ich schreibe dies, um die Wahrheit von der Seele zu haben. Ohne die Hoffnung, dass dieser Zettelhaufen jemals zu meiner Rehabilitierung beitragen könnte. Ich bin es Therese einfach schuldig, alles niederzuschreiben. Ich schreibe alles nach bestem Wissen und Gewissen auf. Aber auf mein Gedächtnis ist Verlass. Vielleicht können Sie mich ja ein klein wenig verstehen und merken, dass es Ihnen in meiner Situation nicht anders gegangen wäre.

Dritter

Teil

2

Ich wurde im Jahr 1902 als einziges Kind des Ehepaars Dürrnheimer in Neustadt an der Haardt in der bayerischen Pfalz geboren. Ich hatte wahrscheinlich eine sehr glückliche frühe Kindheit. Meine Erinnerungen daran sind natürlich sehr verschwommen und undeutlich. Deshalb weiß ich es nicht mehr so genau. Aber neben jenen an die Zeiten mit Therese, sind es die schönsten Erinnerungen meines Lebens.

Wir wohnten in einem Haus mit Garten. Die Mutter war für mich da, es gab Nachbarskinder, Tiere, eine Sandkiste und eine Teppichstange zum Turnen. Alles, was sich ein kleiner Bub wünscht. So hat es jedenfalls die Mutter immer erzählt, und so wirkt es auf den wenigen Fotografien, die von damals noch existieren. Ich selbst erinnere mich nur verschwommen an ein Versteck in einem Gebüsch, einen toten Vogel, den wir beerdigten und Lurche oder Molche in einem großen Weckglas. Eine normale Kindheit in einer frohen und zufriedenen Familie. So, wie man es den meisten Menschen wünscht.

In meinen Erinnerungen an den Vater, saß dieser immer in seinem Arbeitszimmer in der oberen Etage und erfand Kreuzworträtsel oder Zahlenrätsel für Zeitungen und Zeitschriften. Ich weiß bis heute nicht, ob das wirklich sein Beruf oder nur eine Nebenbeschäftigung war. Oder ob er mir als Kind nicht erklären konnte, was er wirklich tat. Offenbar war mit seiner Arbeit nicht viel Geld zu verdienen, denn wir verhielten uns zwar gutbürgerlich, waren jedoch in Wirklichkeit eher arm. Meine Mutter war gelernte Laborantin, aber sie kümmerte sich ausschließlich um mich, ihr einziges Kind. Vielleicht wäre es uns besser gegangen, hätte sie gearbeitet und mein Vater wäre bei mir geblieben. Sie hätte bestimmt, obwohl sie nur eine Frau war, mehr Geld nach Hause gebracht als der Vater. Meine Eltern waren sehr liebevoll und fürsorglich. Manchmal zu sehr, manchmal zu wenig. Wie die meisten Eltern wären, wenn sie könnten.

1908 mussten wir nach München ziehen. Er habe eine neue Arbeit angeboten bekommen, die er nicht ausschlagen könne, sagte der Vater. Erst große Vorfreude, dann ein Schock für ein Kind aus der Kleinstadt.

Für eines der modernen, neuen und wohlhabenden Viertel wie Schwabing reichte es natürlich nicht, deshalb zogen wir in das Arbeiterviertel Au. In die Nachbarwohnung der Wohnung, in der die Familie Fey gewohnt hatte. Die Familie des Münchner Komikers Karl Valentin. Das ganze Haus in der Zeppelinstraße, die damals noch Entenbachstraße hieß, hatte ursprünglich den Feys gehört. 1906 jedoch waren Karl Valentin und seine Mutter, nach dem Tod des Vaters und der Pleite der familiären Spedition, nach Zittau umgezogen, und das Haus gehörte von da an erst Adolf Weiß und ab 1910 Ludwig Weinberger. Das wussten weder meine Eltern noch ich. Es hätte uns auch nicht interessiert. Erst nach dem Krieg, als ich einen der Filme Valentins im Kino sah, sagte mir eine Nachbarin, dass er hier im Haus gewohnt hatte.

Als Sechsjähriger war ich begeistert, als ich während der Zugfahrt nach München erfuhr, dass wir in die Entenbachstraße ziehen sollten. Ich erinnere mich noch genau an meine Vorstellung von einem kleinen Bach voller Fische und Enten, an dessen Ufer ich mit meinen neuen Münchner Freunden spielen konnte. Und ich weiß auch noch, wie enttäuscht ich gewesen bin, als ich die graue Stadtstraße von der Droschke aus sah. Ich sei wohl in Tränen ausgebrochen und habe einige Tage durchgeweint und wollte nicht auf die Straße, so erzählte es mir meine Mutter einige Jahre später. Die Entenbachstraße wurde 1910 in Zeppelinstraße umbenannt. Das machte es aber nicht besser. Obwohl ich sagen muss, dass der Name bei dem, worüber ich hier noch schreiben werde, eine gewisse Rolle spielt. Ohne den Straßennamen hätte ich wahrscheinlich nie Zeppelinpost bekommen.

Für mich, als behüteten, verhätschelten Kleinstadt-Buben, hatte sich mit dem Umzug nach München alles geändert. Alles war komplizierter, enger, unpersönlicher geworden und machte mir Angst. Meine Eltern konnten sich deutlich weniger um mich kümmern, und obwohl der Vater wohl mehr verdiente, waren wir doch ärmer, da in München alles teurer war als in der Pfalz.

Die Au war ein zu hartes Pflaster für ein Kind wie mich. Dort lebten fast ausschließlich Arbeiterfamilien mit meistens acht Kindern oder mehr. Während wir recht komfortabel auf drei Zimmern wohnten, hausten die Nachbarsfamilien oft alle zusammen in einem oder zwei Zimmern. Ich hatte zwar nicht viel Spielzeug, konnte aber wenigstens mit meinen Bauklötzen in meinen eigenen vier Wänden spielen oder so tun, als würde ich meine Kinderbücher lesen. Alle anderen Kinder waren immer in den Treppenhäusern unterwegs oder liefen bei jedem Wetter barfuß auf der Straße und in den Höfen herum.

Die ersten Monate nach unserer Ankunft in München wollte ich nur vom Fenster zur Straße aus den Kinder unseres Viertels zusehen und nicht selbst dabei sein. Mich gruselte vor den wild anmutenden Kinderbanden, die alle keine Schuhe trugen und einen komischen, kaum verständlichen Dialekt sprachen. Da war es mir deutlich angenehmer, nur vom Fenster aus zuzusehen, als mich selbst in die Höhle der Löwen zu wagen und mitzuspielen. Ich bitte Sie, stellen Sie sich einfach mal die Kinder aus der Au vor dem Krieg vor. Wild, unbeobachtet von den Eltern, schmutzig, arm und immer hungrig. Den Grammer und den Schneider, die endlos vielen Schmadererbrüder und die

Wagners. Wunden an den Knien und Ellenbogen, ausschließlich Schimpfwörter benutzend. Wären Sie da so einfach mitgerannt? Ohne Angst? Aber was mir am meisten Respekt einflößte, waren die kahl rasierten Schädel der Buben. Läuse- und Flohprävention. Die Jungen wirkten auf mich wie die entlaufenen Sträflinge aus meinem Kinderbuch ›Der schwarze Peter‹. Ich wollte und konnte da nicht mitmachen. Vorerst, dachte ich. Irgendwann würde ich den Mut fassen und mit den fremden Kindern einfach sprechen und mitspielen. Aber das war nicht so. In diesen Wochen der Furcht legte ich den Grundstein für das Motto meiner Kindheit: Nicht dabei sein.

Als sich meine Mutter irgendwann dazu entschloss, mich auf die Straße zu zwingen, war es schon zu spät. Die anderen hatten mich im Zimmer hinter geschlossenen Fenstern sitzen gesehen, erkannt, dass ich wochenlang nicht mitspielen hatte wollen und mich aus ihrem Spielkameraden-Repertoire gestrichen. Ich weiß nicht, ob sie mich für hochnäsig oder verhätschelt oder schlichtweg uninteressant hielten. Vielleicht war es auch etwas ganz anderes.

Während sie sich die Knie aufschlugen, um Schusser wetteten und Abenteuer in den Hinterhöfen erlebten, wurde ich von keinem der Kinder in der Au überhaupt mehr wahrgenommen. Ich hatte mich irgendwann, als ich die Buben aus der Lilienstraße über unsere Hinterhofmauer klettern sah, runtergetraut und mich dazugestellt. Die Schmadererbrüder kickten einen toten Vogel hin und her, wie einen Fußball und die anderen lachten. Ich lachte mit und dachte, so das Eis brechen zu können. Aber es klappte nicht. Als die Jungen weiterliefen, rannte ich mit. Aber sie hängten mich ab. Später begegnete ich ihnen in der Zeppelinstraße wieder und fragte einen, wo sie gewesen seien. Er schaute nur zu den anderen und reagierte nicht weiter.

Ich ließ mich die ersten Wochen noch nicht entmutigen und versuchte weiterhin, Anschluss zu finden. Vergeblich. Ich durfte nicht nur nicht mitspielen, sondern wurde noch dazu nicht einmal gehänselt oder gequält, wie man es von meiner Situation als Neuer und ›Schnösel‹ mit Schuhen und Mütze hätte erwarten können. Obwohl ich das eigentlich gar nicht war. Weder graute mir vor Schmutz noch hatte ich Angst vor Abenteuern, noch sprachen wir zu Hause Altgriechisch oder Siezten uns. Ich versuchte mir immer mehr bayerische Wörter und Phrasen anzueignen, damit ich wenigstens sprachlich zu den Originalauern passte. Auch meine Schuhe versteckte ich im Keller und ging nur noch barfuß nach draußen. Meine Mutter machten meine schmutzigen Fußsohlen nicht wütend, sondern sie weckten die Hoffnung in ihr, dass ich mich langsam mit den Kindern des Viertels anfreundete. Ihr war es lieber, dass ich Freunde hatte, als dass sie sich vor dem schlechten Einfluss der Straßenbuben fürchtete. Die Kinder ignorierten mich weiter und mein Wunsch dabei zu sein, wurde immer größer und brennender. Ein einziges Mal erlebte ich so etwas wie Aufmerksamkeit. Einer der Jungen stahl mir meine Mütze vom Kopf und warf sie in einen Baum, in der Hoffnung, dass sie in den Ästen hängenblieb. Immer wieder schmiss er die Mütze hoch, bis sie sich tatsächlich irgendwo nicht allzu weit oben in einem Ast verfing. Der Bub lachte, aber als die anderen nicht mit einfielen, hörte er wieder damit auf. Als gäbe es ein ungeschriebenes Gesetz, das den Kindern der Au verbot, mich wahrzunehmen: §123 Absatz 5. Jeglicher Kontakt zu Carl Dürrnheimer ist den Kindern der Zeppelinstraße, der Lilienstraße und des Kreuzplätzchens untersagt. Bei Zuwiderhandeln werden sie mit Gruppenausschluss auf unbestimmte Zeit bestraft. Im Laufe der Zeit entwickelte ich eine regelrechte Sehnsucht danach, wieder so geärgert oder gequält zu werden wie an jenem Tag. Lieber der Depp sein als der Niemand.

Meine Mutter gab mir jeden Morgen ein Fünferl mit auf den Weg in die Schule, von dem ich mir ein Nusshörnchen kaufen konnte. So eine Art Trostpflaster, denke ich. Sie bekam ja mit, wie ich immer noch keinen Anschluss zu den anderen bekam. Das tägliche Hörnchen und mein nicht vorhandener Bewegungsdrang ließen mich dicklich werden. Aber nicht einmal mein unförmiger Körper brachte die Straßenkinder dazu, mich wahrzunehmen und zu hänseln. Wie gerne hätte ich einmal »He, schaut euch den Wambo an! Wir schmeißen ihm Steine nach, dann muss er rennen, der Gwamperte!« gehört oder wäre einmal mit Schnee eingeseift worden. Ich blieb aber stets nur der stumme Beobachter, von dem keiner zu wissen schien, dass er existierte.

Manchmal drängte ich mich den anderen Kindern sogar regelrecht auf und versuchte möglichst viel Angriffsfläche zu bieten. Ich zog bunte Hosenträger an, die ich auf dem Speicher gefunden hatte oder benutzte Ausdrücke wie ›mich dünkt‹ oder Wörter wie ›Gevatter‹. Oder ich versuchte besonders mutig und waghalsig zu sein und ließ mich extra beim Klingelputzen erwischen, um mit den Ohrfeigen, die ich von den Geärgerten bekam, anzugeben. Niemand hörte sich meine aufgeregten Erzählungen davon an. Oder ich ›stahl‹ für alle Nusshörnchen beim Bäcker (in Wirklichkeit kaufte ich sie). Sie wurden zwar gegessen, aber alle taten so, als wären die Hörnchen einfach aus dem Nichts aufgetaucht.

In der Schule war es nicht besser. Mein hochdeutsch eingefärbtes, immer ein wenig gekünstelt klingendes Bayerisch und die Tatsache, dass ich in der Schule auch im Sommer Schuhe trug, ließen meine Lehrer und die Mitschüler vermuten, dass ich aus ›gutem Hause‹ und deshalb besonders intelligent und gebildet war. Ich war aber eher unterdurchschnittlich talentiert. Noch dazu schwieg ich meistens im Unterricht und hatte keine schöne Handschrift. Ich schaffte es nur durch den Einsatz und den Ehrgeiz meines Vaters auf das Gymnasium. Der paukte den Schulstoff unter enormem Aufwand in mich hinein und dank irgendwelcher Verbindungen, die er zum Direktor des Theresien-Gymnasiums hatte, schaffte ich es dorthin. Dass er mich aufs Gymnasium schickte, machte mich aber nicht glücklicher. Es bedeutete für mich eine noch stärkere Trennung von den Kindern, die ich so gerne als Freunde gehabt hätte. Sie Volksschule, ich Gymnasium. Der Graben wurde unüberbrückbar. Immer wenn ich meinem Vater und dem endlosen Gepauke entkommen konnte, floh ich aus der engen Wohnung in die Hinterhöfe und versuchte weiterhin, mich bei den Straßenkindern des Viertels anzubiedern. Weiterhin ohne Erfolg.

3

Anfangs auf dem Gymnasium, in der Sexta, versuchte ich mich bei meinen neuen Mitschülern einzuschmeicheln. Ich wollte neu anfangen und alles anders machen als vier Jahre zuvor. Also stellte ich mich dort als verwegener Auer Bub dar, der nur zufällig auf dem Gymnasium gelandet war. Ich sprach so breit Bayerisch, wie ich nur konnte, spuckte andauernd auf den Boden und zog mich sogar so an, wie ich es bei den anderen Kindern in der Au gesehen hatte. Nur den rasierten Schädel traute ich mich nicht. Das brachte mir anfangs auch Aufmerksamkeit und einiges an Respekt. Ich erzählte von meinen Erlebnissen im Glasscherbenviertel Au, und die Kinder aus den Villen rund um die Theresienwiese machten große Augen. Ich berichtete vom Klingelputzen, vom Stehlen, von toten Tieren, die wir fanden und zerlegten und vom Bier, das wir heimlich tranken. Ein echter Gesetzloser. Damit konnte ich auch meine schlechten Noten begründen. Ich habe so viel mit meinem Rabaukentum zu tun, dass ich nicht zum Lernen komme, erzählte ich in der Klasse herum. In Wirklichkeit büffelte mein Vater viel und oft mit mir. Es brachte aber nichts. Der Aufwand, den wir für einen Vierer in Latein oder Mathematik treiben mussten, stand in keinem Verhältnis zum Ergebnis.

Zur Einschulung auf dem Gymnasium hatte mir mein Vater die Bücher von Tom Sawyer und Huckleberry Finn geschenkt. Es waren zwei der wenigen Bücher, die ich gerne und ohne dazu gezwungen zu werden las. Der Junge Tom gefiel mir, und ich wollte gerne so verwegen und beliebt sein wie er. Also verwendete ich die Geschichten, die ich wieder und wieder im Buch las und erzählte sie mit ausgetauschten Namen und Orten meinen Mitschülern am Gymnasium. Wenn ich heute so darüber nachdenke, griff ich damit dem, was achtzehn Jahre später passieren sollte vorweg. Scheinbar ein weiteres Prinzip meines Lebens. Ich erfand einen eigenen Huckleberry Finn und nannte ihn nach einem Buben aus der Lilienstraße, den ich sehr bewunderte, Grammer Georg. Indianer-Joe wurde zum zwielichtigen Juden Goldberg mit seinem koscheren Laden in der Humboldtstraße. Der entlaufene Sklave Jim aus dem zweiten Buch wurde zu einem unschuldig inhaftierten und dann entlaufenen Häftling aus Stadelheim, von dem ich in der Zeitung gelesen hatte und der in meinen Erzählungen unter der Wittelsbacherbrücke hauste. Becky Thatcher nannte ich Regina Thalhammer, wie die Tochter einer Bekannten meiner Mutter, und die Isarauen in der Flaucherwildnis wurden zu meinem Mississippi. Ich verwendete die Geschichte mit der toten Katze und dem Warzenzauber aus Tom Sawyer, dem Zaunstreichen und dem toten Muff Potter (bei mir: Matthias Pottner).

Erst als ich eines Tages erzählte, dass mein Huckleberry und ich vorhatten, Isarpiraten zu werden, wurde einer meiner Mitschüler skeptisch und brachte am nächsten Tag seine Ausgabe des Tom Sawyer mit. Er zeigte die entsprechenden Stellen in der Klasse herum. Mein Kartenhaus fiel in sich zusammen, und ich musste mich selbst ins innere Klassenexil begeben, um nicht vollends zum Klassendeppen zu werden. Diesmal war ich selbst die Ursache für meine Einsamkeit und mein Außenseitertum. Ich denke, dass es damals hätte klappen können, mit dem Anschlussfinden. Aber ich wollte zu schnell, zu viel Aufmerksamkeit und Im-Mittelpunkt-Stehen.

Die kurzzeitige Beliebtheit bei den Klassenkameraden hatte mir gezeigt, dass ich nicht ohne Beachtung leben wollte. Ich war zu allem bereit, um vom Unsichtbaren zum Sichtbaren zu werden. Ob gute oder schlechte Aufmerksamkeit spielte keine Rolle, Hauptsache ich existierte.

Das Gymnasium war dafür verbrannte Erde. Also versuchte ich mich wieder an den Kindern in der Au. Neuer Versuch, neues Glück, dachte ich, pirschte mich wieder an die Straßenbuben heran und schloss mich an meinen freien Nachmittagen und an den Sonntagen ungefragt den Buben aus der Lilienstraße, dem großen Grammer (dem Vorbild für meinen Huckleberry), seinem kleinen Bruder und dem Schweiger an. Ich beobachtete sie bei ihren Streichen und lachte lauter als die anderen darüber. Bis eines Tages etwas mit einem der wohlbehüteten Mädchen vom anderen Isarufer passierte, das so nicht hätte geschehen dürfen. Ich wollte unbedingt ein Teil der Gruppe sein. Mir war natürlich auch damals schon klar, wie falsch es war, was wir, und im Speziellen ich, dem anderen Kind antaten, aber das spielte damals für mich eine kleinere Rolle als die Aussicht auf Aufmerksamkeit und Anerkennung.

Ich weiß den Namen des Mädchens nicht mehr, aber sie lief jeden Tag um fünf Uhr nachmittags mit ihrem weißen Spitz auf dem Isarspazierweg an der Erhardtstraße entlang. Manchmal war sie alleine, manchmal lief sie mit einem anderen Mädchen, das fast genauso aussah wie sie: blonde Zöpfe, ein sauberes blaues Kleid, weiße Schürze und weiße Schuhe. Eine »Gspickte«, eine Reiche, sagte der große Grammer und »um die ist es nicht schade«. »Die nehmen wir aus, so wie ihr Vater meinen Vater ausnimmt«, sagte der Schweiger. Ob das irgendwas mit der Realität zu tun hatte und die beiden Väter in echt in einem Arbeitsverhältnis zueinander standen, wusste ich nicht. Wahrscheinlich war der Vater des Mädchens irgendwo ein Chef, der Vater vom Schweiger irgendwo anders ein kleiner Arbeiter, der lange und hart schuftete, aber zu wenig verdiente, um seine unzähligen Kinder durchzubringen. Wahrscheinlich hatten die beiden gar nichts miteinander zu tun.

Eines Tages sahen die drei Buben (immer mit mir im Schlepptau, ohne dass sie es wollten oder bemerkten), wie das

Mädchen in einem Geschäft für fünfzig Pfennige türkischen Honig kaufte. Ein sehr großes Stück. Sie packte es aus, schleckte kurz daran und verfütterte die Süßigkeit dann an den Spitz. Türkischer Honig war für Auer Arbeiterkinder ein unerschwingliches Luxusgut. Die drei Buben waren entsetzt und sich sofort einig: Für diese Verschwendung musste das Mädchen büßen! Von uns hatte noch nie einer jemals ein so großes Stück türkischen Honig in der Hand gehalten. Außerdem, dachten wir uns, wer so viel Geld für Süßigkeiten hat, hat bestimmt noch mehr. Alleine fürs Geldhaben musste sie eigentlich schon blechen. »Und Hunde, die Süßigkeiten fressen, scheißen immer weiß. Das ist noch ekelerregender als normale Hundescheiße«, sagte der Schweiger.

Der große Grammer war ein Angeber, aber gleichzeitig ein Feigling. Deshalb befahl er seinem kleinen Bruder, das Mädchen bei ihrem nächsten Spaziergang abzufangen und abzulenken. Warum er für diese undankbare Aufgabe seinen Bruder nahm und nicht mich, den Deppen aus der Zeppelinstraße, der sich als Handlanger förmlich aufdrängte, fragte ich mich schon gar nicht mehr. Es kam mir schon zu normal vor. Die beiden anderen Buben wollten, während das Mädchen nicht aufpasste, den Spitz entführen, um dann wieder über den redegewandten kleinen Bruder Lösegeld zu verlangen, »sonst landet das Viech in der Isar und dersauft«.

Alles lief zuerst wie geplant. Der kleine Grammer verwickelte das Mädchen in ein Gespräch, die beiden anderen Buben schnappten sich den Spitz und alle drei (vier, mit mir) liefen weg. Wir hörten das Mädchen noch schreien, liefen aber weiter mit dem Hund unter Schweigers Arm über die Reichenbachbrücke zurück in unser Revier.

Etwa eine Stunde später gingen wir vier mit dem Hund wieder auf das gute Isarufer. Der große Grammer und der Schweiger versteckten sich mit dem Spitz im Gebüsch. Der kleine

Grammer und ich gingen auf den Isarweg, wo wir auch auf das Mädchen trafen. »Wenn du deinen Hund wiederhaben willst, musst du uns zehn Mark geben. Anderweitig dersauft das Viech in der Isar«, rief ihr der kleine Grammer schon von Weitem zu und glaubte, dass das Mädchen sofort so viel Angst um ihr Tier haben würde, dass sie uns das Geld gleich geben würde. Wir waren uns auch sicher, dass die Kinder der Reichen immer sehr viel Geld mit sich herumtrugen. Sie war aber nicht so unbedarft, wie sie auf uns gewirkt hatte. Das Mädchen war viel selbstbewusster als wir. Sie behandelte uns nicht mit dem Respekt, den man vor gefährlichen Verbrechern hat, sondern mit der Hochnäsigkeit, mit der Menschen ihres Standes ihre ungehorsamen Dienstboten behandelten. Sie blieb ganz ruhig und drohte uns mit ihrem Vater und der Polizei und sagte: »Nichts bekommt ihr! Außer einer Tracht Prügel. Und dann bekommen eure Eltern Probleme, weil ›Eltern haften für ihre Kinder‹.« Der kleine Grammer war ratlos und bekam es mit der Angst vor seinem Vater zu tun. Sowohl wir beiden Lösegeldforderer als auch die beiden anderen im Gebüsch wussten in dem Moment nicht, wie wir weitermachen sollten. Mit dieser Reaktion hatten wir nicht gerechnet. Den Hund freilassen und weglaufen? Da witterte ich meine Chance, endlich die Aufmerksamkeit und Anerkennung der anderen Kinder zu bekommen und reagierte sofort. Ich lief zu den beiden Buben im Gebüsch, nahm ihnen den Hund ab und warf ihn in die Isar. »Wer hat jetzt ein Problem? Dein Scheißviech wohl«, schrie ich das Mädchen an.

Der Hund verschwand im kalten Wasser, die drei Buben aus der Lilienstraße rannten weg und ich hinterher.

Am nächsten Tag stand mittags ein Gendarm vor der Schule und schaute sich alle herauslaufenden Kinder an. Die drei Buben wurden sofort erkannt und bestraft. Sie mussten den Hund in Raten ersetzen (fünfundzwanzig Mark) und bekamen von den eigenen Eltern und dem Chauffeur der Familie des

Mädchens Prügel. Alle drei mussten für mehrere Monate drei Nachmittage die Woche nachsitzen und Sätze aufschreiben wie: »Ich werde nie wieder einem anderen Menschen das Haustier wegnehmen …«. Was sie dabei lernen sollten, konnte ich mir beim besten Willen nicht vorstellen. Das große ›Nie-wieder-Hunde-stehlen‹?

Der große Grammer war schon über zwölf und musste später noch für sechs Wochen in den Jugendarrest. An mich, als Hauptmörder, dachte niemand. Ich stellte mich sogar selbst dem Gendarmen im Viertel und gestand meine Hauptschuld. Der zuckte nur mit den Schultern. »Wir haben die Täter schon. Brauchst nicht den Helden zu spielen.« Im Weggehen glaubte ich ihn noch »Gschaftler« murmeln zu hören. Für die drei Buben war ich weder Verräter, noch Held. Ich blieb einfach unsichtbar. Trotz meiner Bemühungen.

4

Ungefähr ab dem Sommer des Kriegsjahres 1916 traten die Mädchen in die Leben der Auer Straßenbuben und ersetzten nach und nach Schusser, das Kicken, das Abenteuer-Erleben und die Raufereien. Vor allem Burgl Schmaderer aus der Lilienstraße. Sie war die Wildeste und Ungestümste der Auer Mädchen. Und in meinen Augen die Schönste. Natürlich war sie das nicht nur für mich. Sie war bei allen Buben des Viertels mindestens genauso begehrt. Ich denke, dass sie nicht nur besonders gut aussah, sondern auch erreichbarer als die anderen Mädchen wirkte. Während zum Beispiel die Schusteranni, die Zweithübscheste in der Au, immer schön keusch und brav tat und meistens gleich empört schrie, wenn einer einen dreckigen Witz machte, lachte Burgl mit und sah dabei auch noch schön aus. Sie war hübsch, frech und straßenschlau, aber ungebildet. Also das genaue Gegenteil von mir. Ich war nicht besonders schlau, konnte aber so wirken, als sei ich klug, aber nur weil ich von meinem Vater zur Bildung gezwungen wurde.

Burgl hatte damals immer eine Entourage von fünf, und später mit dem Reißner, sechs Buben um sich. Den Wimmer, den Kellerer, den Rosshaupt, den Grammer und den Selcheralois. Jeder der fünf gab damit an, schon mal »an ihre Duttn« gefasst zu haben oder ihre »Haare untenrum« gesehen zu haben. Besonders der Grammer und der Selcher stritten sich andauernd, wer von den beiden gerade mit ihr ging. Burgl ließ aber unser aller Vorstellungskraft heiß laufen. Sie entwickelte sich zur allabendlichen Besucherin in den Gedanken der Buben des Viertels. Auch in meinen Träumen begann Burgl regelmäßig mit ihren wachsenden Brüsten unter den immer zu kleinen, fadenscheinigen Kleidern vorbeizuschauen. Wahrscheinlich war sie bei mir am öftesten.

Irgendwann begann ich Burgl Schmaderer nicht nur in meinen Träumen heraufzubeschwören, sondern auch im echten Leben den Kontakt zu ihr zu suchen. Im Rahmen meiner Möglichkeiten natürlich. Genauso unauffällig, wie ich mich an die Buben-Cliquen des Viertels herangewanzt hatte, suchte ich jetzt die Nähe der Burgl-Gruppe.

Um die Entourage herum gab es eine weitere. Einen erweiterten Kreis der Verehrer der Verehrer. Da fiel einer mehr nicht auf. Von innen nach außen nahm die Aufmerksamkeit ab, und ich befand mich, wenn überhaupt, in der äußersten Entourage. Ich war das einzige Mitglied dieses letzten Rings um Burgl Schmaderer. So weit weg vom Kern, dass sie mich nicht mehr sehen konnte.

Mir genügte es vorerst aber. Ich konnte alles in Burgls Leben mitbekommen und sogar so tun, als würde ich es selbst miterleben. In meiner Fantasie verschwanden die anderen Entourageringe, und ich war der einzige verbleibende Mensch neben Burgl. Ich bezog jeden Satz, den sie zu einem aus dem innersten Kreis sagte, auf mich. Bei »du bist mir vielleicht einer« fühlte ich mich geneckt und bei »lass deine Bratzen fei bei dir« zog ich unwillkürlich meine Hände zurück. Wenn die Gruppe in Richtung Rosengarten ging, ging ich gedanklich neben Burgl, wenn sie sich aus der Gassenschenke ein Bier holte, trank ich es mit ihr alleine. So kam es mir zumindest vor.

Ich würde nicht sagen, dass Burgl damals zu einer Obsession wurde. Ich könnte nicht einmal sagen, dass ich in sie verliebt gewesen wäre. Aber ich begehrte ihren Körper, verklärte sie und gab ihr Charakterzüge, von denen sie wahrscheinlich nicht einmal wusste, dass sie existierten. Ich litt auch nicht unter der Realität und meiner Nicht-Existenz. Das war ich ja gewöhnt. Meine Wahrnehmung war eine andere. Eine Parallelwirklichkeit, von der nur ich ganz alleine wusste. Nur mir war klar, dass ihre Neckereien gar nicht dem Grammer galten, sondern mir. Ich lebte in einer anderen Dimension, unsichtbar für alle, außer mir selbst.

5

Ab 1917, als Folge der Schlacht an der Somme und der Offensive an der Ancre, veränderte sich die Stadt. Soldaten kehrten heim, es gab plötzlich wieder mehr Männer, und trotz Hunger und Rüben normalisierte sich der Alltag wieder etwas. Eines jedoch war neu und fiel im Stadtbild auf: Man sah immer mehr amputierte, gesichtsversehrte und geistig gestörte Kriegsheimkehrer auf den Straßen. Einarmige, Einbeinige, Kriegszitterer, Schreier und Morphinisten waren plötzlich überall. Alle mit der typischen Kriegskrüppellaufbahn: Musterung, Krieg, Schützengraben, Verletzung, Lazarett, Rekonvaleszenz, Heimkehr, Krüppel. Man sah Männer, die bettelten, aber die Sammelbecher kaum halten konnten vor Zittern, Männer, die sich zuerst ganz normal mit jemandem zu unterhalten schienen, aber auf einmal ohne Vorwarnung losschrien, Trambahnschaffner mit nur einem Arm oder Schuhputzer mit nur einem Bein. Das war zwar befremdlich, aber wir Kinder gewöhnten uns schnell daran.

Anders war es bei den Gesichtsversehrten. Männer ohne untere Gesichtshälfte, mit fehlender Schädeldecke unter dem Hut oder deformierten Gesichtern. Aber zum Glück blieben sie meistens versteckt zu Hause oder bekamen Glasaugen und Gesichtsprothesen aus Kupfer, die das Schlimmste verdeckten.

In der Straße mit dem seltsamen Namen Kreuzplätzchen lebte in der Hausnummer 1 eine Familie Reißner. Der Vater Arbeiter, die Mutter Zugehfrau auf der anderen Isarseite und fünf Söhne. Alle hatten sich freiwillig gemeldet und waren im Krieg. 1916 waren bereits vier gefallen und einer vermisst. Wenn man die Reißnerin beim Bäcker oder auf dem Markt sah, machten die meisten aus Scham einen großen Bogen um sie. Bei denen, die selber Söhne an der Front hatten, kam auch noch der Aberglaube hinzu, dass so ein großes Unglück ansteckend sein könnte. Erst als die Reißnerin Anfang des Sommers 1917 die Nachricht erhielt, dass der noch vermisste Sohn in einem Lazarett hinter der Front am Chemin des Dames aufgetaucht war, sprachen die Menschen wieder mit ihr. Manchmal aus Erleichterung, manchmal aus Pflichtgefühl und manchmal auch aus schlechtem Gewissen. Seltener sogar aus echter Freude.

Er sei versehrt, hieß es. Aber besser ein Sohn ohne Arm oder Bein als gar keiner, sagte der Reißnervater. Er tauchte zum Frühschoppen wieder beim Wirt auf und verkündete, dass ihm der eine Rückkehrersohn alle anderen vier ersetze.

Als der Sohn Franz aber im Juli wirklich am Hauptbahnhof ankam, war das ganze Viertel schockiert. Franz fehlte fast das ganze Gesicht. Nase, ein Auge, der Oberkiefer und die eine Gesichtshälfte waren quasi weg. Stattdessen war da nur eine rosig entzündete Haut. So ähnlich wie wenn man von einer Wunde den Schorf abkratzt und die Stelle darunter noch nicht ganz verheilt ist. Man hatte ihn so zusammengeflickt, dass alles wieder halbwegs funktionierte, aber menschlich war daran nicht mehr viel. Er konnte nicht richtig sprechen und schlürfte nur breiige Nahrung. Sein Gesicht war zu vernarbt und voller Wulste, als dass man ihm eine Maske hätte herstellen können. An der Stelle, an der man normalerweise ein Glasauge eingesetzt hätte, war gar kein Loch dafür da. Nur eine klumpige Narbe. Sein Anblick war so gruselig und gleichzeitig mitleiderregend, dass es selbst den frechsten Buben im Viertel die Sprache verschlug. Keiner der Halbwüchsigen, die sonst Einbeinigen aus Spaß die Krücken wegzogen oder Zitterern rohe Eier zuwarfen, die sie vor Zittern nicht fangen konnten und auf ihren Hosen landeten, hatte das Bedürfnis, Franz zu hänseln. Er bekam auch keinen Spitznamen wie all die anderen. Zitteralois, einhaxiger

Dauerläufer, Krückenhupfer, Bazfotzn oder Stotterotto. Der Franz wurde nur Franz genannt. Wer dem Franz begegnete, grüßte ihn und behandelte ihn wie eine Respektsperson. Und das, obwohl sich vor dem Krieg niemand jemals um die Reißnerkinder gekümmert hatte. Die Auer taten so, als könne man sein Gejaule und Gestammel verstehen. Der Wagnerbräu ließ eigens für ›unseren Franz‹ eine Art Krug mit Trinkvorrichtung anfertigen, damit er mit den anderen beisammensitzen und sein Bier trinken konnte. Beim Bäcker gab es nur für den Reißnersohn eine Brösel-Mischung, die er mit Milch oder Kaffee zu einem Brei verrühren konnte. Der Metzger stellte eine besonders dicke und nahrhafte Suppe für ihn her und der Obsthändler auf dem Markt hob überreife Birnen für ihn auf, aus denen sich ein Obstmus herstellen ließ. Woran es lag, dass Franz, anders als die meisten anderen Kriegsversehrten, nicht behandelt wurde wie ein Krüppel, kann ich nur vermuten. Ich denke, dass er sich einfach nie wie einer ohne Gesicht verhalten hat. Er hat immer weitergesprochen, obwohl er nicht zu verstehen war, er hat gearbeitet, um seine Eltern zu unterstützen und sich und seinen Freunden gelegentlich etwas gönnen zu können und er hat mit den Mädchen geschäkert, obwohl sie das sicher von sich aus nicht gemacht hätten. Ich wünschte, ich hätte das auch gekonnt.

Im Frühjahr 1918 spielte Franz sogar schon mit den anderen Buben Fußball, und im August saß er mit der ganzen Bande aus dem Viertel in der Grünanlage an die Isar und gehörte dazu. Von meinem Zimmer aus konnte ich manchmal das komische Geräusch hören, das er machte, wenn er lachte.

Franz wurde im Sommer 1918 zu einem echten Teil von Burgls Entourage. Obwohl er ein paar Jahre älter war als die anderen. Manchmal konnte ich die sieben hören, wenn sie die Zeppelinstraße entlangkamen und sich laut unterhielten. Oft schlich ich dann ein wenig später auch auf die Straße und lief ihnen hinterher. Wenn sie dann an die Isar gingen, setzte ich mich ein paar Meter entfernt auf eine Bank oder einfach ins Gras hinter einen Baum und schaute ihnen beim Befreundetsein zu. Ich war immer sehr vorsichtig, weil ich nicht wollte, dass sie mich sahen. Natürlich war ich neidisch. Aber nicht auf den Franz alleine. Ich träumte mich mitten in die Gruppe hinein, und manchmal fühlte es sich in meinem Versteck so an, als gehörte ich dazu.

Einmal hörte ich nur Burgls Stimme von der Straße herauf und wunderte mich, warum nur sie sprach und nicht das übliche laute Gejohle und Gerede der anderen zu hören war. Außerdem war es viel später am Tag als sonst. Fast schon Abend. Ich schaute aus dem Fenster und sah, wie Burgl nur mit Franz die Straße entlang in Richtung Frühlingsanlagen ging. Burgl alleine mit dem Monster, dachte ich. Ich ging hinterher. Man konnte ja nie wissen. Vielleicht brauchte sie ja einen Helden. Sie waren sehr vertraut und liefen nebeneinander her, als wäre Franz ein ganz normaler junger Mann und sie seine Verlobte. Sie gingen unter der Braunauer Eisenbahnbrücke hindurch immer weiter die Isar entlang bis zur Flaucherwildnis. Es wurde dämmrig und sie setzten sich auf eine Kiesbank. Es war sehr warm. Burgl hatte schon auf dem Weg aufgehört, aufgeregt und laut zu reden. Nur manchmal glaubte ich, sie leise ein paar Worte gurren zu hören. Ich schlich mich etwas näher an die beiden heran, um das Gespräch mitzubekommen. Es war inzwischen ganz dunkel geworden. Ich hockte unsichtbar im Gebüsch, Burgl und Franz waren im Mondlicht recht gut zu erkennen. Die beiden saßen einfach nur da und blickten auf den Fluss. Sonst war es still, bis auf die leise vom Flaucher Biergarten herüberklingende Musik. Plötzlich stand Franz auf, drehte sich zu Burgl um, nahm ihre Hand und zog sie hoch. Als sie stand, schaute sie ihm lange in die Augen. Also in das Auge, das er noch hatte. Ich hätte gedacht, dass einer wie Franz, um solche Blicke zu bekommen, jemandem sehr viel Geld bezahlen, sie festhalten oder sogar fesseln müsste, aber offenbar tat Burgl das freiwillig. Hätte ich es nicht besser gewusst, hätte ich gesagt, dass sie es sogar genoss. Dann sah ich, wie Franz Burgl das Kleid aufknöpfte und herunterzog. Sie stand nur im Untergewand mit dem Rücken zu mir. Oberrum war sie nackt. Die bunten Lichter vom Biergarten gaben Burgls Silhouette eine seltsame, aber schöne Lichtkante. Franz schaute sie mit seinem einen Auge an.

Es war schwer, die Gefühle zu erkennen, die sich auf seinem vernarbten Gesicht widerspiegelten. Aber er wirkte auf mich wild und unberechenbar. »Das ist meine Gelegenheit«, dachte ich. Aus dem Gebüsch springen und den Franz mit einem Stock niederstrecken. Dann Burgl wie ein Ritter wieder anziehen und sie galant nach Hause begleiten. Dort würde ich sie dann wieder ausziehen. Aber ich traute mich nicht. Ich sah auch nicht, dass Burgl sich wehrte. Müsste sie nicht schreien und um sich schlagen, wenn sie das alles nicht wollte? Franz legte seine Hände auf Burgls Busen, und ich hörte ihn seine glucksenden Geräusche machen. Sie streichelte seinen Kopf, während er an ihrem Busen herumfummelte und mit seinem vernarbten Mund daran herumzuzelte. Er schien sehr stark zu sabbern, denn ich hörte sein Spuckeschlürfen viel lauter als sonst. Burgl legte ihren Kopf in den Nacken. Gerade so, als würde sie das alles erregen. Sie stöhnte sogar ein bisschen. Mir grauste und es schüttelte mich. Ich sah vor meinem inneren Auge, wie Franz mit seinem entstellten, kaum funktionierenden Mund an Burgls Busen hing und musste einen Würgereiz unterdrücken. Warum grauste es den anderen und besonders Burgl nicht genauso vor dem Franz wie mir? Ich wandte mich ab und schlich mich durch das Gebüsch davon. Gedemütigt, weil Franz begehrenswerter war als ich, aber auch weil ich mich nicht getraut hatte, Burgl zu retten.

6

In den letzten zwei Augustwochen blieb ich zu Hause und vermied es, den anderen zu begegnen. Wenn ich die Stimmen der sieben auf der Straße hörte, schlich ich ihnen nicht mehr hinterher, sondern schloss stattdessen das Fenster. Mit Burgl hatte ich nichts mehr zu tun. Franz' Gesicht an ihrem Busen ging mir nur schwer aus dem Kopf.

Langsam entwickelte ich eine Theorie rund um das Burgl-Franz-Ereignis, die es mir wieder ermöglichte, Burgl zu sehen. Sie hatte das alles nur aus Patriotismus getan. Für Deutschland. Einem Helden von der Somme die Ehre erweisen, sozusagen. Ein bisschen auch aus Schuldgefühlen. Sie als Daheimgebliebene wollte dem armen Soldaten Franz etwas Gutes tun. Dem gesichtsversehrten Kriegshelden. Ein für mich neuer Charakterzug an Burgl, der sie adelte und plötzlich nicht mehr nur körperlich begehrenswert erscheinen ließ, sondern liebbar machte. Ich war von da an nicht mehr nur an Burgls Busen, Mund, Beinen und Hinterteil interessiert, sondern ich begann auch, mich in sie zu verlieben. Oder in meine Vorstellung von ihr. Ich beobachtete sie wieder mehr, sah ihr und ihrer Clique beim Jungsein zu und versuchte, irgendwie in ihre Nähe zu kommen. Ich hatte das Gefühl, dass irgendwann der Moment kommen würde, an dem ich in Burgls Welt treten und zum einzig wirklich wichtigen Mann in ihrem Leben werden würde.

Im September 1918 bekam Franz eine Lehrstelle als Kunstschmied in Sendling, zog in ein Zimmer bei der Familie, der der Betrieb gehörte und war von da an aus dem Viertel verschwunden. Ich habe ihn vor ein paar Jahren mit Frau und drei Kindern am Kreuzplätzchen gesehen. Ein Umzugsunternehmen holte die Möbel der Eltern aus der Wohnung. Franz führte sie zu einem Opel, den er selbst lenkte und fuhr mit ihnen davon. Frau und Kinder in der Taxe hinterher. Die Nachbarin erzählte mir, dass er für sich und seine Familie in Solln ein Haus gebaut hatte und nun mit seinen Eltern, seiner besonders hübschen Frau und seinen drei Kindern dort hinzog. Das Gesicht hatte er scheinbar nachträglich noch operieren lassen, denn er war bei Weitem nicht mehr so abstoßend wie früher. Sogar ein Glasauge hatten sie ihm einsetzen können und eine neue Nase geformt. Als ich ihn grüßte, sah ich in seinem funktionierenden Auge, dass er nicht wusste, wer ich war.

7

Im April 1919 muss es dann passiert sein. Freicorps und KPDler waren überall in der Stadt, Straßenkämpfe, Anarchie, Räterepublik und viele der Auer Vorstadt-Großmäuler mittendrin. Eine verwirrende Zeit. Im Frühsommer war es kein Gerücht mehr: Burgl war schwanger. Sie war verzweifelt, ich überglücklich, denn ich fühlte, dass meine Stunde gekommen war.

Die Auer Buben unseres Jahrgangs waren 1918 in einer Art Schwebezustand. Sie waren gerade nicht mehr eingezogen worden, mussten aber jederzeit damit rechnen, im letzten Moment doch noch in den Krieg geschickt zu werden. Also fingen die meisten erst 1919 an, richtig erwachsen zu werden und nach und nach aus dem Viertel und Burgls Dunstkreis zu verschwinden. Sie gingen in Haidhausen, der Altstadt oder sonst wo in die Lehre, zogen ganz weg oder waren arbeitslos und verschwanden irgendwo in den Asylen oder Ledigenwohnheimen. Jedenfalls hatte keiner genug Interesse an einer schwangeren Siebzehnjährigen, um sich weiterhin um Burgl zu scheren. Die Entourage löste sich auf. Man konnte Burgl oft alleine die Zeppelinstraße entlanggehen sehen. Ein ungewohntes Bild. Das ehemalige Objekt der Begierde aller war plötzlich einsam.

Ich machte unter größten Mühen und nur durch den enormen Druck, den mein Vater auf mich ausübte, im letzten Jahrgang das Notabitur nach Kriegslehrplan. Das königliche Vorkriegsabitur oder das spätere aus dem Freistaat hätte ich wahrscheinlich nicht geschafft.

Ab Mai bereitete ich mich auf mein Jurastudium vor (das war meine offizielle Ausrede für mein Rumgesitze in der Stube, das Aus-dem-Fenster-Gestarre und Leerer-Kopf-Spielen). Um mir ein wenig Taschengeld zu verdienen, hatte ich zusätzlich eine Heimarbeitsbeschäftigung. Mein Vater verlangte nach dem Abitur Kostgeld von mir, und ein bisschen Geld brauchte ich auch so noch. Meine Mutter finanzierte mir die Nusshörnchen nicht mehr.

Also saß ich im Mai und im Juni jeden Tag an meinem Schreibtisch und schaute säckeweise Postkarten aus dem ganzen Reich durch. Ich überprüfte und bewertete Teilnahmepostkarten für Preisausschreiben verschiedener Zeitschriften. Meist die Wochenend-Beilagen der großen Tageszeitungen. Von der Vossischen- bis zur Frankfurter Zeitung. Ich bewertete die Lösungen der Rätsel. Die korrekten bekamen einen grünen, die falschen einen roten Strich. Ich arbeitete im Akkord und achtete anfangs nicht auf die Form oder den Inhalt der Karten. Erst später ging mir auf, dass viele der Teilnehmer ihre ganze Hoffnung in das Gewinnen des Preisausschreibens gelegt hatten. Einige Postkarten rochen förmlich nach Steckrüben und der Verzweiflung des ersten Nachkriegsjahres. Antworten auf Preisausschreiben für einen Jahresvorrat an Rasierseife, geschrieben in den Handschriften alter Damen. Gelöste Kreuzworträtsel, ausgefüllt von Bauern aus dem Sauerland, bei denen man einen Maßanzug in einem Herrengeschäft in Berlin gewinnen konnte. Warum nahmen all die Menschen an solchen Preisausschreiben teil? Waren sie so arm, dass sie glaubten, durch den Weiterverkauf von Rasierseife noch etwas Geld verdienen zu können? Oder versuchten sie sich damit abzulenken, um den Kriegstod von Familienangehörigen zu vergessen? Meist waren die Lösungen falsch. Zusammengeraten und improvisiert. Ich strichelte die Karten rot. ›Wieviele Barthaare hat der durchschnittliche Mann?‹ Die häufigste Antwort: ›Eintausend‹. Mehr rote als grüne Karten. ›Wie heißt der Sieger von Tannenberg?‹ Das meisteingeschickte Lösungswort: ›Ludendorf‹. Zwanzig Pfennig Porto verschwendet für die verschwindend kleine Hoffnung auf lebenslang dunkelblaue Schuhcreme von Erdal. Wer brauchte schon dunkelblau? Jemand anderer hätte in den vielen Teilnehmern an jenen Preisausschreiben vielleicht den ersten Anflug von Optimismus in der Nachkriegszeit gesehen. Mich machten die Postkarten und die Geschichten dahinter nur traurig.

Das Rot- und Grünstricheln dauerte nicht länger als drei oder vier Stunden pro Tag. Den Rest der Zeit verbrachte ich mit meinen ›Vorbereitungen‹ für das Jurastudium. Ich saß am Fenster und schaute auf die Straße. In der Hoffnung, Burgl vorbeispazieren zu sehen. Dabei dachte ich mir aus, wie ich die schreckliche Situation, in der sie sich befand, für mich nutzen konnte. Sie war nicht nur unverheiratet schwanger. Sie war auch vom beliebtesten Mädchen der ganzen östlichen Isarseite zu einer einsamen Frau geworden. Manchmal sah ich sie, wie sie nach Aufmerksamkeit gierend um sich schaute und wie ihr jede Regung in einem der Fenster Hoffnung gab, dass dort jemand saß, der ihr Beachtung schenken würde. Sie sprach den einbeinigen Straßenkehrer und den tauben Kohlenhändler genauso an wie das Kindermädchen aus der Erhardtstraße und den Familienvater aus Obergiesing. Immer auf der Suche nach ihrer früheren Wirkung auf die Mitmenschen.

Die hatte sie aber nicht mehr. Ich weiß nicht, ob es an ihrer Schwangerschaft lag. Eher nicht, denn man konnte als Außenstehender noch nichts erkennen. Der Bauch war fast so flach wie noch im Winter. Trotz sommerlicher Kleidung. Wahrscheinlich wirkte sie einfach verzweifelt, und man spürte, dass sie auf der Suche war. Das Gegenteil von Franz Reißners Erfolgsrezept. Der angsteinflößend hässliche Gesichtsversehrte, den alle mochten und respektierten, hatte nie gewirkt, als sei er auf der Jagd nach Liebe und Anerkennung. Das hatte es leicht gemacht, ihn zu mögen.

Ich wagte es noch nicht, mich Burgl zu nähern. Trotzdem malte ich mir aus, wie ich es anstellen musste, zu Burgls

Vertrautem und Freund zu werden. Ich wollte ganz und gar für die leidende Burgl da sein. Ihre Schulter zum Anlehnen. Bis irgendwann mein Moment kommen würde, um letztendlich ihr Herz zu gewinnen, sie zu küssen, zu heiraten, das Kind anzunehmen, sein Vater und ihr leidenschaftlicher Liebhaber und Mann zu werden. Nur Geduld, sagte ich mir.

Einige Wochen beobachtete ich Burgl nur von meiner Wohnung aus, sah ihre Versuche der Kontaktaufnahme und bemerkte mitleidig, wie sie oft minutenlang an der nächsten Häuserecke stehen blieb, um die Zeit totzuschlagen.

Im Juli begann ich dann, Burgl nachzusteigen und sie zu verfolgen. Mein Vater machte sorgenvolle Bemerkungen, denn er befürchtete, dass ich durch meine Ausflüge die Vorbereitungen für mein Studium nicht ernst genug nahm.

Das Bild, das Burgl schon von meinem Beobachtungsposten am Fenster abgegeben hatte, änderte sich kaum. Sie schlich langsam von Straße zu Straße, grüßte Passanten und Ladenbesitzer, die sie meist ignorierten oder nur kurz nickten. Ich musste sehr aufpassen, nicht gesehen zu werden, denn Burgl reagierte auf jede menschliche Regung. Ich glaube sogar, dass sie meine Blicke spürte, was sie noch aufmerksamer werden ließ.

Ich würde gerne interessante Geschichten aus diesen Juli- und Augusttagen schreiben. Doch ereignete sich nicht viel mehr, als dass sich Burgl montags bei der Eisdiele Ranftl am Baldeplatz eine Eismuschel gönnte, dass sie mich an einem Tag Ende Juli fast bemerkt hätte, dass sie einmal von einer durch eine Pfütze rauschende Droschke nass gespritzt wurde und dass sie es vermied, an Kinderwagen schiebenden Frauen oder Kindermädchen vorbeizugehen. Lieber wechselte sie die Straßenseite.

Für mich bedeuteten diese Wochen einen großen Wandel. Aus dem vagen Gedanken, mich Burgl zu nähern, wurde ein Plan, wie ich es konkret bewerkstelligen wollte. Schritt für

Schritt wollte ich ihr näherkommen. Nach und nach ein unverzichtbarer Teil ihres Lebens sein.

Dazu musste ich nur den Mut aufbringen, mich ihr zu zeigen und aus meiner Unsichtbarkeit zu treten. Für jemanden, der jahrelang unbemerkt geblieben war und sich sehr an diesen Zustand gewöhnt hatte, ein sehr schwieriges Unterfangen. Das ging nicht von heute auf morgen.

Manchmal nahm ich mir vor, einfach runterzugehen und sie anzusprechen. Ich war sogar schon das ein oder andere Mal im Treppenhaus mit dem festen Entschluss, sie anzusprechen. Das konnte doch gar nicht so schwer sein, so gierig wie sie nach Aufmerksamkeit war. Doch dann machte ich einen Rückzieher und schlich mich wieder ans Fenster. Oder ich trat aus dem Schatten des Baumes, hinter dem ich mich versteckt gehalten hatte, wenn ich Burgl hinterherschlich. Und wenn ich merkte, dass sie anfing zu spüren, dass da jemand war, mit dem sie sprechen konnte, zog ich mich wieder in mein Versteck zurück.

8

Mitte August war ich schließlich so weit. Ich musste mit Burgl in Kontakt treten. Noch vor Studienbeginn! Ich spürte, dass sich mein Zeitfenster zu schließen begann. Auch ihre fortschreitende Schwangerschaft war eine Grenze, die das Ende der Möglichkeit, sie kennenzulernen, bedeutete. In den Wochen am Fenster war ein Plan entstanden, mit dem das Vorhaben gelingen konnte: Mein Drei-Punkte-Plan sah vor, dass die erste Phase ›Carl wird Burgls bester Freund‹ bis in den späten September laufen würde und ich bis zur Geburt des Kindes die nächste Stufe ›Carl wird zum begehrten aber unerreichbaren Mann‹ abgeschlossen haben sollte. Die dritte Stufe sollte den gönnerhaften Freund zum ungestümen, aber zuverlässigen Liebhaber werden lassen. Von der Freundschaft zur Liebe in nur drei Schritten. In meinem Kopf war der Plan perfekt.

Ich glaube, dass mich Burgl in den folgenden Wochen und Monaten der ersten Wandlungsstufe tatsächlich schätzen lernte und mein Plan bis dahin perfekt funktionierte. Aber natürlich begehrte, geschweige denn liebte sie mich in dieser Zeit nicht. Noch nicht. Das war ja auch gar nicht vorgesehen. Sie erzählte mir viel von sich und ihren Sorgen und Ängsten. Ich wurde zum Sorgenonkel und Freund. Wir verbrachten den restlichen August, den ganzen September und den halben Oktober damit, an der Isar spazieren zu gehen und zu reden.

Mich hat die Tatsachte, dass Burgl, der ehemals allseits begehrte und beliebte Star des Viertels, Zeit mit mir verbringen wollte, nachhaltig beeindruckt. Vor allem weil diese Gespräche so einen großen Einfluss auf das, was später noch geschah, hatten.

Ich traf Burgl zu bestimmt mehr als zwanzig Spaziergängen, an die ich mich noch sehr detailliert erinnere. So detailliert, dass ich sie noch fast Wort für Wort im Kopf habe.

9

17. August 1919 – Erster Spaziergang

Ich hatte Burgl zuvor schon vom Fenster aus gesehen und tat so, als würde ich einen Botengang erledigen müssen, um sie wie zufällig auf der Straße zu treffen. »Dem Vater die Zeitung holen«, wollte ich behaupten. Ich fühlte mich mutig genug und rannte die Stiege hinunter und mit Absicht Burgl in die Arme.

Burgl: Endlich mal einer, der zu mir läuft und nicht weg.

Ich schwieg, weil ich nicht wusste, was ich sagen soll.

Sie: Du bist der Carl, oder?

Ich: Ja. Dürrnheimer.

Sie: Ich habe dich schon mal gesehen. Du warst mit dem Grammer in der Volksschule, oder?

Ich: Ja.

Sie: Weißt du, wer ich bin?

Ich: Die Schmaderer Burgl, glaub ich.

Sie: Glaubst du … Tu nicht so, als würdest du mich nicht kennen. Mich kennt jeder in der Au. Die Schwangere. Die den Bastard bekommt.

Ich: Ich bin nicht viel draußen und bekomme nicht so viel mit.

Sie: Das wenn ich nur glauben könnte. Dass einer nicht weiß, wer die schwangere Schmaderer ist.

Ich: Das kannst du ruhig glauben.

Sie: Ich glaube es dir einfach mal. Man soll ja die Hoffnung nie aufgeben.

Ich: Ja.

Sie: Wenn ich schon mal einen erwische, der sich noch kein

Urteil über mich gebildet hat, sollte ich ihn festhalten, oder? Was hast du noch vor?

Ich: Ich hole die Zeitung für den Vater.

Sie: Beim Siebenmorgen?

Ich: Ja

Burgl lief einfach mit mir weiter.

Sie: Nimmst du mich mit? Dann musst du nicht alleine gehen, und ich kann mal mit jemand Neuem reden.

Ich: Wenn du nichts Besseres zu tun hast, kannst du schon mitkommen.

Sie: Ich habe nichts Besseres zu tun, seit alle wissen, was mit mir los ist. Das kannst du mir glauben.

Wir gingen recht lange schweigend nebeneinander her.

Ich: Du musst halt nur neue Freunde finden. Das kann ja nicht so schwer sein.

Sie: Das lohnt sich nicht mehr. Im Januar bin ich weg vom Fenster. Wenn das Kind da ist, heißt es Armenhaus oder Strich. Oder glaubst du, dass der Vater mich weiter durchfüttern will, jetzt wo ich alt genug zum Weggehen bin? Und dann auch noch das Kind? Außerdem finde ich ja gerade jemand Neuen. Dich, oder?

Ich: Aber dein Vater kann dich doch nicht einfach wegschicken.

Sie: Das kann er, und das macht er.

Ich: Aber deine Mutter. Das würde doch deine Mutter nicht zulassen.

Sie: Die hat noch mehr Angst vor ihm als ich.

Wir sagten eine Weile nichts.

Ich: Hast du Angst vor dem Kind und dem, was auf dich zukommt?

Sie: Und wie.

Ich: Das wird schon werden. Meistens wird alles nicht so schlimm wie gedacht.

Sie: Ich habe niemanden.

Ich: Einen Apfel oder so was kann ich schon immer irgendwo für dich auftreiben. Dann musst du schon mal nicht an Skorbut sterben.

Sie lachte.

Ich: Siehst du, alles gar nicht so hoffnungslos, oder?

Ich erinnere mich, dass das ein wichtiger Moment war. Burgl hatte mir die Tür in ihr Herz ein ganz klein wenig geöffnet, glaubte ich damals. Ich hatte mich nicht dumm in ihrer Gegenwart gefühlt, und es war mir so vorgekommen, als würde sie mich nicht nur wahr-, sondern sogar ernst nehmen. Fast ebenbürtig. Zum ersten Mal seit 1908 wieder bemerkt werden. Ich erinnere mich, dass es ein richtiggehend euphorischer Abend wurde. Das Ende der Einsamkeit, glaubte ich. Mein Plan schien zu funktionieren.

Ein paar Tagen später. Ich hatte Burgl inzwischen einige Male aufgelauert und den Eindruck, dass sie schon darauf wartete, zufällig getroffen zu werden. Unsere Spaziergänge waren zu regelmäßigen Ereignissen geworden. Aber wir taten noch immer so, als hätten wir irgendetwas zu erledigen, um eine offizielle Begründung für unsere Gänge zu haben. Sehr oft musste sie zum Milchladen, aber dem besonders guten in der Gebsattelstraße (und kaufte nichts, weil sie ihr Geld vergessen hatte oder die Butter ranzig wirkte), oder ich ging für den Vater zur Post oder zum Zeitungsstand auf der anderen Seite der Isar, wo es die speziellen Hefte gab, die der Vater wollte. ›Der Rätsler‹ oder ›Breslauer Kniffeleien‹. Meist hatte der Vater schon genau die Ausgabe, die dort auslag, und ich musste am nächsten oder übernächsten Tag noch mal nachsehen, ob die neueste Nummer schon da war.

27. August 1919 — Sechster Spaziergang

Ich traf Burgl zum ersten Mal nicht vor unserer Haustüre, sondern gegenüber auf der Isarseite der Zeppelinstraße. Weder sie noch ich hatten diesmal eine Ausrede für unseren Spaziergang vorbereitet. Wir gingen einfach nebeneinander her. Ich hatte das Gefühl, dass ihr Bauch in den letzten Tagen deutlich größer geworden war. Zum ersten Mal erkannte man überhaupt richtig, dass sie schwanger war. Aber vielleicht war es auch nur die Jacke, die sie trug, denn besonders warm war es nicht. Aber stickig. Ich hatte wieder einen Apfel für sie dabei, den ich vormittags extra gekauft hatte.

Sie: Danke, dass du mir immer einen Apfel mitbringst. Kein Skorbut für mich und das Kind.

Ich: Es ist ja nur Obst.

Sie: Obst haben wir daheim nur, wenn die Mutter alle heiligen Zeiten in die Heimat fährt und einen Korb Johannisbeeren oder Kirschen von ihrem Bruder mitbringt. Aber meistens fressen die Brüder das schon am ersten Tag alles weg.

Ich: Immer nur Obst ist ja auch fad.

Sie: Daheim gibt es fast nur noch Brot. Von Vaters Elu können wir keine großen Sprünge machen.

Ich: Der wird ja nicht ewig von der Unterstützung abhängig bleiben. Es kommen schon wieder bessere Zeiten, sagt meine Mutter.

Sie: Ich glaube nicht, dass er jemals wieder eine Arbeit findet. So unleidig wie der immer ist. Wer will so einen? Die Brüder müssen zwar Kostgeld zahlen. Aber wie viel ist das schon?

Ich: Mein Vater bringt auch nicht gerade viel heim. Seit der Krieg aus ist, verdient er kaum noch was, sagt er.

Sie: Als hätte der vor dem Krieg mehr verdient. Oder warum wohnt ihr in der Au? Bestimmt nicht, weil es hier so lauschig ist.

Ich: Ich glaube, dass die Mutter mehr verdienen könnte als

er. Neulich hat sie gesagt, dass im Krüppelheim schon wieder Laborantinnen gesucht werden. Aber das will der Vater nicht.

Sie: Wie geht es eigentlich bei dir weiter? Kann dein Vater die Studiengebühren bezahlen?

Ich: Er sagt, dass er mich nicht durch das Gymnasium geprügelt hat, um mich jetzt nicht studieren zu lassen. Ich weiß nicht, woher er das Geld für die Hörergebühr nehmen will, aber er ist fest entschlossen. Vielleicht organisiert er ja irgendwie ein Stipendium. Für das Schulgeld hatte er auch jemanden, der es gezahlt hat. Ich habe einmal eine Quittung gefunden. Das waren zwanzig Mark im Monat.

Sie: Zwanzig Mark. So viel haben wir meistens nicht zur Verfügung. Beim Bäcker in der Lilienstraße kostet eine Semmel inzwischen neun Pfennig!

Ich: Und ein Nusshörnchen ein Zehnerl! Vor dem Krieg konnte ich für ein Zehnerl zwei kaufen.

Sie: Vielleicht tut dir das ganz gut, mal weniger von dem süßen Zeug zu essen.

Ich: Das Nusshörnchen ist der Höhepunkt meines Tages.

Sie: Das Nusshörnchen also und nicht ich.

Das war der Tag, an dem ich Burgl gegenüber mutiger und auch koketter wurde. Fast schon souverän.

Ich: Das wird sich noch zeigen. Außerdem, schau dir deinen Ranzen mal an. Da ist meiner nichts dagegen.

Sie lachte: Vielleicht wäre ich heute nicht so rund, wenn ich vor vier Monaten auch dicker gewesen wäre. Ich habe das Gefühl, dass das Kind in der letzten Woche ganz schön zugelegt hat. Das liegt an deinen Äpfeln. Voller Zucker.

Ich: Fettäpfel für ein fülliges Kind.

Sie: Wenn ich mir vorstelle, dass das Kind ja auch rauskommen muss wird mir ganz anders. Dann lieber ein Mageres. Bring mir weniger Äpfel mit.

Ich: Hör bloß auf. Mir wird ganz schlecht bei dem Gedanken.

So selbstbewusst, wie nach diesem Spaziergang hatte ich mich noch nie zuvor gefühlt. Viellicht als Kleinkind im Garten in Neustadt. Aber daran erinnere ich mich natürlich nicht wirklich.

5. September 1919 – Zehnter Spaziergang

Ich war an diesem Tag sehr zuversichtlich, ihr näherzukommen. Ich hatte mich sogar extra darauf vorbereitet. Mit dem Mundwasser des Vaters gegurgelt und den Anzug ausführlicher und gründlicher gebürstet als sonst. Ich hatte mir einen neuen Kragen aus dem Schrank des Vaters gestohlen und wollte sehr darauf achtgeben, damit ich ihn später heimlich wieder zurücklegen konnte. Selbstverständlich wartete Burgl auf mich vor dem Haus, und wir gingen gleich los in Richtung Rosengarten. Wie immer.

Sie: Carl, du wirst nicht glauben, wer heute Vormittag bei uns war und den Leo abgeholt hat.

Ich: Die Polizei, wie ich deinen Bruder kenne. Die mögen die Kommunisten gerade nicht mehr so gerne wie unter dem Eisner und dem Toller.

Sie: Nein, der Grammer. Mein alter Verehrer.

Eifersucht. Ekel. Das Franz-Gefühl vom Flaucher. Wochenlang waren die alten Auer Verehrer verschwunden gewesen und ich der einzige Mann in Burgls Leben, und jetzt waren sie wieder da. Zumindest einer davon. Und ausgerechnet der Grammer. Derjenige, von dem ich mir sicher war, dass er der Vater des Kindes war.

Ich: Der ist doch beim Augustiner in der Lehre. Oder ist er schon fertig.

Sie: Schon fertig. Der hat schon mit sechzehn damit angefangen. Dem geht es richtig gut. Er hat eine Dienstwohnung in der Bergmannstraße. Zwei Zimmer. Neubau. Mit Bad und Abort. Das musst du dir mal vorstellen. Wenn man weiß, wo die

Grammers bisher wohnen. Zu zehnt hinten am Herrgottseck. Jetzt zu neunt ohne unseren Grammer.

Ich: Will er dich zurückhaben, oder was?

Sie: Du Depp. Er ist verlobt, und sie zieht nach der Hochzeit im Oktober bei ihm ein. Eine vom Ostfriedhof. Eine der Töchter vom Steinmetz.

Ich: Ist er immer noch so gut aussehend?

Sie: Der Haustrunk in der Brauerei bekommt ihm nicht besonders gut. Ganz schön aufgeschwemmt und versoffen sieht er aus, der Grammer.

Ich: Wie lange hast du eigentlich was mit dem Grammer gehabt? Und mit dem Kellerer? Und den anderen.

Sie: Das kann ich dir nicht sagen.

Ich: Weil du es nicht mehr weißt?

Sie: Weil die Umstände anders waren, als du denkst.

Ich: Weil du ein Flietscherl warst?

Sie: Spinnst du? So was sagt man nicht zu einer Schwangeren.

Ich: Sagt man so was nicht gerade zu einer ledigen Schwangeren?

Sie: Es war anders als du denkst.

Ich: Ich kann es mir schon denken.

Sie: Nichts kannst du dir denken.

Bei den folgenden Spaziergängen war erst mal die Intimität weg. Wir sprachen zwar auch weiterhin über Persönliches. Aber mehr über die Familienverhältnisse, meine seltsamen Eltern, ihren brutalen Vater und seine immer schlimmer werdende Sauferei. Oder ihre sechs übrigen Brüder, die nicht im Krieg geblieben sind. Sie waren halb auf Seiten der Räterepublik, halb auf Seiten der Freikorps und prügelten sich seit dem Ende der Eisner-Regierung und der neuen Verfassung noch mehr. Sie erzählte, dass drei Brüder bei den Völkischen von der DAP mitmachten, die anderen drei bei den Kommunisten. Auf der Straße schlugen sie sich, daheim mussten sie an einem Tisch sitzen und dem Vater, der immer noch Monarchist war, zuhören und so tun als würden sie ihm zustimmen. Erst eine Woche oder fünf Spaziergänge später, kamen wir wieder langsam auf intimere Dinge zu sprechen.

13. September 1919 – Neunzehnter oder Zwanzigster Spaziergang

Es war noch mal ein richtiger Sommertag. Heiß und stickig. Ich überredete Burgl, mit der Trambahn ins Bad Maria Einsiedel nach Thalkirchen zu fahren. Am 20. September schloss es, und seit dem 1. September kostete es nur noch fünf Pfennige Eintritt. Weil schon fast Herbst war. Mit so warmem Wetter hatten sie nicht mehr gerechnet. Burgl sah trotz Schwangerschaft in ihrem Badeanzug sehr gut aus. Ich hatte gehofft, noch etwas mehr von ihr zu sehen zu bekommen, aber Burgl hatte keinen der neumodischen engen und kurzen Badeanzüge, sondern nur einen mindestens zwanzig Jahre alten, den sie irgendwo beim Trödler aufgetrieben hatte. Aber zumindest ihre Beine konnte man etwas mehr sehen als sonst. Ich mit meinem fetten Ranzen war froh, auch einen altmodischen, nicht zu engen Badeanzug zu haben. Wir schwammen etwas. Das Isarwasser war doch schon sehr frisch. Burgl setzte sich auf die Decke, die sie dabeihatte, und ich kaufte uns eine Russenmaß am Stehausschank.

Sie: Ich soll kein Bier trinken.

Ich: Das ist nur ein Russ. Gegen den Durst. Und Bier gibt dir und dem Kind Kraft. Das ist bekannt. Ich habe als Kleinkind nur mit einem Bierdiezl schlafen können. Deshalb bin ich so kräftig.

Sie: Ob mein Kind so kräftig wie du werden soll? Aber ein Schluck kann nicht schaden

Mir war bis eben nicht bewusst, dass mein Dicksein ein

ständiges Thema bei unseren Gesprächen war. Burgl kam immer wieder darauf zu sprechen. Ich hätte mich damals viel mehr darüber ärgern müssen.

Sie: Am Busen kann ich schon ruhig noch ein wenig zulegen, oder was meinst du?

Diesen Satz trage ich noch heute als Souvenir in mir herum. Verboten, schockierend und gleichzeitig erregend. Dieser Satz machte aus Burgls Busen, der kurz davor noch Franz gehört hatte, wieder meinen. So hatte noch nie jemand mit mir gesprochen. Ich wusste natürlich, wie Kinder entstehen und wie Frauen anatomisch aufgebaut sind. Besser als die Straßenbuben, die schon mit Mädchen intim gewesen waren. Meine fürsorgliche Mutter hatte mich gründlich aufgeklärt. Mithilfe von selbst gemachten Zeichnungen. Einer der unangenehmsten Momente meiner Kindheit. Aber direkt, von Angesicht zu Angesicht, von einer Frau zu hören, wie sie über einen ihrer von mir so begehrten Körperteile sprach, war etwas Neues. Furcht einflößend, aber schön. Ich weiß noch, wie trocken mein Mund war und wie sehr ich darauf achten musste, dass meine Stimme nicht brach. Das ist hier in meinen Schulheftaufzeichnungen kaum zu spüren. Wenn man nur den Dialog liest, wirkt mein damaliges Ich fast abgebrüht und souverän.

Ich: Mir gefällt er gut, so wie er ist.

Sie: Dann bin ich ja beruhigt.

Wir schwiegen beide. Ich trank den Russen aus und brachte das Glas zurück zum Kiosk. Als ich zurückkam, weinte Burgl.

Ich: Ist dir nicht gut?

Sie: Ich muss nur wieder an was denken.

Ich: Erzähl.

Sie: Ich kann es nicht.

Ich: Mir kannst du es schon sagen.

Sie: An die Sache mit dem Flietscherl von neulich.

Ich: Das habe ich nicht so gemeint.

Sie: Ich glaube schon, dass du es so gemeint hast. Weil es ja auch wahr ist.

Ich: Weil du mit allen rumgemacht hast?

Sie: Aber nicht so, wie du denkst.

Ich: Ich habe dich mit dem Franz gesehen. Wenn du schon mit so einem Gesichtsversehrten rumschiebst, was hast du dann erst mit den anderen gemacht?

Sie: Das war alles anders. Auch das mit dem Franz.

Ich: Wie soll es denn anders gewesen sein?

Sie: Weil der Vater damals noch keine Elu gekriegt hat und keiner von den Brüdern, die nicht eingezogen waren, schon gearbeitet hat. Und weil die Mutter nicht gearbeitet hat, weil der Louis gefallen ist und sie zu traurig war, um etwas zu machen.

Ich: Und deswegen hast du mit den Kerlen rumgemacht?

Sie: Nicht nur einfach so.

Ich: Jetzt rück schon raus mit der Sprache.

Sie: Busen eine Mark, unten zwei Mark bei den Buben. Bei erwachsenen Männern Busen zwei Mark, unten drei Mark.

Ich: Wirklich?

Das ›Wirklich‹ sagte ich nicht, weil ich so schockiert über Burgls Verhalten war, sondern weil ich im Kopf nachgerechnet hatte. Eigentlich meinte ich ›Wirklich? So wenig?‹. Damals hätte ich mir für den Gegenwert von nur zehn Nusshörnchen meinen Traum von Burgls Busen erfüllen können. Das andere wäre für mich damals noch nicht interessant gewesen. Das wenn ich gewusst hätte. Busen anfassen und gleichzeitig schlank werden, weil ich weniger Nusshörnchen aß. Fast hätte ich gefragt, ob der Tarif immer noch galt. Aber Burgl ging es natürlich um etwas ganz anderes.

Sie: Wirklich. Es war am Anfang ekelhaft. Weil die ja alle zwei Hände haben und mich aber nur mit einer angefasst haben. Wenn du verstehst, was ich meine. Dann habe ich einmal von dem ganzen Geld für die Familie Leberkäse gekauft, und alle waren so froh wie nie. Da war mir zum ersten Mal richtig klar, wofür ich das mache.

Ich: Und der Franz, hat der mehr gezahlt? Weil er so ekelhaft war?

Sie: Der Franz sieht schlimm aus. Aber er ist der Netteste von allen. Der hat nie von selber hingelangt. Ohne zu fragen, wie die anderen.

Ich: Ich hab es doch gesehen, wie er dich gepackt hat am Flaucher. Gefragt hat er nicht.

Sie: Weil er es durfte. Ich habe es ihm erlaubt.

Ich: Mit dem Franz? Freiwillig? Kann der was, was die anderen nicht können?

Sie: Nein. Die anderen haben zusammengelegt und ihm eine Runde Burglbusen spendiert. Und das Untenrum hab ich freiwillig gemacht. Weil er so zaghaft war und er mir auch leid getan hat. Und weil er ein Kriegsheld ist.

Aus Mitleid und Patriotismus. Wie ich es mir schon gedacht hatte. War ich ihr denn nie bemitleidenswert genug erschienen? Ich hätte sogar eine Mark pro Brust bezahlt.

Ich: Hat nie einer daheim gefragt, woher das Geld kommt?

Sie: Nein. Die haben das aber bestimmt alle gewusst. Sogar die Mutter. Einmal hat sie gesagt, dass ich ihr bloß kein Kind heimbringen soll. Denn das ist das ganze Geld nicht wert. Und jetzt schau mich an. Obwohl es diesmal anders war.

Dieses Gespräch brachte uns noch näher zusammen. Burgl schien so dankbar dafür zu sein, dass ich sie nicht verurteilte und ihr einfach nur zuhörte, dass sie mir unbedingt etwas Gutes tun wollte. Nicht körperlich. Sie überhäufte mich geradezu mit Komplimenten und sprach andauernd in ›Was-wäre-wenn‹-Sätzen: »Wenn wir nur könnten, würden wir nach Amerika durchbrennen« und »Ach, Carl, wenn ich dich nur lieben könnte …« oder »Wenn du doch nicht so für mich wärst wie ein guter Bruder«. Sie wollte sich mit dem Traum vom Mit-ihr-Zusammensein bei mir bedanken. Eigentlich hätte ich merken müssen, dass Burgl das alles nur vorgab. Ich hätte mich gleich von ihr abwenden und den Kontakt zu ihr abbrechen müssen. Um mich selbst zu schützen. Einfach ein paar Wochen nicht mehr auf die Straße gehen. Die Demütigung vermeiden. Aber das konnte der siebzehnjährige, verliebte Carl noch nicht.

Unsere Spaziergänge gingen weiter, aber änderten sich ein wenig. Burgl wurde nun auch körperlich etwas zutraulicher. Sie legte mir zum Beispiel die Hand auf den Arm, wenn sie lachen musste. Oder sie trank ganz bewusst, mir dabei in die Augen schauend, von der Stelle am Glas, von der ich zuvor getrunken hatte. Ohne mit der Hand darüberzuwischen. In meinem Überschwang fiel mir nicht auf, dass Burgl nie über ihre Andeutungen hinausging. Ich wartete optimistisch wie nie zuvor auf den Moment, an dem sich alles ändern würde. Steter Tropfen höhlt den Stein, dachte ich. Ich gewöhnte mir eine ähnliche ›Was-wäre-wenn‹-Andeutungssprache wie Burgl an und hatte bald das Gefühl, dass sie genau wie ich wusste, worüber ich sprach und wir beide eigentlich nur noch auf den einen Moment warteten, an dem wir uns klar darüber wurden, dass wir ab jetzt weiter als Paar durch die Au laufen würden. »Lass dir alle Zeit der Welt. Ich bin da und warte, bis du so weit bist. Ich habe keine Eile.« Was für eine dumme Verblendung.

10

Der 12. Oktober brachte die Veränderung. Der letzte Spaziergang. Ein kalter Tag. Mal sonnig, mal wolkig. Sehr windig, aber kein Regen. Burgl hatte schon ihren Wintermantel an, aber ich musste ihr zusätzlich noch meinen Schal geben, weil sie so fror. Ihr Bauch wirkte schon so groß, als würde sie Zwillinge erwarten. Heute ist mir klar, dass sie einfach nur sehr mager war und deshalb so wirkte, als sei sie schon hochschwanger. Ich ging mit ihr in eine Konditorei in der Humboldtstraße. Normalerweise vermied sie es, mit mir in Lokale zu gehen. Ich glaube, dass es ihr peinlich war, eingeladen zu werden. Ich war nicht gerade unglücklich darüber, denn Geld hatte ich selbst kaum. Ich bestellte mir einen Kaffee und ihr eine Schokolade. Ich aß ein Ausgezogenes, Burgl zwei Stück Torte. Zwei Mark. Mein Budget für eine ganze Woche. Sie wirkte so hungrig, als habe sie seit Tagen nichts gegessen. Ich schob es auf die Schwangerschaft. Nach dem zweiten Stück bedankte sie sich so überschwänglich, dass es mir peinlich war.

Wir saßen über zwei Stunden in der Konditorei. Es wollte aber nicht so recht ein Gespräch entstehen. Wahrscheinlich lag es am öffentlichen Ort. Als uns die Bedienung drängte, noch etwas zu bestellen, gingen wir nach draußen. Ich fragte, ob sie gerne nach Hause wolle, weil ihr so kalt sei. Sie aber sagte, dass sie lieber noch spazieren gehen würde. Wir liefen wieder in den Rosengarten und setzten uns in die windgeschützte Ecke am Haus. Langsam wirkte Burgl wieder etwas aufgewärmter. Die Torte, die Schokolade und der Spaziergang hatten ihren Kreislauf in Schwung gebracht.

Ich: Gehts?

Sie: Es geht wieder.

Ich: Ich könnte sonst noch meinen Arm um dich legen. Aber wenn es jetzt wieder geht …

Sie: Wenn ich so darüber nachdenke, ist mir doch wieder recht kalt. Schau, wie ich zittere.

Ich: Dann rutsch her.

Sie: Stört es dich, wenn ich meine Finger in deiner Hand aufwärme?

Burgl erschien mir künstlich zutraulich und gar nicht so kokett, wie sie in den letzten Wochen so oft gewesen war. Nicht so, als würde sie sich zu etwas zwingen, aber so, als wüsste sie, dass dies die einzige oder letzte Gelegenheit für etwas ist.

Sie hielt meine Hand, ich saß wie erstarrt daneben. Dann begann sie, meine Finger zu streicheln. Ich blieb weiter starr. Sie drehte sich so weit zu mir, dass ich ihren Atem riechen konnte. Ich schaute starr nach vorne. Sie legte ihre Hand auf meine Wange, drehte mein Gesicht zu sich und küsste mich fest und trocken auf den Mund. Dann ließ sie mich wieder aus und streichelte meine Wange. Wieder zog sie mich zu sich, und diesmal wurde der Kuss zärtlicher und schöner.

Aber was gerate ich in verklärte Schwärmereien? Darum soll es hier ja nicht gehen. Es kam jedenfalls zu Küssen und Zärtlichkeiten, und irgendwann nahm Burgl sogar meine Hand und legte sie auf ihren Busen. Ich glaube, dass sie an dem Nachmittag schon wusste, dass sie am nächsten Tag verschwunden sein würde. Ich jedoch merkte von all ihrer Sentimentalität und Melancholie nichts. Ich brachte sie um sieben in die Lilienstraße und war glücklich.

Später am Abend, wieder alleine bei meinen Studienvorbereitungen, bereitete ich mich auf Burgls und meine gemeinsame Zukunft vor. Ich plante und rechnete. Ich würde das Kind annehmen und wie mein eigenes behandeln. Burgl und ich würden heiraten und ich, statt zu studieren, arbeiten. Ich war ja nicht dumm, irgendetwas würde ich schon finden. Verkäufer oder im Büro. Mit so und so viel Mark pro Woche konnten wir so und so viel zu essen kaufen, rechnete ich. Mit einem zweiten Kind würden wir aber so und so viel brauchen. Wenn ich es jedoch schaffen würde zu studieren, würden wir später so und so viel verdienen können, und wir könnten in ein Haus mit Garten nach Obermenzing ziehen. Ich müsste für so und so viel Geld so und so lang arbeiten und hätte dann so und so viele Stunden Zeit für meine Familie. Das alles plante ich genau durch. Ich habe sogar noch die Aufzeichnungen dazu. Ich füge sie dieser Sammlung jedoch nicht hinzu, weil mir meine naiven Auflistungen peinlich sind.

Am nächsten Tag war es noch ein bisschen kälter. Ich hatte mir von meiner Mutter mit der Andeutung, dass es da jemanden gäbe, die vielleicht jemand werden könnte, vier Mark geliehen. Für so etwas ging sie sogar an ihre eiserne Reserve. Ihre einzige, vieldeutige Bedingung war, dass ich nur keinen Unsinn veranstalten sollte. Ich besorgte Blumen und wollte Burgl zum Mittagessen ausführen. In der Stadt, in einem richtigen Restaurant. Um zwölf war ich in der Lilienstraße. Doch die Wohnung der Schmaderers war leer. Nur ein Maler und zwei Lehrbuben weißelten die Zimmer gerade. Sie seien zurück nach Niederbayern. Sagte mir eine Nachbarin. Schon vor einem Monat. Was denn mit der Burgl sei, fragte ich, ob die auch mit sei, weil ich sie gestern noch gesehen hätte, fragte ich. Die Burgl sei mit, sagte die Nachbarin. Ganz sicher. Wo in Niederbayern, wisse sie auch nicht. Oder war es doch die Oberpfalz?

Das wars. Wie sollte ich herausfinden, woher die Schmaderers gekommen und wohin sie gegangen waren? Ich fragte in der ganzen Nachbarschaft herum. Außer der Tatsache, dass alle froh waren, dass der ewig besoffen singende und krakeelende

Schmaderer mit seinen unangenehmen Söhnen weg war, fand ich nichts heraus. Wie groß damals meine Hoffnungslosigkeit war, brauche ich wahrscheinlich nicht zu beschreiben. Meine, so glaubte ich damals, einzige Chance auf Liebe war weg.

11

Im Herbst begann ich nicht, wie von meinem Vater geplant, mit meinem Jurastudium. Ich schaffte es nicht. Seit Burgls Verschwinden hatte mich eine geistige und emotionale Lähmung befallen, die mich auch körperlich bewegungsunfähig und antriebslos werden ließ. Ich konnte mich nur in der Wohnung meiner Eltern aufhalten und verließ selbst mein Zimmer kaum noch. Ich weiß nicht einmal mehr, was ich all die Monate dort trieb. Meine Erinnerungen an diese Zeit sind blass und schwammig. Wenn ich mich doch gelegentlich aus meinem Zimmer herauswagte, schrie mein Vater: »Dafür habe ich dich nicht durch das Gymnasium geprügelt, dass du jetzt wie eine Memme in deinem Zimmer hockst, flennst und dich von mir durchfüttern lässt. Unternimm gefälligst was. Und wenn du dieses Semester nicht mit dem Studieren anfängst, dann arbeite halt wenigstens wieder irgendwas. Wir haben nicht das Geld, dich ewig weiter zu verhätscheln.« Ich nahm ihn kaum wahr. Meiner Mutter tat ich anfangs leid, später ging ihr meine andauernde Anwesenheit zu Hause auf die Nerven, und sie versuchte mich auch davon zu überzeugen, wieder mal nach draußen zu gehen, zu arbeiten, irgendwas zu unternehmen. Doch ich konnte nicht. Vielleicht wirkt das alles übertrieben für so eine kleine Abfuhr. Es war ja kaum je etwas passiert zwischen mir und Burgl. Doch zog mich der tiefe Fall zwischen der Hoffnung einer gemeinsamen Liebe und Burgls wortlosem Verschwinden in ein so tiefes Loch, dass ich zu diesem Zeitpunkt nicht in der Lage war, mich aufzuraffen. Im Rückblick kommt mir mein damaliges Verhalten fast wie eine bewusste Entscheidung zu leiden vor. Fast als hätte ich mir nach den hoffnungsvollen Tagen mit Burgl eine Gefühlsabnahmekur verordnet.

Ich weinte viel, starrte viel vor mich hin, aß wenig und bemerkte plötzlich im Frühling 1920, dass ich schlanker und ansehnlicher geworden war. Nicht nur meine Gefühle waren weniger geworden. Auch mein Fett. Ich sah die Veränderungen an mir und spürte, dass auch die Verzweiflung dumpfer geworden war. Die Enttäuschung war kleiner, aber sie war nicht durch neue positive Gefühle ersetzt worden. Ich konnte mich bald kaum noch selber in die trübe Leere hineinsteigern, die ich die Monate zuvor ohne Probleme durchgehalten hatte. Irgendwann traute ich mich sogar wieder auf die Straße und machte vorsichtig erste kurze Spaziergänge im Viertel und irgendwann auch wieder in Richtung Rosengarten und Wildnis am Flaucher. Meine Mutter bemerkte mein vermeintliches Erwachen, und sogar mein Vater schrie mich seltener an. Es ist schwer, meinen damaligen Zustand zu beschreiben. Ich habe lange darüber nachgedacht, und schließlich ist mir sogar ein Bild dafür eingefallen. Nach Burgl hatte ich mich unter ein graues, schweres, drückendes Tuch zurückgezogen. Nach und nach wurde es durch ein pastellfarbenes, etwas durchsichtiges, aber genauso schweres Stück Stoff ersetzt. Es erlaubte mir zwar, meine Umgebung wieder mehr und positiver wahrzunehmen, aber es lag doch noch so schwer auf mir, dass es mir keine echte Leichtigkeit ermöglichte. Ein albern-lyrischer Vergleich. Aber er beschreibt ganz gut, wie ich damals war.

Nicht nur meine Eltern, sondern auch Mädchen im Viertel bemerkten die Veränderungen an meinem Äußeren, und ich bekam mit einem Mal, wenn auch nur oberflächlich, die Aufmerksamkeit von ihnen, die ich bisher von allen vermisst hatte. Hinzu kam, dass von den alten Cliquen kaum noch Burschen übrig waren. Viele andere, ein paar Jahre ältere Männer, waren im Krieg geblieben oder versehrt, und ich, als inzwischen halbwegs attraktiver junger Mann, stellte ein rares und begehrtes Gut dar. Ich bemerkte, dass eine kleine Gruppe von jungen Frauen auf mich zu warten begann, wenn ich losspazierte. Mimi und Frieda tauchten immer häufiger nach ihrem jeweiligen Dienstschluss und an den Wochenenden vor unserer Haustüre auf und hielten nach mir Ausschau. Ein paar Tage später schlossen sich die früher fast so sehr wie Burgl begehrten Grammerschwestern den beiden an. Ich hatte auf einmal Verehrerinnen. Natürlich heilt das keine seelische Wunde, und die Vertrautheit, die ich so kurz mit Burgl gehabt hatte, spürte ich in keiner der Plaudereien mit einer der jungen Frauen auch nur ansatzweise. Trotzdem half es mir dabei, mich besser zu fühlen und das Stück Tuch noch etwas weniger pastellfarben und kräftiger werden zu lassen. Auf eine gedämpfte Art und Weise wurde ich nach und nach wieder froher.

An einem Mittwochnachmittag im Juli 1920 wartete die ältere Grammerschwester alleine vor dem Milchladen auf mich. Meine Mutter hatte begonnen, mir kleine Aufgaben zu geben, um meinen Vater noch mehr zu beruhigen und ihm zu zeigen, dass ich mich auf dem Weg zurück in die Gesellschaft und zum Studium befand. Zum Milchmann, zum Obststand, zum Bäcker, Bier holen oder Briefe aufgeben. Mehr traute sie mir nicht zu.

Lisa Grammer war groß und üppig. Sie überragte mich um zehn Zentimeter, und ihre Kleider waren ihr immer etwas zu kurz. Deshalb konnte man mehr von ihren Waden sehen als bei anderen. Sie sagte nichts, sondern ging wortlos neben mir her, wartete auf mich, bis ich die Milch in die Wohnung gebracht hatte und ging immer noch schweigend an meiner Seite in Richtung Isar und weiter in Richtung Flaucher. Sie war offenbar davon ausgegangen, dass ich nicht einfach im Haus verschwinden würde, ohne zurückzukommen, sondern dass ich auf jeden Fall wieder erscheinen würde, um mit ihr weiterzuspazieren. Ich hätte mich gar nicht getraut, nicht wieder zu ihr nach unten zu gehen. Keiner sagte ein Wort.

Ich möchte mich nicht in Details verlieren, aber so viel muss ich doch verraten. Es kam zu einer Art ungeschickter Liebeshandlung in der Wildnis am Flaucher. Meiner ersten dieser Art. Trotz feuchtem Boden und Mücken. Die Verzweiflung, Härte und Lieblosigkeit, die Lisa dabei an den Tag legte, überforderten mich anfangs mehr als die Tatsache, dass ich vollkommen unerfahren war. Ich wollte auch nicht, dass sich Lisas und mein Treffen wiederholte, doch als sie mich ungefragt zu einem zweiten und dritten Spaziergang traf, fing ich langsam an, zumindest an der sportlichen Komponente der Zusammentreffen Gefallen zu finden. Und als ein paar Wochen später fast die identische Situation mit Ilse, Lisas kleiner Schwester, passierte, hatte ich mich schon daran gewöhnt. Nach und nach kam es auch mit den anderen beiden aus meiner Verehrerinnengruppe zu ähnlichen Handlungen. Eine nach der anderen. Sie reichten mich herum wie ein letztes Bier.

Anfangs kam ich mir in meiner Passivität seltsam und unmännlich vor. Ich hatte das Gefühl, zupackender sein zu müssen. Vielleicht einmal selbst die Initiative zu einem Treffen zu ergreifen. Doch ich traute es mir einerseits nicht zu, andererseits gefiel mir an den Zusammenkünften am meisten, dass die Frauen, so unterschiedlich sie auch waren, eines gemeinsam hatten. Sie benutzen mich ausschließlich zum eigenen Vergnügen. Manchmal kam ich mir fast abwesend, wie ein heimlicher Beobachter der Szenerie vor und schämte mich für meinen Voyeurismus.

So manch anderer hätte diese Zeit als Lehrjahre bezeichnet, wäre stolz auf seine Attraktivität gewesen und hätte vielleicht sogar damit angegeben. Gerade jemand wie ich, der so viele Jahre unsichtbar gewesen ist. Aber ich hatte niemanden, mit dem ich mich hätte austauschen oder vergleichen können. Oder hätte ich meiner Mutter davon erzählen sollen? »Mutti, du kannst dir nicht vorstellen, wie mich die Ilse heute wieder hergeritten hat …« Ich nahm die Zusammentreffen hin, genoss, was mir daran gefiel, war aber nicht allzu traurig, als sie, so plötzlich sie begonnen hatten, auch wieder aufhörten.

Im Rückblick bin ich Lisa, Ilse, Frieda und Mimi dankbar. Sie haben mich noch weiter aus dem Burglkummer geholt und mir die Rückkehr zur Normalität ermöglicht. Ohne sie wäre ich niemals zu einem so halbwegs gut funktionierenden Mitglied der Gesellschaft geworden.

12

In den Inflationsjahren wurde ich ein überraschend erfolgreicher Student. Da ich zwar mäßig intelligent, aber nicht schlau war, und von meinem Vater zum Büffeln gezwungen worden war, konnte ich sehr gut auswendig lernen. Das Lernen war das Einzige, was von meiner Schulzeit übrig geblieben war. Stumpf und ohne Nachfragen. Einfach in den Schädel pauken ohne nachzudenken. Nichts ist hilfreicher im Jurastudium als stupides Auswendiglernen.

Meine Kommilitonen taten sich da meistens schwerer. Deshalb wurde ich ein begehrter Paukfreund. Mit mir und meiner gnadenlosen, stoischen Wiederholerei schaffte es selbst der faulste und dümmste Student, Stoff zu behalten. Juristisch muss es eigentlich eine interessante Zeit gewesen sein. Der Umbruch vom Kaiserreich zur Republik. Vom Königreich zum Freistaat. Aber mir war das egal. Ich nahm die Dinge in mir auf, ohne darüber nachzudenken oder Zusammenhänge zu verstehen.

Meine Kommilitonen mochten mich nicht besonders. Aber immerhin waren sie mir für meine Paukdienste so dankbar, dass sie mich in ihrem Kreis akzeptierten und überall mit hinschleiften. Ich war so eine Art Talisman für sie. Solange ich dabei war, konnten die Prüfungen nicht schiefgehen. Die Reichen versorgten mich mit Getränken und die Gutaussehenden mit Frauen. Die Dummen bezahlten mir meine Nachhilfestunden mit Geld.

Ich trat in eine Verbindung ein. Das ›Pilsener Parlament‹. Die Pilsener waren vergleichsweise weltoffen und sehr beliebt bei den Frauen. Es gab sogar zwei Juden dort. Ich hätte in das Verbindungshaus in der Adalbertstraße ziehen können, aber ich blieb bei meinen Eltern in der Au. Warum, weiß ich nicht mehr.

Vielleicht war auch das einer der Gründe, warum ich nie ganz in der Gemeinschaft der Jurastudenten aufgenommen wurde. Vielleicht war ich auch einfach nicht mehr in der Lage zu bemerken, wenn ich angenommen wurde.

Im April 1926 begann ich ein Referendariat in der Kanzlei Schönhuber und Cie. Auch hier half mir meine stoische Art, an Dinge heranzugehen. Ich bekam eine Aufgabe und arbeitete sie, ohne Nachdenken oder Hinterfragen, ab. Im Juli 1926 wurde ich ohne Staatsexamen und Anwaltszulassung als angestellter Jurist übernommen. Man hatte in der Kanzlei gemerkt, dass niemand in derselben Geschwindigkeit und Akribie Verträge ausarbeiten konnte wie ich. Man hatte aber auch gemerkt, dass ich verstockter Kauz nicht der Richtige für Mandantenkontakt oder sogar Gerichtsverhandlungen war. Deshalb ließ man mich das Referendariat gar nicht erst zu Ende machen und behielt mich bei den Verträgen. Mir war es recht. Plötzlich verdiente ich überraschend viel Geld, konnte meinen Eltern finanziell aushelfen und war beschäftigt. Ich hatte im Leben halt auch nichts anderes zu tun, als zu arbeiten. Verträge, Verträge, Verträge. Ich interessierte mich einfach für nichts. Eigentlich nicht mal für die Verträge. Andere suchten Abenteuer bei Frauen, wurden schnell Familienväter, arbeiteten leidenschaftlich im Justizsystem, machten in Parteien wie der DNVP oder der BVP politische Karrieren oder hatten eine Modelleisenbahn. Ich nicht. Nur Zeitung lesen und aus dem Fenster schauen. Die Arbeit in der Kanzlei hielt mich beschäftigt, verschaffte mir viel Geld und ließ mich gleichgültig genug, um mich nicht zu belasten. So wurde ich durch meine stoische Arbeitsmoral bis 1927 zu einer unersetzlichen Größe in der Kanzlei. Der Verträgefresser, sagten sie zu mir und bezahlten mich fürstlich dafür. Meinem Vater war es recht, meine Mutter war stolz, mir war es gleich.

13

Im Februar 1928 starben meine beiden Eltern. Erst brachte sich mein Vater um, nur zwei Wochen später meine Mutter. Beide sind in die Isar gegangen. Mein Vater schrieb in seinem Abschiedsbrief, dass er in seinem erfolglosen Leben mit meinem beruflichen Erfolg nicht zurechtkäme. »Der Junge, so seltsam und unintelligent. Ich so klug und gebildet. Er so reich und erfolgreich. Ich so gescheitert. Er so uninspirierend. Ich so voller Esprit. Ich zweifle an der Fähigkeit der Welt, zwischen Besonders und Öde zu unterscheiden. Manchmal denke ich, dass sie sogar Letzteres bevorzugt behandelt. Wie soll sie dann mit Gut und Böse zurechtkommen?« Meine Mutter schrieb zwei Wochen später, dass sie ohne meinen Vater nicht zurechtkäme, dass sie aber glaube, dass ich inzwischen ohne sie sehr gut, wenn nicht sogar besser, zurechtkäme. Es berührte mich weniger, als ich es von mir selbst erwartet hätte. Vielleicht war es auch die generelle Gleichgültigkeit, die mich vor allzu viel Traurigkeit bewahrte.

So kam es, dass ich ab 1928 die Wohnung in der Zeppelinstraße 41 alleine bewohnte. Ich wurde sehr schnell sehr verschroben, stellte ständig die Möbel nach einem komplizierten Rotationsprinzip um, klebte die Fenster mit Zeitungspapier zu und begann, aus Einsamkeit leise mit mir selbst zu sprechen. Meine Wohnung begann zu vermüllen. Hauptsächlich Geschirr aus dem Wirtshaus, mit dem ich mir allabendlich mein Nachtessen bringen ließ, aber das selten zurückbrachte und endlos viele Zeitungen und Zeitschriften. Ich versuchte, eine Zugehfrau anzustellen. Doch trotz der hohen Arbeitslosigkeit konnte ich keine finden, die bereit war, bei mir anzufangen. Lieber am

Verhungern, als bei mir zu arbeiten. Ich glaube, dass die Frauen vor meiner Einsamkeit, der großen Unordnung in der Wohnung und meiner ganzen gleichgültigen Ausstrahlung Angst hatten.

Erst Ende 1931 wurde alles anders. Am 10. Oktober 1931 trat Therese Aumiller in mein Leben.

Vierter Teil

14

Alles fing einen Monat vorher an. Ich bekam einen sehr ungewöhnlichen Brief. Am 7. September 1931 mit der Abendpost. Ich war gerade zu Hause angekommen, wartete auf mein Essen aus dem Wirtshaus und hörte den Briefschlitz klappern. Abends Post zu erhalten war bei mir sehr selten. Ich bekam morgens meine Zeitungen und fand beim Nachhausekommen meine reguläre Post, die vormittags in meiner Abwesenheit eingeworfen worden war und an den entsprechenden Tagen noch meine Zeitschriften oder Bücherbestellungen. Ich glaube nicht, dass ich den Postboten jemals zuvor beim Einwerfen erlebt, geschweige denn zu Gesicht bekommen hatte.

Auf dem Briefumschlag waren zwei Marken und drei Stempel. »Brasil – Europa«, »Brasil Correio«, »Europe – Pan-America, Round Flight«, »Mit Luftpost befördert München 13«, »Correio Aéreo ›Graf Zeppelin‹ Recife. 3. Setembro 1931«. Handschriftlich stand noch »Per ›Graf Zeppelin‹ am 4. September 1931 bis Friedrichshafen. Per Luftpost nach München« und meine Adresse mit dem Zusatz »Alemanha« darauf. Auf der Rückseite stand als Absender Walli Hochstattner, R. do Bom Jesus, 58, Recife, Pernambuco, Brasilien.

Walli – Walburga – Burgl. Burgl Schmaderer war also nicht in Niederbayern oder der Oberpfalz verschollen, sondern in Brasilien.

Der Brief, den sie schrieb, war auf dünnem, blauem Luftpostpapier beidseitig mit Bleistift beschrieben. Es war sehr schwer zu lesen, weil die jeweils andere Seite durch das dünne Papier schien. Die Handschrift wirkte ungeübt, und man sah, dass sie nicht von jemandem stammte, der häufig lange Texte verfasste.

Das bemerkte ich als jemand, der tagtäglich mit komplizierten handschriftlichen Aufzeichnungen zu tun hatte, sofort. Außerdem war der Brief voller Bavarismen. »Reden« statt »sprechen«, »schauen« statt »sehen«. Ich bemerkte all diese mehr oder weniger technischen Details komplett emotionslos. Ich las den Brief, wie ich einen meiner Verträge lesen würde. Mein Geist brauchte das, um mit dem aufziehenden Gefühlssturm zurechtzukommen.

»Recife, den 3. September 1931

Mein lieber Freund Carl,

da wirst du nicht wenig überrascht sein, von mir zu hören. Und dann auch noch auf diesem Wege und in so einer rasanten Übermittlungsgeschwindigkeit. Vielleicht weißt du auch gar nicht mehr, wer ich bin.

Die Burgl aus der Lilienstraße bin ich. Aus deiner Jugend. Die Burgl aus der Au, die jetzt die Walli aus Brasilien ist. Die Burgl, die mit dir vor so langer Zeit so schöne Spaziergänge an der Isar machen durfte. Erinnerst du dich? Unsere Gespräche haben mir damals so viel bedeutet.

Aber wie kommt die Burgl aus der Vergangenheit dazu, dir einen Brief aus der Ferne zu schreiben? Nach so vielen Jahren.

Mein Mann arbeitet für die Deutsche Luftschifffahrts-Aktiengesellschaft, die das Luftschiff ›Graf Zeppelin‹ betreibt. Er kümmert sich um die Luftschiffspost hier in Brasilien.

Bei Zeppelin musste ich natürlich an die Zeppelinstraße in München und an dich denken. Zeppelinpost. Post in die Zeppelinstraße. Jetzt hoffe ich, dass du da überhaupt noch wohnst. Wenn nicht, dann werde ich es spätestens merken, wenn der Brief zu mir zurückgeschickt wird. Oder du wohnst noch dort, aber interessierst dich nicht dafür, was aus der schwangeren Schmaderin geworden ist.

Mich würde natürlich brennend interessieren, wie es dir in den zwölf Jahren ergangen ist. Aber auf diese Geschichte werde ich wohl noch warten müssen. Vielleicht gar nicht so lange. Denn wenn du dich beeilst, kannst du deinen Antwortbrief schon voraussichtlich am 18. September zu mir zurückschicken, sagen sie bei der Post. Vergiss aber nicht, dass die Graf Zeppelin an dem Tag bereits ablegt. Schicke ihn also lieber zwei oder drei Tage vorher ab, damit er rechtzeitig zur Abfahrt in Friedrichshafen ist.

Solange ich nichts Neues über dich erfahren kann, muss ich mich damit begnügen, dir von mir zu schreiben und wie es bei mir in den letzten Jahren in Brasilien gewesen ist und mir vorstellen, wie du meinen Bericht liest und dich an mich erinnerst.

Wie schon geschrieben, waren die Wochen, die du mit mir an der Isar verbracht hast, eine der schönsten Zeiten meines Lebens. Oder habe ich das weiter oben schon deutlich genug gesagt? Ich kann mich an niemanden erinnern, der mir je mit so viel Hingabe zugehört hat. Niemals wieder bin ich mir so verstanden vorgekommen. Ich wäre gerne länger bei dir geblieben, aber was wäre aus mir als ledige Mutter in München geworden?

Mir ist eines Tages mein heutiger Mann João begegnet. Ich stand in der Schlange vor der Wohnungsstelle der Fürsorge. Weil ich mir ja was Neues suchen musste. João war dort, weil er gehört hatte, dass man bei den Ämtern in der Schlange billiges Hauspersonal finden kann. Dass einem die verzweifelten Frauen da für ein paar Pfennige die Wäsche machen oder sogar den ganzen Haushalt. Weil es oft Kriegswitwen sind, Waisenkinder oder einfach nur Arbeitslose wie ich. Mein jetziger Mann ist Deutschbrasilianer und war nur für ein paar Wochen in München, um den Haushalt einer verstorbenen Verwandten aufzulösen und alles zu regeln. Da brauchte er jemanden für die Wäsche und das Putzen. Aber niemanden für länger.

Ich war diejenige, die von allen Frauen in der Schlange die billigste war. Weil ich nicht nur arbeitslos und verzweifelt, sondern auch noch schwanger war. Und weil er ein Pfennigfuchser ist, hat er mich eingestellt und gleich in die Wohnung nach Obermenzing mitgenommen, die seiner Verwandten gehört hat. Nicht einmal zum Verabschieden musste ich zurück in die Lilienstraße, denn meine Familie war schon fast einen Monat vorher in den Bayerischen Wald zurückgegangen. Das Flietscherl wollte der Vater nicht mitnehmen. Was würden die im Dorf sagen, wenn er mit so einer wie mir heimkommen würde, hat er gesagt. Das war furchtbar für mich. Deshalb habe ich es dir auch nicht gleich erzählen wollen. Und dann habe ich es dir nicht mehr erzählen können, weil ich ja weg war. Der Franz, mein großer Bruder, ist auch nicht mit nach Hinterschmiding. Der hatte eine Anstellung bei der Staatseisenbahn bekommen und war in eine Bahnerwohnung am Steubenplatz gezogen. Ich musste in der Lilienstraße nur meine Kleider und das Waschzeug abholen. Das Mietverhältnis war schon vom Vater gekündigt worden. Deshalb war ich überhaupt bei der Fürsorge gewesen. Weil ich eine Woche später auf der Straße hätte schlafen müssen.

In der Wohnung in Obermenzing war sehr viel zu tun. Die Verwandte hatte alles verkommen und verdrecken lassen, und ich musste hart arbeiten, um alles wieder auf Vordermann zu bringen. João war sehr nett zu mir. Gar nicht aufdringlich. Aber ich habe schon gemerkt, dass er mir hinterhergeschaut hat. Als er mir Bilder vom Anwesen seiner Familie in Brasilien gezeigt hat und mir vom immer warmen Wetter und dem guten Essen erzählt hat, habe ich mir gedacht, »was solls, besser verheiratet in Brasilien als als ledige Mutter in München« und habe mich verführen lassen. Wir haben am 25. Dezember auf der Überfahrt geheiratet.

Jetzt nach zwölf Jahren in Recife ist es mir immer noch jeden Tag zu heiß. Zum Glück können wir fast am Meer wohnen, denn João verdient sehr gut bei der DELAG. Da gibt es wenigstens ein bisschen Wind. Von wegen schönes Wetter. Ich denke jeden Tag an Schnee und träume von Nebel.

Meine Kinder sind schon elf, acht und fünf. Guilherme, Fernanda und Ana. Ihnen geht es hier besser als mir, weil sie es gewohnt sind, hier zu leben. Sie kennen keine Kälte und keine Jahreszeiten und vermissen sie deshalb auch nicht so sehr wie ich. Außerdem sprechen sie genauso gut Portugiesisch wie Deutsch. Vielleicht sogar besser Portugiesisch. Ich nicht. Auch nach zwölf Jahren ist es für mich immer noch ungewohnt, dass ich hier in Recife nicht mehr die Beliebteste bin und im Mittelpunkt stehe, sondern dass ich eine Außenseiterin bin. Ganz anders als früher in der Au. Ich habe das Gefühl, dass ich hier bei den Frauen im Viertel anstellen kann, was ich will, aber sie nehmen mich noch immer nicht als eine von ihnen wahr. Ich kann ausgefallenste Einladungen geben, so viel ich will, aber es ändert sich nichts. Sie kommen zwar vorbei, trinken den Tee (der in Wirklichkeit ein Schnaps ist), essen die deutsche Torte, die ich ihnen vorsetze, aber sie reden nur untereinander und immer so schnell, dass ich nichts verstehe. Ich glaube, die reden mit Absicht noch schneller als sonst. Nur damit ich nicht mitkomme. Sogar meine Haushälterin findet die anderen Frauen interessanter als mich.

Irgendwann vor ein paar Wochen ist es mir dann plötzlich aufgegangen, dass das ja bei dir genauso gewesen sein muss, damals als Kind. Du hast auch veranstalten können, was du wolltest, aber gemocht hat dich keiner. Entschuldige, dass ich das so offen schreibe. Aber du bist ja heute bestimmt ganz anders mit Familie und Freunden und Kind und Kegel, oder?

Was kann ich noch schreiben? Eine halbe Seite habe ich noch. Mein Mann arbeitet sehr viel und lange. Dir kann ich es ja schreiben, weil du mir ein Vertrauter warst und weit weg bist: Mein Mann ist mir langweilig. Stinklangweilig. Manchmal denke ich, dass es besser gewesen wäre, als Schwangere in München im Armenhaus zu sitzen, als mit dieser knausrigen Beamtenseele in dieser Hitze zu leben. Aber hernach ist man immer klüger.

Liebe Grüße aus dem fernen Brasilien. Ich schaue ab dem 20. jeden Tag nach, ob eine Antwort von dir da ist, denn es interessiert mich sehr, was aus dir geworden ist.

Deine Burgl«

15

Ich hatte lange nicht mehr an Burgl gedacht. Seit 1920 nicht mehr, genauer gesagt. Die Zeit nach dem Krieg und der Verletzung durch Burgl hatte ich mit dem Studium und der Arbeit zugedeckt und verräumt. Ich hatte eigentlich lange nicht mehr an überhaupt irgendwas gedacht und mein Leben nur dahinplätschern lassen, ohne selbst daran teilzuhaben.

Ich wusste nicht, wie ich auf den Brief reagieren sollte. Die Nachricht weckte mich aus meinem emotionalen Winterschlaf, in dem ich mich seit 1919 befand. Vieles an dem Brief konnte ich zu Anfang gar nicht begreifen. Schon ›Freund Carl‹ kam mir beim Lesen komisch vor. Ich hätte viel eher vermutet, dass Burgl gar nicht mehr wusste, wer ich war. Dass sie mich damals nur gebraucht hatte, um sich seelisch abzureagieren, wie ich später meine Liebhaberinnen fürs Körperliche. Einmal emotional befriedigt und gleich wieder vergessen.

Der Brief kam mir sogar so komisch vor, dass ich die Briefmarken und Stempel auf dem Umschlag genauer untersuchte, weil ich vermutete, dass mir jemand aus der Kanzlei einen Streich spielen wollte. Aber wer würde mir schon einen Streich spielen? Dem Verträgefresser. Und wer kannte meine unerfüllte Jugendliebe Burgl. Ich legte den Brief weg, nahm ihn wieder in die Hand und legte ihn schließlich auf einen meiner Zeitungsstapel. Wahrscheinlich hoffte ich, dass der Haufen den Umschlag verschlingen würde, wie er es mit neu draufgelegten Zeitungen auch immer tat.

Am 9. September lag der Brief noch ganz oben auf dem Münchner-Neueste-Nachrichten-Stapel und war nicht von ihm verschluckt worden. Ich hatte es nicht geschafft, etwas draufzulegen. Er lag da und schaute mir bei allem, was ich in meiner Stube tat, zu und ließ mir keine Ruhe. Also nahm ich ihn in die Hand und begann, mich damit zu beschäftigen. Als Erstes holte ich meinen alten Schulatlas heraus und schaute nach, wo Brasilien, dann wo Pernambuco, dann wo Recife überhaupt lag. Recife war weit weg, und es war tatsächlich ein kleines Wunder, dass Briefe von dort nach München nur wenige Tage brauchten.

Ich erinnerte mich dunkel an einen Artikel aus den Münchner Neusten Nachrichten, der Münchner Zeitung oder der Vossischen aus dem Jahr 1929 über den Zeppelinverkehr zwischen Deutschland und Rio de Janeiro. Wenn man nichts hat, an das man denken muss, bleiben einem alle möglichen Details aus Gelesenem im Kopf. Viel Unnützes, das manchmal dann doch zu etwas nutze war. Eine Samstagsausgabe musste es gewesen sein, weil mir die Situation im Gedächtnis hängen geblieben war, in der ich den Artikel gelesen hatte (im Biergarten des Bürgerbräukellers). Also musste es im Sommer gewesen sein und an einem Tag, an dem ich frei gehabt hatte. In der grausamen Unordnung meiner Wohnung gab es einzig bei den Zeitungen, die ich hortete, auf Grund meiner Faulheit eine gewisse Ordnung. Ich legte sie immer auf den gleichen Stapel, sobald ich damit durch war. Umgekehrt chronologisch. Ich musste nur ein bisschen wühlen, um an die richtige Ausgabe zu kommen.

Ich fand das gesuchte Exemplar der Vossischen nach nicht allzu langem Suchen. Eine große Fotografie des riesigen Luftschiffs ›Graf Zeppelin‹ über der Stadt New York. Das Bild musste aus einem Flugzeug heraus fotografiert worden sein, denn es zeigte den Zeppelin von schräg oben. Weit unter sich die Stadt und ein Hafen an einem breiten Fluss oder einer Bucht, über den eine Brücke führte.

Im Artikel selbst ging es um die gewaltige Leistung, die es brauchte, um das riesige Gebilde über den Atlantik zu fahren, über den Pioniergeist von Hugo Eckener, den Direktor der DELAG und Kommandanten der ›Graf Zeppelin‹, und über die enorme Ingenieurleistung, die hinter der Gerippekonstruktion steckte. Der Artikel schwärmte von der rosigen Zukunft, die uns das Zeppelinfahren bringen würde. Luxuriöse, vergleichsweise kurze Reisen in alle möglichen Länder der Erde. Kontakt und Austausch zwischen den unterschiedlichsten Völkern des Planeten. Wenn erst einmal der Chinese mit eigenen Augen sehen würde, wie man in Europa lebt und der Europäer den Chinesen besser kennenlernen würde, würde sich das Verständnis füreinander erhöhen, und die Menschen würden sehen, dass sie gleich sind und keinen Anlass mehr für Kriege, wie den letzten haben. Der Zeppelin, ein gigantisches Friedenswerkzeug, so der Autor des Artikels.

Ich las Burgls Brief wieder und wieder. Ich konnte gar nicht aufhören. Bei jedem Mal Lesen wachte ich ein bisschen mehr aus meiner zwölfjährigen Lebenslethargie auf. Komischerweise war meine erste Reaktion nicht Lachen oder Weinen, wie man es vielleicht erwarten würde, sondern Appetit. Essen war seit 1919 nur noch Nahrungsaufnahme gewesen, und plötzlich war da ein Gelüst nach kaltem Leberkäse mir Meerrettich. Mein Appetit war so stark, dass ich ihm unbedingt nachgeben musste. Der Metzger hatte schon geschlossen, aber es war relativ mild, und ich wusste, dass es im Bürgerbräukeller kalten Leberkäse gab. Ich nahm den Brief und setzte mich in den Biergarten. Ich aß Leberkäse und las den Brief noch zehn Mal.

Nach dem Appetit kam die Traurigkeit. Zum ersten Mal weinte ich in der Nacht auf den 10. September über den Tod der Eltern. Dann kam die Sehnsucht ,nicht mehr alleine zu sein und endlich, am 10. abends, kamen die Lust und Burgls Busen zurück in meine Tagträume.

Mit Tagträumen meine ich übrigens nicht nur Sexuelles. Auch in Erinnerungen wühlen und ein bisschen Melancholie. Der siebzehnjährige Carl war plötzlich zurück und mit ihm die ganze Verzweiflung, das Alleinsein und das Unsichtbarsein. Aber auch die Hoffnung, als Burgl schwanger geworden war und die Euphorie bei den gemeinsamen Spaziergängen. Natürlich erinnerte ich mich auch an die Enttäuschung, als Burgl einfach verschwunden war. Daran dachte ich am längsten, weil es ja die Ursache für meinen lethargischen Lebenswandel in den Jahren darauf war.

16

Am 11. September erlebte ich dann ein neues Gefühl, das ich bis dahin noch nicht gekannt hatte: Schadenfreude. »Jetzt sieht sie mal, wie das ist mit dem Alleinsein«, dachte ich. »Jetzt gehts ihr wie mir damals.« Ein gutes Gefühl. Befriedigend und befreiend. Natürlich musste ich ihr antworten. So schnell wie möglich. Nur so konnte ich dieses neue, gute Gefühl bewahren und sogar ausbauen. Ich musste Burgl etwas schreiben, das meiner Schadenfreude Nahrung gab. Etwas, von dem ich wusste, dass es sie wurmen und neidisch machen würde. Ich wollte ihr zeigen, dass ich besser dran war als sie, obwohl sie sich einfach aus dem Staub gemacht hatte. Eine Art Genugtuung für alles vor und alles nach den Spaziergängen. Aber was? Da gab es ja nichts. In meinem Leben war nichts, worüber ich schreiben wollte. »Liebe Burgl, bei mir gibt es nichts. Ich arbeite in einem langweiligen Beruf und wohne in einem Saustall. Meine Eltern sind tot. Niemand redet mit mir. Nicht einmal ich selbst. Schöne Grüße. Carl.« Nicht gerade ein präsentables Leben, auf das jemand neidisch sein konnte. So bewahrte man keine Schadenfreude.

Je mehr ich darüber nachdachte, desto mehr erschütterte es mich. So kurz zusammengefasst, zeigte sich überdeutlich, wie armselig mein Leben war. Nichts daran war besonders oder erzählenswert. Nichts war so, dass ich das Gefühl hatte, jemandem davon berichten zu wollen. Ich wollte, offen gestanden, nicht einmal selbst darüber nachdenken, so erbärmlich war es. Arbeiten, Zeitung lesen, Essen vom Wirt liefern lassen und es runterschlingen, trinken, waschen, Zähne putzen, Buch lesen, schlafen, aufstehen, frühstücken, Zähne putzen, arbeiten,

Zeitung lesen ... Am Wochenende das Gleiche ohne arbeiten und mehr Zeitung lesen. Stattdessen gelegentlich ein Spaziergang. Kein menschlicher Umgang außer meinen Kollegen in der Kanzlei, meiner Vermieterin, dem Burschen, der mir mein Essen und mein Bier brachte und der alten Frau Wegener, meiner Sekretärin. Eine schlimme Bilanz für einen Neunundzwanzigjährigen in einer Großstadt.

Ich lief durch das Viertel, und ich versuchte, das neue Gefühl von Selbstekel und Scham, das die Schadenfreude schon wieder abgelöst hatte, durch Bewegung abzuschütteln. Lieber laufen, als daheimzusitzen, in ein Buch starren, aber vor lauter Grübeln nicht zum Lesen zu kommen.

Ich ging über die Isar in Richtung Gärtnerplatz. Egal wohin, nur erst einmal laufen. Auf dem Gehsteig an der Ecke Fraunhoferstraße/Jahnstraße blieb ich vor dem Gasthaus Hinterbärenbad stehen. Mir fiel etwas ein, das mir ein paar Wochen zuvor passiert war. Etwas, das mich ganz anders über meine jetzige Situation denken ließ.

Manchmal lief ich zu Fuß von der Kanzlei nach Hause, statt die Straßenbahn zu nehmen. Aus keinem besonderen Grund. Nur um die Zeit totzuschlagen. Es muss im Sommer gewesen sein, denn ich weiß noch, dass mir der einbeinige und einarmige kriegsversehrte Bettler auffiel, der da an jener Ecke immer saß, wenn ich vorbeilief. Ich hatte ihm auch gelegentlich schon ein paar Münzen gegeben. Die Geschichte, die auf seinem Zettel stand, hatte mich immer gerührt. Keine Ahnung warum. »Arbeitsloser und mittelloser Frontkämpfer, bei der Rettung zweier Kameraden verwundet, bittet um Hilfe.« Sein Hut war immer gut gefüllt und ich hatte sogar einmal vor einigen Monaten gesehen, wie ein sehr fein gekleideter Herr sich zu ihm hinuntergebeugt, ein paar Worte mit ihm gewechselt, ihm dankbar die Hände gedrückt und ihm einen großen Schein gegeben hatte. Als ich näher gekommen war, hatte ich den Herrn zum Bettler sagen gehört: »Danke, dass Sie als Held für unser Vaterland gekämpft haben.«

Auch an jenem Tag kramte ich in meinen Taschen, um ein paar Zehnerl oder sogar ein Markstück für den Bettler zu finden. Doch kurz bevor ich bei ihm war, sah ich, wie ein großer Mercedes am Straßenrand hielt, ein Mann in Chauffeursuniform ausstieg und dem Bettler in den Wagen half. Ich weiß auch nicht warum, aber mich machte das unheimlich zornig, obwohl doch Gefühlsausbrüche so gar nicht meine Art waren. Wie konnte das sein? Bettler und ein eigener Chauffeur. War das am Ende gar kein Held der Westfront? Ich lief auf den Einbeinigen zu und packte ihn am Kragen und hob ihn sogar ein wenig in die Höhe.

»Was soll das? Sie betrügen uns. Sie Schwein!«

Er war zuerst erschrocken darüber, dass ich ihn attackierte. Der Chauffeur sprang ihm bei, riss mich los und drückte mich im Polizeigriff gegen den Wagen. Der Bettler stand daneben, hüpfte auf seinem einen Bein auf und ab, um nicht umzukippen, sah mich dabei mitleidig an und lachte.

»Na und«, sagte er. »Das geht Sie einen Scheißdreck an!«

»Sie sind gar nicht arm!«

»Woran haben Sie das nur gemerkt?« Er machte dem Chauffeur ein Zeichen, mich loszulassen.

»Sind Sie am Ende nicht einmal ein Kriegsheld?«

»Das merken Sie aber schnell.«

»Sie belügen uns ehrlich arbeitende Menschen.«

»Unsinn, ich arbeite genauso hart wie Sie.«

»Ich hätte nicht übel Lust, Ihnen eine zu verpassen.«

»Das werden sie schön lassen.« Der Chauffeur trat einen Schritt auf mich zu und machte sich bereit, mich wieder festzuhalten.

»Von wegen Sie arbeiten wie unsereins. Sie sitzen den ganzen

Tag auf Ihren vier Buchstaben und warten ab, bis sich Ihr Hut füllt, und dann geht es heim ins gemachte Bett.«

»Ich verkaufe eine Dienstleistung.« Er sah, dass ich nicht verstand, was er meinte und fuhr fort.

»Ich verkaufe ein gutes Gefühl. Wie eine Hure.«

Sein letzter Satz machte mich so zornig, dass ich mich wieder losreißen wollte, um den Bettler zu schlagen. Doch sein Chauffeur war stark und hielt mich wieder fest.

»Sehen Sie, es ist doch so: Eine gute Hure spielt Ihnen vor, dass sie Sie begehrt und dass Sie ein fantastischer Liebhaber sind. Ich mache nichts anderes. Ich gebe Ihnen das Gefühl, einem armen versehrten Frontkämpfer etwas Gutes zu tun. Ich befriedige nicht Ihre Lust, sondern Ihr Gewissen. Wenn Sie nicht bemerkt hätten, dass ich gar kein Kriegsheld bin, wäre Ihnen ein gutes Gefühl geblieben. Es geht gar nicht um die Fakten, es geht um die Geschichte, verstehen Sie? Eine gute Geschichte ist oft wahrer als die Wahrheit. Weil sie eine gefühlte Wahrheit ist.«

Ich entspannte mich etwas. Und ich verstand, was er meinte.

»Ich war gerade etwas unvorsichtig und habe mich hier von Hans abholen lassen. Ich habe einen eiligen Termin. Das war nicht sehr professionell von mir. Der Übermut des Erfolgreichen. Ich entschuldige mich dafür.«

Ich habe den Bettler seitdem nicht mehr an dieser Stelle sitzen gesehen. Einmal bin ich ihm am Rindermarkt begegnet. Er hat mich wiedererkannt und mir sogar gewunken.

Ich blieb in Gedanken versunken vor dem Hinterbärenbad stehen. Genau vor der Eingangstüre. Ein Gast musste mich beiseiteschieben, um hineinzugelangen. Ich war von der Eingebung ganz gefangen: Ich konnte doch einfach durch eine gute Geschichte die Gefühle bei Burgl erzeugen, die wiederum bei mir gute Gefühle erzeugten. So wie mir die Schadenfreude als erste Reaktion gefallen hatte, würden mir ihr Neid und ihre

Eifersucht noch besser tun. Burgl lebte am anderen Ende der Welt. Da konnte ich alles erfinden, was ich wollte. Sie würde nie einfach bei mir daheim vorbeispazieren und mich beim Lügen ertappen. Ich konnte mir ein Leben konstruieren, das sie vor Neid erblassen lassen würde. Das Leben, das ich leben würde, wenn ich nicht ich wäre.

In der Nacht konnte ich nicht recht schlafen. Ich war zu aufgeregt. Mir gefiel der Plan, eine neue Welt zu erfinden, immer besser, je mehr ich darüber nachdachte. Wie das so ist im Halbschlaf. Sorgen kommen einem viel schlimmer vor und Ideen viel besser, als sie in Wirklichkeit sind.

Am Morgen fand ich die Idee furchtbar und wollte sie verwerfen. Doch in der Kanzlei konnte ich mich, wohl aufgrund meiner Müdigkeit, nicht konzentrieren, schweifte immer wieder von der Arbeit an den Verträgen ab und grübelte weiter darüber nach, wie ich mein erfundenes Leben gestalten würde. Ich sah meine erfolgreichen, gutaussehenden und gut angezogenen Kanzleikollegen lachen und miteinander scherzen. Ich hörte ihre Abend- und Wochenendpläne und belauschte, wie sie anzügliche Witze über die Sekretärinnen machten und davon schwärmten, was sie mit der ein oder anderen schon angestellt hatten. Für viele wäre das vielleicht ein erstrebenswerter Lebenswandel, für mich aber nur eingeschränkt. In meinem erfundenen Leben wäre ich außergewöhnlicher als dieser Haufen von Anwälten. Nicht bloß aufs Geldverdienen und Anerkennung in der Anwaltskammer und bei den Sekretärinnen aus. Mit künstlerischer Ader und einem ausgesuchteren Geschmack. Ich wäre mehr so, wie Frauen sich Männer erträumten. Oder so, wie ich dachte, dass sie sich Männer wünschten. Nicht so wie der Grammer, mehr wie der Reißner in unversehrt. Die plötzlichen Möglichkeiten, die mir das alles bot, erschlugen mich förmlich.

Auf dem Nachhauseweg kam ich an einem Schreibwarenladen vorbei und sah Flugpostpapier in der Auslage liegen. Ich stand eine halbe Stunde davor, bis ich mich aufraffen konnte, welches zu kaufen. Der Entschluss stand. Ich musste Burgl zurückschreiben und ihr ein Leben präsentieren, das besser war als das ihre. Der verliebte, belächelte Nachbarsfreund von früher sollte zum begehrenswerten Mann erblühen. Aber ich merkte auch, dass ich nicht allzu sehr übertreiben durfte. Schließlich sollte sie glauben können, was sie las. Ein glaubhaftes Märchen, sozusagen.

Bei Kaut-Bullinger in der Residenzstraße kaufte ich mir eine gebrauchte Schreibmaschine und Farbbänder und ließ sie mir direkt hinterherliefern. Burgl sollte meine Briefe schließlich besser lesen können als ich die ihren.

Für den ersten Brief brauchte ich nur eine einzige Nacht. Aber er wurde fantastisch. Die Geschichte eines Lebens, wie ich es gerne geführt hätte. Ich schrieb mich regelrecht in Rage.

17

»Mit Flugpost nach Friedrichshafen/Wtbg. Per Luftschiff ›Graf Zeppelin‹ am 18. September 1931 nach Recife/Brasilien

München, den 12. September 1931

Liebe Burgl,
was für eine Überraschung. Sowohl dass du mir schreibst als auch das Wunder der Technik, das unsere Briefe hin und her fährt (ja, ich habe gelesen, dass der Zeppelin fährt, nicht fliegt). Ich habe mich sehr gefreut, von dir nach so langen Jahren zu hören.
Es ist in der Tat eher zufällig, dass ich noch in der Zeppelinstraße wohne. Eigentlich hätte ich längst wegziehen sollen. Aber da meine Eltern inzwischen verstorben sind, konnte ich die Wohnung, die ich nun alleine bewohne, umbauen und zu meinem persönlichen kleinen Paradies werden lassen.
Was schreibe ich da? Ein erster Kontakt nach so langer Zeit, da möchtest du sicher nicht hören, wie es in meiner ›Bude‹ aussieht, sondern wie es mir in den letzten zwölf Jahren ergangen ist, was ich beruflich mache oder wie ich lebe. Also gut: Ich bin Jurist und arbeite als Anwalt in einer Münchner Kanzlei.«
Ich dachte über jede meiner Formulierungen genau nach. Das konnte ich ja, als Verträgeschreiber. Formulierungen und ihre möglichen Auswirkungen und Folgen waren mein Metier. Der Brief sollte schließlich ein Bild von mir zeichnen, das mein besseres Ich widerspiegelte. Ich wollte erfolgreich, aber nicht wie ein Angeber wirken. Ich wollte, dass Burgl dachte, ich sei glücklich und zufrieden, aber noch nicht ganz angekommen in der mir eigentlich zustehenden Lebenssituation. Also schrieb

ich nicht von einer ›großen‹ Kanzlei und wählte bewusst die Worte ›Paradies‹ und ›Bude‹ für meine Wohnung. Erfolgreich, aber bescheiden geblieben, sozusagen. Außerdem sollte mein Bericht auf keinen Fall auch nur im Geringsten so scheinen, als wäre ich der verschrobene Einzelgänger, der ich war. Vielleicht hatte mich ja der Tod meiner Eltern aus der Bahn geworfen, und ich konnte mich noch nicht binden? Da ich natürlich in Wirklichkeit nichts mit Gerichtsverhandlungen zu tun hatte und mich nicht einmal sonderlich für die Gerichtsgeschichten meiner echten Anwaltskollegen, die dergleichen ununterbrochen erzählten, interessierte, hatte ich nicht besonders viel Ahnung vom Anwaltsgeschäft und musste mir in der Hoffnung, dass Burgl noch weniger darüber wusste, Gerichtserlebnisse aus den Fingern saugen. Gleichzeitig kamen mir die Anwälte und ihre Prozesse in unserer Kanzlei immer so attraktiv und souverän vor, und ich stellte mir den Beruf aufregend für Berufsfremde vor. Selbstbewusst, mit teurem Anzug und genug Geld, um ein gutes Leben zu führen. Und wenn dann noch meine künstlerische Ader dazukam, war das Bild perfekt. Zum Glück war ich ein so ausgiebiger Zeitungs- und Zeitschriftenleser und hatte ein gewisses Archiv an besonderen Fällen in meinem Kopf. Außerdem: Was sollte schon passieren, wenn Burgl mir auf die Schliche kam? Sie war in Brasilien und ich in München.

»Ein manchmal langweiliger, aber oft auch ein wenig aufregender und spannender Beruf. Ich habe das Glück, viele Mandanten aus Kunst und Kultur vertreten zu dürfen, das macht die Fälle, mit denen ich mich beschäftige, oft recht interessant.«

Da war sie, die künstlerische Ader. Außerdem verwendete ich Formulierungen wie ›ein wenig‹ und ›recht interessant‹. Ich umschrieb vorsichtig und bescheiden meinen beruflichen Erfolg und meine interessanten Aufgaben.

»Ein Beispiel: Ich vertrat vor einigen Wochen als Nebenkläger vor der Strafkammer eine hier sehr bekannte Theaterschauspielerin, deren Agent

einen großen Teil ihrer Gage veruntreut hatte. Das Dilemma für mich war, dass sie viel unsympathischer war als er. Er war der Verbrecher, sie die Betrogene. Im Laufe des Prozesses verstand ich immer besser, warum der Agent das Geld einfach behalten hatte. Beide hatten genug, waren reich, hatten Häuser am Tegernsee und Stadtwohnungen in Schwabing und Bogenhausen. Er hatte sie einfach im Laufe der Jahre hassen gelernt und sich bei ihr für ihren Umgangston und die unmögliche, herrische, fast sklaventreiberhafte Art rächen wollen. Mir gegenüber verhielt sie sich genauso. Ließ mich um zwei Uhr nachts an den Tegernsee zitieren, weil ihr etwas eingefallen war oder versuchte mich in Interviews, die sie Zeitschriften oder Zeitungen gab, schlecht aussehen zu lassen. Trotzdem musste ich sie vertreten und das Geld eintreiben und für ihn eine angemessene Strafe fordern.«

Diese Geschichte hatte ich aus einer Illustrierten und war ein Schachzug, um in meinem Beruf charakterlich einwandfrei, komplex und trotzdem erfolgreich zu wirken. Gefangen im manchmal ungerechten Rechtssystem.

»So ein Fall ist natürlich nicht alltäglich. Oft genug erarbeite ich einfach Verträge und Testamente und sitze lange Stunden an meinem Schreibtisch.

Du siehst, ich habe mich in den letzten Jahren hauptsächlich meinem beruflichen Werdegang gewidmet. Mehr, als vielleicht angemessen ist. Deshalb sind meine anderen Leidenschaften, Kunst und Kultur, oft zu kurz gekommen. Einzige regelmäßige Berührungspunkte, die ich mit dieser Welt habe, sind die Einladungen bei meinen Mandanten. Schriftsteller, Maler, ein Regisseur. Sie alle mögen mich und vertrauen auf mein juristisches Urteil, doch merke ich, dass ich kein Teil ihres innersten künstlerischen Kreises bin. Jedoch ist meine jetzige Situation nicht im Geringsten mit meiner Kindheit zu vergleichen. Denn ich habe einige wirklich gute Freunde, die mir sehr viel bedeuten.«

Jetzt musste ich Liebe und Leidenschaft, aber noch nicht die endgültige, große, einbauen. Mit einer Note Traurigkeit wollte ich das Ganze etwas würzen.

»Du sprachst das Thema Familie an. Leider hat mir mein Beruf bisher immer einen Strich durch die Rechnung gemacht. Ich war immer zu stark

in meine Arbeit eingespannt, um mich dem Familienleben widmen zu können. Und als meine Eltern starben, war es mir lange nicht möglich, mich zu binden. Trotzdem, liebe Burgl, bin ich natürlich kein Kind von Traurigkeit und treffe mich hin und wieder mit der ein oder anderen Dame. Aber wenn ich ehrlich sein soll, die wahre Liebe habe ich noch nicht gefunden. Vielleicht auch deshalb, weil ich sie noch nie gesucht habe.«

An dieser kurzen Passage tüftelte ich lange herum. Ich wollte mich so beschreiben, als wäre ich einer, dem das menschliche Bedürfnis nach Liebe momentan gar nicht bewusst ist. Als jemand, der gelegentlich Affären hat, die ihm wie aus dem Nichts zuflogen, aber die wahre Liebe gar nicht kennt. Einerseits aus sympathischer Bescheidenheit, andererseits aus attraktiver Schüchternheit.

»Hier ist schon Herbst. Obwohl wir erst Anfang September haben. Aber ein schöner Herbst. Recht kühl und sonnig. So ähnlich wie vor zwölf Jahren, als wir zwei an der Isar spazierten. Tagsüber in der Sonne schwitzt man, im Schatten ist es kühl. Mein liebstes Wetter. Ich bin heute spätnachmittags im Hemd und ohne Hut von der Kanzlei bis zum Odeonsplatz gelaufen und habe mit meinem Freund Hans Raetzer …«

Irgendein Name, den ich irgendwann in der Zeitung gelesen hatte. Ein Verbrecher aus der Unterwelt oder etwas Ähnliches. Vielleicht auch ein Theaterschauspieler.

»… im Café Annast ein oder zwei Negroni getrunken. Du kennst es vielleicht als Café Tambosi. Wahrscheinlich nicht, denn mit siebzehn in der Au schert man sich nicht um Kaffeehäuser am Odeonsplatz. Erst saßen wir auf der Terrasse, dann sind wir rein. Es wurde doch zu frisch. Hans sagte, dass wir es dieses Jahr bestimmt nicht mehr schaffen werden, abends draußen zu sitzen. Aber ich denke, dass es bestimmt noch Anlässe geben wird. Noch gibt sich der Sommer nicht geschlagen.«

An dieser Stelle wollte ich ihr nicht nur mein reich mit Freunden und Freuden gespicktes Leben präsentieren, sondern auch ihre Sehnsucht nach München anstacheln.

»Jetzt hast du einiges über mich erfahren dürfen. Das dritte Blatt ist schon fast vollgeschrieben, und der Brief soll heute noch zum Postamt gebracht werden. Ich bin gespannt, von dir zu hören und auch wann das nächste Luftschiff von Brasilien nach Europa zurückfährt. Gibt es denn einen Fahrplan?

Auf recht bald.

Dein Jugendfreund Carl«

18

Am nächsten Tag brachte ich den Brief zum Postamt und gab ihn ohne groß nachzudenken auf. Aber je länger ich über den von mir so eifrig verfassten und wohldurchdachten Brief nachgrübelte, desto gestelzter, eindeutig gelogener und unsympathischer kam er mir vor. Ich schämte mich im Laufe des Nachmittags so sehr dafür, dass ich mich an meinem Schreibtisch vor Unbehagen wand. Ein Kollege fragte sogar, ob es mir nicht gut gehe und ich nach Hause gehen wolle. Aber es half ja nichts. Der Brief war verschickt und ein Absturz der ›Graf Zeppelin‹ die einzige Möglichkeit, ihn aufzuhalten. Ich rechnete nicht mehr damit, jemals wieder von Burgl zu hören.

In der folgenden Nacht war ich dann plötzlich wieder ganz zuversichtlich, glaubte an den Erfolg meines Briefes und stellte mir vor, wie Burgl voller Sehnsucht und verdrängter Lust, in einem langen Brief beschrieb, wie sie sich nach mir verzehrte. Für mich waren diese Gedankenspiele alles in allem ein fast schöneres Erlebnis als all die Abenteuer mit den Auer Vorstadtmädchen, Studentinnen und Huren in den Jahren nach Burgls Fortgang. Nostalgie und Bestätigung gleichzeitig.

Und was soll ich sagen. Burgl schrieb mir schon am 22. September 1931 zurück. Ich bekam den Brief natürlich erst am 28. mit der Abendpost. Vormittags in Friedrichshafen entladen und direkt weiter nach München. Und was für einen Brief sie schrieb! Einerseits erfüllte er einen lüsternen Traum, andererseits demütigte er mich unendlich.

19

»Recife, den 22. September 1931

Lieber Carl,

wie schön, dass du geantwortet hast. Und so schnell. Gleich mit dem nächsten Zeppelin retour. Es macht mich richtig froh, von dir zu hören. So gut gelaunt war ich schon sehr lange nicht mehr. Aber deine Zeilen wecken auch eine große Sehnsucht nach deiner Freundschaft, meinem Daheim, dem Essen dort und den Jahreszeiten. Ach, der Herbst.

Ich vermisse den September in München. Wenn ich nur daran denke … Es ist warm und trocken, aber nicht mehr heiß. Und es regnet kalte Tropfen. Hier ist es immer heiß und feucht. Tag und Nacht dasselbe. Man merkt fast keinen Unterschied. Nicht einmal die starken Regengüsse, die es fast jeden Tag gibt, bringen Abkühlung. Es ist immer, als würde es jeden Moment gewittern, nur noch heißer, als es in München je war. An manchen Tagen habe ich alleine von der feuchten, warmen Luft verschrumpelte Finger, als wäre ich direkt aus der Badewanne gestiegen.

Immer im September denke ich an das ganze Obst daheim. An die Bäume voller Äpfel in der Stadtgärtnerei hinten beim Schyrenbad. Warst du jemals dabei, wenn wir als Kinder welche gestohlen haben? Wenn ja, habe ich dich nicht bemerkt. Äpfel gibt es hier nicht. In keinem Geschäft habe ich welche gesehen. Dafür Früchte, die zuckersüß und ganz ohne Säure sind. Manga und Mamão zum Beispiel. Ich weiß gar nicht, wie man auf Deutsch dazu sagt. Anfangs ist es ein Erlebnis, den starken Geschmack der Früchte auf der Zunge zu haben und die Süße. Aber es ist wie mit dem kalten Wetter, wenn man es nicht hat, vermisst man es und all die Wärme, nach der man sich die vielen kalten November über gesehnt hat, ist plötzlich wertlos und fad. Weißt du noch, als du Fettäpfel gesagt hast.

Als du mir bei jedem Spaziergang einen mitgebracht hast, damit ich was Gesundes für das Kind esse?

Ach, ein Apfel … ich habe manchmal das Gefühl, er bleibt für den Rest meines Lebens ein unerreichbarer Traum. Du hast damals meine Leidenschaft dafür angestachelt. Du bist schuld!

Weil du mir so brav über dein Leben in München geschrieben hast, schreibe ich dir auch ein bisschen mehr von meinem.

Eigentlich ist es recht eintönig. Mein Mann arbeitet bei der Zeppelingesellschaft. Das habe ich dir ja schon angedeutet, glaube ich. Er kümmert sich um die Post. Also er trägt sie natürlich nicht selber in den Zeppelin, er kümmert sich darum, dass alles läuft, genug Männer zum Verladen da sind, die Briefe sortiert und weitergeschickt werden und um eine Sache, die scheinbar ganz wichtig ist: Philatelisten. Viele der Briefe werden nur verschickt, weil Briefmarkensammler einen bestimmten Stempel oder eine bestimmte Marke zum Beispiel aus Paraguay haben wollen. João sagt, dass das oft seine Hauptbeschäftigung ist. Aber er sagt auch, dass, wenn der Postverkehr eines Tages einmal ausschließlich über Zeppeline nach Europa oder Nordamerika geht, dann wird das mit den Sammlern viel weniger werden. Weil es dann alltäglich ist. Aber wen interessiert das alles schon? Hauptsache, es funktioniert. Jetzt weißt du also, warum ich auf die Zeppelinpost gekommen bin, um dir zu schreiben. Ich habe Verbindungen und erfahre früher als alle anderen, wann die Luftschiffe ankommen und wieder wegfahren. Außerdem kenne ich jemanden (nicht meinen Mann), der mir beim Aufgeben meiner und Annehmen deiner Briefe hilft und sie an meinem Mann vorbei in die Zeppelinpost oder zu mir nach Hause schmuggelt. João wäre, denke ich, nicht glücklich, wenn er wüsste, dass wir uns schreiben. Übrigens habe ich hier bei der normalen Post gefragt: Wenn wir uns im Winter (also eurem Winter, hier gibt es ja keinen) immer noch schreiben wollen, wenn die Zeppeline nicht fahren, dauert es einen Tag, bis ein Brief verschifft werden kann, acht oder neun Tage Überfahrt und mindestens einen Tag Auslieferung. Da haben wir schon Glück, dass das mit dem Luftschiff so schnell geht.

Genauso fad, wie meine Beschreibung des Zeppelin-Krams war, genauso öde ist mein Leben mit meinem Mann und meiner Familie. Er und ich, wir haben nichts gemeinsam. Er hat seinen Beruf und seinen Club. Ich die Kinder und die Wohnung. Wir haben eine Maid (das wird englisch ausgesprochen, also Mäid), die uns den Haushalt macht und sich auch um die Kinder kümmert. Die Kinder sind aber eh immer unterwegs und mir, ehrlich gesagt, inzwischen fremd. Schule, Musikunterricht, Tutorium, Buchclub, Deutschstunde im deutschen Haus, Turnclub. Irgendetwas haben sie immer. Meistens ist es mir auch zu heiß, um rauszugehen und etwas zu unternehmen. Also bleibe ich im Eckzimmer, wo man die Fenster so öffnen kann, dass der Wind richtig durchbläst. Die Frauen in der Stadt, ich habe es ja schon geschrieben, meiden mich. Ich habe also auch keine Freundinnen. Nur manchmal zwinge ich mich, die Frauen der Herren aus dem Club meines Mannes zum Tee einzuladen. Weil es sich so gehört. Dann betrinken sie sich und lassen sich dann von ihren Chauffeuren wieder heimfahren ohne auch nur ein echtes Wort mit mir gewechselt zu haben. Dass ich im Gegenzug bei einer der Damen eingeladen werde, passiert, wenn es hoch kommt, einmal im Jahr. Und dann auch nur bei der Gomes de Melo, einer fast schon dunkelhäutigen Frau, die fast genauso wenig beachtet wird wie ich.

Aber ich bin noch keine alte, vertrocknete Strohwitwe. Ich bin erst neunundzwanzig und nicht auf den Kopf gefallen. Das weißt du ja, hoffe ich. Also habe ich mir einen Liebhaber genommen. Jetzt bist du hoffentlich recht schockiert. Ja, einen Antonio, der kein Brasilianer, sondern ein Italiener ist. Aus Trient. Er spricht perfekt Deutsch mit Tiroler Einschlag. Manchmal klingt es fast wie unser Dialekt daheim. Er ist aus Welschtirol abgehauen, als es zu Italien kam. Lieber fern von daheim, als zu Italien gehören, sagt er. Zugegeben, Antonio ist nicht der Gescheiteste, und wir haben uns genau genommen nichts zu sagen, weil wir auch keine Gemeinsamkeiten haben, außer einer. Also fast wie bei meinem Mann. Nur, dass bei ihm die Gemeinsamkeit die Kinder und der Haushalt sind. Bei Antonio was anderes.

Ich bin eine dauernde Strohwitwe, er ein kräftiger Arbeiter an den Zeppelinen. Worüber sollen wir da reden? Ich: »Die Damen waren wieder mal zum Tee hier.« Er: »Wie interessant. Ich habe mich vor dem Wirtshaus in der Praça Dom Vital geprügelt. Schau dir nur meinen blauen Fleck hier an. Und bei der Arbeit habe ich heute schwere Säcke tragen müssen.« Das klingt nicht sehr interessant, oder? Dass er Deutsch spricht, spielt also gar keine Rolle. Er könnte auch Pekinesisch sprechen, das wäre das Gleiche. Antonio ist sehr grobschlächtig. Er verlädt jene Fracht mit seinen eigenen Händen, die mein Mann nur vom Schreibtisch aus verladen lässt. Er ist mein oben beschriebener Kontakt zu den Postsäcken. Einer seiner Freunde arbeitet bei den Sortierern und kann meine Briefe an dich hinein- oder deine Briefe an mich herausmogeln, bevor sie zur normalen Post kommen. Aber diese eine Sache, zu der Antonio und ich uns treffen, klappt prächtig. Sie klappt so gut, wie du es dir nicht vorstellen kannst.

Du schreibst, dass du selbst kein Kind von Traurigkeit bist, und wahrscheinlich ist aus meinem tollpatschigen Küsser von vor zwölf Jahren ein sehr geübter Liebhaber geworden, aber so etwas, wie es mir jedes Mal mit Antonio geschieht, hast du bestimmt noch nicht erlebt. Ich hoffe, dass dir meine offenherzigen Zeilen nicht abstoßend vorkommen. Ich traue mich, das auch nur zu schreiben, weil du viele tausend Kilometer weit weg bist und auch weil wir uns von früher kennen. Bitte schreib mir, wenn dir meine Offenherzigkeit schamlos und ekelhaft erscheint. Dann kann ich es nie wieder erwähnen. Lieber schweige ich darüber, als von dir nichts mehr zu hören.

Ein ganz klein wenig muss ich doch noch darüber schreiben. Ein Absatz noch. Den wirst du diesmal noch aushalten können, ohne mich zu verachten, oder? Es tut gut, das alles einmal vom Herzen zu haben. Das, lieber Carl, was ich jeden Montag, Mittwoch und Freitag (ja, so oft!) erlebe, ist eine Wollust, wie ich sie noch nie empfunden habe. Ein Verzehren und Verlangen, wie ich es mir nie erträumt hätte. Eine mir bis jetzt fremde, unglaubliche Form der Lust. Wer könnte da widerstehen?«

Ich las Burgls zweiten Brief mit roten Ohren. Sie kam sehr

schnell auf Intimitäten zu sprechen und knüpfte scheinbar da an, wo wir zwölf Jahre zuvor aufgehört hatten.

Ich hatte einige Monate davor einen pornografischen Roman gelesen, den ich in einem kleinen Laden gefunden hatte, wo man Romanhefte tauschte und gebrauchte Bücher (ich will sie nicht antiquarisch nennen, dafür sind sie doch meist zu profan, Westernhefte, Liebesromane und dergleichen) für wenig Geld kaufen konnte. Erst hatte es mich abgestoßen, so direkt über Lust und Geschlechtsteile zu lesen. Dann gefiel es mir immer besser. Von Kapitel zu Kapitel. Aber nicht so gut, dass ich mir weitere dieser Hefte hätte besorgen wollen. Bei Burgls Brief war es nicht anders. Ihre Worte hatten mich gleichzeitig beschämt und erregt. Einerseits zerstörte es das Bild von der armen, unschuldig schwanger gewordenen, aber dann geläuterten Burgl, andererseits zeigte es mir ihre verruchte, lüsterne Seite überdeutlich. Es kam mir wieder wie die geschenkte Aufmerksamkeit und die Komplimente unserer letzten Spaziergänge vor. Bisher hatte ich immer meine Fantasie bemühen müssen, wenn ich mir Burgl nachts im Bett vorstellte. Jetzt hatte ich es schwarz auf weiß (vielmehr bleistiftgrau auf hellblau) vor mir und musste nicht mehr selbst kreativ werden.

Was mich aber bald störte und mich später sogar wütend werden ließ, war, dass Burgls Bericht so gar nichts mit meinen Gedankenspielen nach meinem ersten Brief zu tun hatte. Sie verzehrte sich zwar vor Lust. Aber nicht nach mir und meinem Leben. Sie berührte sich nicht selbst lüstern beim Gedanken an mich, sondern sie berührte ganz banal ihren groben Liebhaber und er sie. Dieser Gedanke machte mich eifersüchtig, nagte an mir und wurde beim Lesen des Rests noch größer und drückender. Wieder nahm jemand anderer die Rolle ein, die ich immer gerne bei Burgl gespielt hätte.

»Es ist auch die Freude an der Gefahr, entdeckt zu werden, die mir solche Lust bereitet. Mein Mann darf nie von meiner Liebschaft erfahren!

Sonst bin ich verloren. Ich habe nichts und niemanden hier in Recife. Keinen Menschen, der mich mag und kein eigenes Geld. Keinen Real. João würde mir alles nehmen, wenn er von Antonio erführe. Wohnung, Kleider, Möbel und natürlich auch meine Kinder. Auch wenn sie mir oft fremd sind, ohne sie will ich nicht leben. Was wäre ich sonst für eine Mutter?

Antonio befriedigt zwar meine körperlichen Bedürfnisse, aber geistig fehlt ihm alles, was einen Mann sonst interessant für mich macht. Weder mein Mann noch mein Liebhaber erfüllen meine Wünsche nach solchen Gesprächen, wie wir sie vor zwölf Jahren führten. Ich bin nicht mehr nur das Vorstadtflietscherl aus der Au. Was meinst du, was ich die zwölf freudlosen Jahre in Recife getrieben habe? Gelesen. Wie eine Verrückte. Erst war es mir eine Qual, dann wurde es eine Leidenschaft. Erst nur auf Deutsch. Alles aus der Bibliothek meines Mannes, dann habe ich versucht, auch auf Portugiesisch zu lesen. Das war mir aber zu mühselig. Als mir der Stoff ausging, habe ich in Florianópolis bei einem deutschen Buchhändler bestellt.

Vielleicht ist das der Grund, warum ich dir so begeistert schreibe. Der Wunsch nach einer Affäre für den Geist. Ich könnte mir nie vorstellen, mit dir das zu machen, was ich mit Antonio treibe, aber genauso wenig kann ich das, was ich dir schreibe, mit João oder meiner Affäre besprechen. Also bitte ich dich hiermit ganz offiziell, mein Liebhaber für den Kopf zu werden.

Ich denke oft an dich und freue mich auf deinen nächsten Brief. Am 17. Oktober (erst) verlässt das nächste Luftschiff Friedrichshafen. Du hast also genug Zeit, mir zu schreiben. Ich erwarte tiefe geistige Befriedigung durch einen hoffentlich langen, langen Brief.

Deine erwartungsvolle
Burgl«

Ich brannte vor Enttäuschung, Wut und Eifersucht. Sie hatte zwar auch nicht ihr Glück gefunden, doch zumindest war ihr Liebesleben aufregender als meines. Und sie teilte ihren wunderbaren Busen mit diesem fürchterlich dummen Katzlmacher.

Was konnte ich dem entgegensetzen? Aber am meisten wurmte mich die erneute Zurückweisung. Wieder war ich nur der Depp.

Diesmal ließ ich mir ein paar Tage Zeit, um über eine Antwort nachzudenken. Meine Wut wurde kaum weniger. Eigentlich wollte ich gar nicht mehr zurückschreiben, doch dann hatte ich eine Eingebung, die mich schlagartig mit meinem Leben versöhnte und die mich in meine heutige Situation bringen sollte.

20

Ich ging an den folgenden Abenden nach meiner Arbeit nicht direkt heim, sondern kreiste in langen Umwegen bis spät in der Nacht durch die Stadt. Ich wollte nachdenken, vor mich hin grübeln, ausgiebig deprimiert sein und meinen Zorn nach und nach abkühlen.

Am Freitag, den 2. Oktober, trieb es mich bis in die Zenettistraße in der Nähe des Schlachthofs. Es war nicht mehr ganz so eisig wie in den letzten Septembertagen, als es sogar einmal, wie als Antwort auf Burgls Sehnsucht nach Kühle, verfrüht geschneit hatte. Vom Oktoberfest war, obwohl es ganz in der Nähe war, kaum etwas zu merken. In der Wirtschaftskrise hatten die Menschen wahrscheinlich zu wenig Geld, um sich besinnungslos zu trinken.

Auf dem Gehsteig vor der Nummer 12 gab es einen kleinen Menschenauflauf vor einem Geschäft. Es war das Atelier eines Fotografen. Ich hatte es schon einige Male im Vorbeigehen bemerkt, da es ein auffälliges, oranges Ladenschild hatte. »I. TRAUB. PHOTOATELIER«. Ein ungefähr sechzigjähriger Mann, wahrscheinlich der Inhaber des Ateliers, stand in der Türe und schrie verzweifelt einen anderen Mann an. »Wo soll ich es denn hernehmen?« und »Sie wissen doch, wie die Zeiten gerade sind. Alles geht den Bach runter. Wir haben eine Weltwirtschaftskrise. Haben Sie das noch nicht gemerkt? Lesen Sie keine Zeitung?«. Der andere Mann antwortete ruhig: »Das ist mir egal, Traub, am Montag steht der Gerichtsvollzieher bei Ihnen im Laden und holt an Werten raus, was mir gehört.« Der Fotograf wieder: »Lassen Sie mir wenigstens noch die nächste Woche, dann kann ich mein Material noch anständig mit

Gewinn verkaufen.« Der Gläubiger darauf: »Montag ist Frist. Entweder Sie haben das Geld oder der Gerichtsvollzieher nimmt mit, wovon er glaubt, dass es Ihre Schulden tilgt. Ihren Schnitt hätten Sie schon längst machen können. Ich habe Ihnen vor fünf Monaten bereits schreiben lassen und meine Miete eingefordert.«

Ich drängte mich unter die Schaulustigen, um einen besseren Blick auf Traub werfen zu können. Er war klein, kahl, schnurrbärtig mit einer Brille und stand im Hemd, mit Hosenträgern und Ärmelschonern auf dem Gehsteig. Die Menschen, die ihn umringten, waren alle angezogen wie Arbeiter, von denen es im Schlachthofviertel ja genug gab. Da stach ich natürlich mit meinem Hut und dem dunklen Mantel aus der Menge der Schiebermützen und Wolljacken hervor und wirkte auf die anderen wie eine Respektsperson. Dem Gläubiger ebenbürtig. Man machte mir Platz und ließ mich ohne Murren durch. Bis nach vorne in die erste Reihe.

Eigentlich wollte ich mir nur das Spektakel rund um den armen Schlucker genauer ansehen, doch als ich die im Schaufenster ausgestellten Bilder sah, konnte ich mich nur noch darauf konzentrieren. Zwischen den üblichen gestellten Hochzeitsfotografien und einfachen Porträts hingen einige Bilder von einer ganz anderen Qualität. Eine außergewöhnliche Serie einer jungen Frau mit Bubikopf in einem kurzen, modischen Kleid in unterschiedlichen Posen. Auf einer Fotografie war sie an einen Stuhl gelehnt, auf einer anderen warf sie einen Ball in die Luft, auf einer lag sie quer auf einem Teppich, auf einer spielte sie mit einem Hündchen oder sie malte auf einer Staffelei ein Gemälde. Eigentlich auch normale Bildkompositionen, wie man sie bei jedem Fotografen im Schaufenster sehen konnte, doch die junge Frau hatte einen neugierigen Blick, der mich direkt ansah und mir zu sagen schien: »Ich bin es.« Die Bilder berührten mich. Oder vielleicht auch nur das Fotomodell. Ich hatte das

Gefühl, noch nie so eine besondere Person gesehen zu haben. Nicht nur ihr hübsches, aber nicht übermäßig schönes Äußeres schien mir außergewöhnlich. Es kam mir so vor, als könne ich durch ihre Hülle direkt in ihr Inneres blicken. Ein besonderes und liebenswertes Inneres, wie es mir noch nie zuvor begegnet war. »So jemanden würde ich gerne lieben«, dachte ich. In mir erwachte eine Idee, die ich zwar noch nicht formulieren konnte, die sich aber gut anfühlte.

Der Fotograf wirkte verzweifelt. »Haben Sie doch Mitleid, ich brauche das Geld. Ich möchte zu meinen Töchtern nach Südamerika ziehen.« Sein letzter Satz löste bei mir endgültig etwas aus. Südamerika, Brasilien. Burgl.

Aus dem Gefühl formte sich ein Gedanke, der sich langsam zu einer Idee zu entwickeln begann. Wie einer Eingebung folgend und in einer Art Trance sagte ich: »Ich kaufe Ihnen alles ab. Den ganzen Laden.« Und als keine Reaktion kam: »Nennen Sie Ihren Preis.« Die Menge murmelte anerkennend. Traub schaute fassungslos, und der Gläubiger sagte gelassen: »Das ist mir wurscht. Montag um elf hab ich so oder so mein Geld.« Der Fotograf sah mich weiter ungläubig an, einer der Umstehenden klopfte mir anerkennend auf die Schulter, und ein anderer zischte: »Wenn wir erst mal dran sind, knüpfen wir solche wie dich auch auf, Judenspezi!«

So kam ich zu einem kompletten Fotoatelier. Geld hatte ich genug im Laufe der letzten Jahre gespart. Ich arbeitete, machte viele Überstunden, war unverzichtbar in der Kanzlei und verdiente Unmengen, gab aber kaum etwas aus. Die Wohnung war billig, und ich brauchte ja fast nichts. Die paar Abonnements und das billige Essen aus dem Wagnerbräu kosteten wenig.

Am Montag meldete ich mich krank, ging direkt zur Bank, hob eine große Summe ab, zahlte dem Gläubiger das geforderte Geld und gab Traub den stolzen Rest. Seine Dankbarkeit war mir unangenehm. Das Atelier behielt ich, und ich schoss dem

Vermieter die Miete für ein Jahr vor. Er war froh, denn Ladengeschäfte vermieteten sich nicht gerade leicht. Die Idee, die am Freitag ganz leicht in mir angeklungen war, hatte sich zu einem großen Plan entwickelt. Mein Leben sollte so werden, dass Burgl vor Neid platzen würde. Erfolgreich, angenehm, mit Freunden und Freizeit, aber auch mit dem, was Burgl an ihrem Leben wirklich fehlte: Eine Liebesbeziehung, die über das Körperliche hinausging. Eine Liebhaberin für Kopf und Körper. Ich wusste auch schon, wie sie aussah und wie sie war.

Einige Tage später, nach langem Planen und Nachdenken, schrieb ich Burgl:

»München, den 11. Oktober 1931 um halb 6 Uhr abends

Liebe Jugendfreundin,

heute bin ich kurz angebunden, denn ich muss gleich weiter. Nur ganz schnell, was mir passiert ist: Ich war am Donnerstag bei einer Befragung in Schwabing. Es ging um den Mord an einem Musiker und ich verteidige den Beschuldigten, einen anderen, um eine Auftragskomposition konkurrierenden, Musiker. Kniffelige Angelegenheit. Ich sprach mit einer jungen Malerin aus dem Nachbaratelier, um das Alibi des Verdächtigen zu überprüfen. Aus dem Verhör wurde ein sehr langer, lustiger Plausch. Erst über den Nachbarn und seine furchtbare Musik, dann über den Toten und den Fall ganz allgemein und meine Rolle dabei (ich verriet viel zu viel), dann über das Viertel und die Straße, in der das Atelier war, wie sich alles verändert, seit es die Krise gibt, und schließlich wurden wir ganz privat. Sie erzählte vom Tod ihrer Eltern, ich vom Tod der meinen. Sie sprach über das Alleinsein in München inmitten der wilden Künstlergemeinde und ich über die Monotonie des Immer-nur-Arbeitens. Wir standen immer noch redend im Flur, als es schon dunkel wurde. Es war schwer, sich loszureißen. Ich hatte das Gefühl, das war es für uns beide. Sie gefiel mir ausgenommen gut. Sie gefiel mir in einem Maße, das ich bisher noch nicht gekannt habe. Aber du kannst dir vielleicht vorstellen, wie schüchtern der ›zaghafte Küsser‹ bei solchen persön-

lichen Dingen immer noch ist (auch wenn ich behaupte, kein Kind von Traurigkeit zu sein). Noch dazu bei einer Künstlerin. Warum soll sich denn eine hübsche und interessante junge Frau für so einen Paragrafenheini wie mich interessieren? Die Damen aus dem Sekretariat, ja. Die Frauen, aus der Welt des Boulevardtheaters und des Films, die ich sonst so oft vertrete, natürlich. Da kann ich mir vorstellen, dass ich auf die eine gewisse Wirkung habe. Da geht es meist nur um Geld und Ansehen. Das kann ich darstellen. Aber bei einer so außergewöhnlichen, offenen und schönen Person voller künstlerischer Gedanken … Als ich schon draußen vor ihrer Wohnung im Flur war, fasste ich mir ein Herz. Wer nicht wagt, der nicht gewinnt. Ich heftete, nachdem ich mich verabschiedet hatte, meine Visitenkarte an ihre Türe und schrieb auf die Rückseite: »Sie gefallen mir ausgesprochen gut. Ihr Anblick und unser Plaudern haben wie der Blitz bei mir eingeschlagen. Melden Sie sich doch bei mir, wenn es Ihnen ebenso geht.« Ich fühlte mich durch deinen letzten Brief beflügelt und inspiriert, so etwas zu tun. Ich dachte daran, was du über die fehlende geistige Verbundenheit zu Antonio geschrieben hast und wie sehr auch ich mich nach so einer Person sehne. Warum soll diese Person nicht diese Künstlerin sein? Danke dafür. Denn selbst wenn mein Schrieb nicht die erhoffte Wirkung haben sollte, so war ich doch gleich am selben Abend schon froh, es zumindest versucht zu haben.

Doch du wirst es nicht glauben. Schon am Freitag, also vorgestern, hatte ich eine Antwort auf meinem Schreibtisch in der Kanzlei liegen. Eine reich bemalte Karte mit einer in geschwungener Handschrift verfassten Antwort: »Sie gefallen mir auch gut. Möchten Sie mich Sonntag, den 11. Oktober abends in der Osteria Bavaria in der Schellingstraße treffen? Warten Sie auf mich ab halb acht.« Das ist heute Abend. In einer Stunde! Ich bin aufgeregt, denn ich fürchte zu arriviert und bieder für sie zu sein. Was kann sie nur an mir, einem hut- und Bindertragenden Anwalt, finden? Ich habe Angst vor der eigenen Courage. Ist sie vielleicht zu außergewöhnlich für mich? Jetzt ist es halb sieben. Sitzt der Anzug? Ist er nicht zu normal? Ist das Einstecktuch zu gewagt? Habe ich gute Gesprächsthemen?

Ich werde dich auf dem Laufenden halten. Ob du willst oder nicht.

Dein Carl.«

21

Am nächsten Tag schickte ich gleich einen zweiten Brief hinterher. Ich befürchtete zwar, dass alles zu auffällig und durchschaubar sein könnte. Schließlich war das erst mein dritter Brief an Burgl. Außerdem war es doch auch seltsam, dass mir so schnell, nachdem sie mir von ihrer körperlichen Affäre und ihrer Sehnsucht berichtet hatte, eine geistige, eine große allumfassende Liebe begegnete. Aber ich denke, dass man so etwas nicht hinterfragt, wenn man keinen Anlass hat, eine Lüge zu befürchten. Man nimmt es als Tatsache hin. Für Burgl stellte sich die Frage nach einem Betrug nicht.

»München, den 12.Oktober 1931
Diesen Brief bitte als zweiten lesen.

Liebe Burgl,
es brennt mir so sehr unter den Nägeln, deshalb folgt dem ersten Brief gleich dieser zweite. Beide Briefe bringt wahrscheinlich derselbe Zeppelin. Ich hoffe, du fühlst dich nicht belästigt, aber ich möchte mein Glück mit dir teilen.

Stell dir vor, die junge Künstlerin hat mich geküsst. Ich bin im siebten Himmel. Niemals hätte ich es für möglich gehalten, dass sich so eine schöne, interessante Frau für einen wie mich interessiert. Sie heißt …«

An dieser Stelle geriet ich ins Stocken. Wie sollte sie heißen? Darüber hatte ich mir noch gar keine Gedanken gemacht. Spontane Fantasie war nicht meine Stärke. Bisher. Ich schaute mich um. Ein Bild von meiner Mutter hing, fast verdeckt von den riesigen Zeitungsstapeln, an der Wohnstubenwand. Ernestine, ihr Vorname, war auf keinen Fall der richtige für die Art von

Mensch, der mir vorschwebte. Außerdem erinnerte sich Burgl vielleicht daran, wie meine Mutter geheißen hatte. Vielleicht fiel es mir beim Nachnamen leichter. Ich schaute mich im Zimmer um. Ich hoffte, irgendetwas Inspirierendes zu sehen und daraus einen Namen formen zu können. Bild, Stapel, Staplinger, Tischler, Schreiner, Stuhlmann, Türhuber, Fenstermayer … Vor dem Fenster in der Zeppelinstraße stand ein großes Pferdefuhrwerk des Umzugsunternehmens Aumiller. Das klang normal, alltäglich und nicht ausgedacht. Ich hatte einen Nachnamen gefunden. Zurück zum Vornamen. Anni, wie die Samstagsbedienung im Bräustüberl? Zu kellnerinnenhaft. Babette, wie die Damenzeitschrift, die ich mir von der Nachbarin geben ließ, wenn sie sie ausgelesen hatte? Zu affektiert. Mathilda, wie die Enkelin der anderen Nachbarin? Zu tantenhaft. Auf dem Schreibtisch lag die aufgeschlagene Zeitschrift ›Jugend‹. Mir fiel die Anzeige für das Damen-Gesichtswasser ›Therese‹ ins Auge. Alles Gute zum Geburtstag, Therese Aumiller!

»… Therese Aumiller.

Es war ein wundervoller Abend, voller Lachen und Zärtlichkeit.«

Hier zögerte ich erneut, ob das nicht zu schmalzig wurde. Doch ich vermutete, dass man bei Burgl nicht dick genug auftragen konnte.

»Nicht nur das Küssen, auch die Gespräche davor und danach waren wundervoll. Nach der Osteria sind wir noch bis nach Schwabing gelaufen und dann noch weiter durch den Englischen Garten und wieder zurück. Wir konnten gar nicht aufhören zu reden. Sie kommt aus Landau. Aus der Pfalz – wie ich ursprünglich! Sie ist vierundzwanzig Jahre alt und hat gerade ihr Malereistudium abgeschlossen. Noch habe ich nichts von ihrem Werk gesehen, außer der bemalten Postkarte. Und bei der weiß ich nicht einmal, ob sie von ihr ist. Was, wenn ihre Bilder fürchterlich sind? Das könnte ich nicht ertragen. Das würde erklären, warum sie sich für mich interessiert. Eine talentlose Malerin, die niemand anderen als mich findet. Aber ich bin optimistisch. Was bleibt mir nach so einem Abend auch übrig.

Ich bin immer noch zu aufgekratzt, um es bei diesen kurzen Worten über gestern Abend zu belassen. Deshalb schreibe ich einfach alles. Ob du willst oder nicht. Du hast dich ja bei deinen Schilderungen von dem, was du mit Antonio veranstaltest, auch nicht zurückgehalten.

Das Erste, das mich an ihr gestern Abend beeindruckt hat, war Thereses Appetit. Meistens, wenn man mit Frauen ins Lokal geht, essen sie ja eher wie die Spatzen. Sie rühren kaum die Speisen an, die man für viel Geld auftischen lässt und halten sich bei alkoholischen Getränken zurück, um sich jederzeit unter Kontrolle zu haben.«

Als ob ich darüber Bescheid wüsste. Ich war noch nie mit einer Frau im Restaurant gewesen. Während des Studiums, als ich meine Hauptaffärenzeit hatte, war das ganz anders abgelaufen. Nie im Restaurant, meist auf Studentenfesten oder in Nachtlokalen. Ein Kommilitone hatte dem anderen immer die Damen zugeführt und man hatte dann meist nichts anderes zu tun, als charmant zu sein und irgendwann dreist zuzugreifen. Wissen über die Abläufe von Rendez-Vous-Abendessen hatte ich einzig aus einem Artikel im Unterhaltungsblatt der Vossischen Zeitung, die ich mir gelegentlich samstags zusätzlich holte, denn alleine die Münchner Blätter brachten mich nicht über das Wochenende. Der Autor hatte sich lang und breit über die moderne, junge Berliner Frau, ihre Marotten und Eigenheiten ausgelassen. Ich hatte keine Ahnung davon, also musste ich in meinem Brief aus dem schöpfen, was mir vom Artikel noch im Gedächtnis war. Ich wusste, dass meine Therese auf gar keinen Fall so sein sollte, wie der Autor die moderne Großstadtfrau beschrieben hatte: Einerseits aus der gewohnten Rolle der Frau ausbrechen wollen, andererseits trotzdem von ihren Verehrern umgarnt und umsponnen werden wie von einem mittelalterlichen Ritter oder Minnesänger. Frauen von heute, deren Interessen aber letztendlich doch nur in Kleidung, Wohlstand, Theater, Varietée und Kino zu bestehen schienen. Meine Therese sollte anders sein. Interessant, faszinierend, selbstbewusst und selbstständig. Gleichzeitig aber auch ein wenig schüchtern und zerbrechlich, künstlerisch, aber auch an der richtigen Stelle pragmatisch. Ich weiß nicht, woher der Wunsch nach so einer Person kam. Wahrscheinlich schuf ich Therese anfangs ein wenig nach dem Abbild meiner eigenen Mutter. Charakterlich, meine ich. Erst später entwickelte sie sich zu dem, was sie für mich ausmachen sollte. Dieser Brief war ja sozusagen ihre Geburt, und welcher Mensch ist schon zum Zeitpunkt seines ersten Schreis der Mensch, der er mit vierundzwanzig ist?

»Aber Therese war nicht so. Sie aß einen gewaltigen Teller Makkaroni als Primo, dann eine Saltimbocca und als Nachtisch ein Profiterole, diese italienischen Windbeutel. Ich aß das Gleiche, schaffte es aber kaum. Wir waren beide begeistert von den Speisen. Nur beim Negroni davor teilte sie meinen Geschmack nicht. Aperitivi mag sie nicht so gerne. Sie beginnt gleich mit Rotwein. *Ich weiß nicht, ob du die Osteria kennst. Wahrscheinlich nicht, denn welches siebzehnjährige Mädchen aus der Au weiß über die Lokale und* Restaurants *in der Maxvorstadt oder in Schwabing Bescheid? Therese war auch noch nie dort gewesen. Sie dachte sich, so erzählte sie mir auf unserem Spaziergang, dass, wenn es zwischen ihr und mir nicht funken würde, sie zumindest einmal die Gelegenheit gehabt hätte, die berühmte Osteria aufzusuchen. Der Kellner erzählte uns übrigens, dass dieser Hitler auch gerne dort verkehrt. Und der Schriftsteller Oskar Maria Graf soll dort ein und aus gehen. Oder war das der Schelling-Salon nebenan?«*

Jetzt fragen Sie sich, woher der Dürrnheimer über solche Lokale Bescheid wusste. Ich habe ganz vergessen zu erwähnen, dass ich natürlich selbst genau jenes Abendessen dort zu mir genommen habe, bevor ich den Brief schrieb. Ich fühle mich in solchen Umgebungen nicht sonderlich wohl. Der Kellner klopft einem auf die Schulter und nennt jeden ›Maestro‹. Aber so wusste ich wenigstens, worüber ich schrieb.

»Jedenfalls haben wir uns schon beim Essen blendend verstanden und wollten auch danach gar nicht auseinandergehen. Also haben wir einen langen Spaziergang gemacht. Von der Schellingstraße bis zu mir und

wieder zurück zu ihr in die Kaulbachstraße. Es war sehr kalt gestern Abend, aber wir sind trotzdem nicht auf die Idee gekommen, uns zu trennen. Ich weiß gar nicht mehr, was wir alles besprochen haben. Es war keinen einzigen Augenblick so, dass wir uns nichts zu sagen gehabt hätten.

Unterwegs hat sie meinen Arm genommen und um sich gelegt. Wegen der Kälte, hat sie gesagt. Ich habe sie etwas später geküsst, und sie hat mich zurückgeküsst.«

Ganz anders also, als Burgls und mein Kuss damals. Ich weiß nicht, ob sie sich überhaupt an Details unseres Kusses erinnerte. Aber ich schon. Und ich wollte deutlich machen, dass es heute ein schönes Erlebnis ist, von mir geküsst zu werden.

»Es muss so gegen drei Uhr morgens gewesen sein, als ich nach Hause kam.

Burgl, ich bin vollkommen übermüdet und habe mich mittags krank gemeldet. Die Kollegen hatten vollstes Verständnis, denn ich muss wohl furchterregend ausgesehen haben. Jetzt habe ich zwei Stündchen geschlafen und bin wieder in der Lage, über das gestern Geschehene nachzudenken. Ich bin immer noch glücklich und gespannt, wie Thereses und mein Wiedersehen ablaufen wird. Oder ob es überhaupt passiert. Jetzt mache ich mir gerade selbst Angst.

Bis zum nächsten Brief. Schreib mir mehr über deine bisherigen Jahre in Brasilien. Ich kann mir nicht vorstellen, wie das ist, plötzlich in der Fremde, ohne die Sprache zu können und ohne Freunde oder Familie.

Dann geht es nicht immer nur um mich.

Dein Carl«

22

Es dauerte nicht einmal zwei Wochen, bis die Antwort kam:

»Recife, den 21. Oktober 1931

Lieber Carl,

dies ist wohl die letzte Zeppelin-Fahrt für dieses Jahr. Sagt João. Ich fürchte, dass er euren Winter über viel zu Hause sein wird. Da wird bei den Zeppelinleuten nicht viel los sein. Hoffentlich findet er viele Ausreden, um außer Haus zu sein. Für uns beide, dich und mich, heißt es ab jetzt, Geduld mit der Post haben. Die ›Graf Zeppelin‹ fährt erst wieder ab März. Wenn das Wetter bei Euch mitspielt. Aber vielleicht geht es mit dem Schiff trotzdem viel schneller als mit dem Zeppelin, weil die Dampfer regelmäßiger und öfter fahren. Nur für mich könnte es riskanter werden, weil ich die Post nicht abfangen lassen kann und sie dann bei uns zu Hause abgegeben wird. Vielleicht schreibst du lieber ›Poste restante‹. Das ist eine gute Idee. Also bitte ›postlagernd‹ schicken.

Es ist unheimlich aufregend, von dir zu lesen. Wer hätte gedacht, dass meinem Carl aus der Zeppelinstraße eines Tages so ein großes Glück geschieht. Und dass ich einen kleinen Anteil daran haben darf. Ich wünsche dir, dass Therese dir viel Freude ins Leben bringt. Aber sei vorsichtig, dass sie dir nicht das Herz bricht. Denn das wünsche ich dir auf keinen Fall. Vielleicht schreibst du mir ja zurück, dass alles wieder zu Ende ist, was ich dir nicht wünsche, oder du schreibst, dass alles gut ist und ihr bald heiratet. Ja, das glaube ich. Das will ich glauben. Wo wird es stattfinden? Oben auf dem Giesinger Berg oder in der Mariahilfkirche? Natürlich mache ich nur Späße. Vielleicht auch, weil ich dich nicht wenig beneide und eifersüchtig auf meine geistige Nebenbuhlerin bin. Ich bin sehr gespannt, von dir zu lesen. Ich kann es kaum erwarten, dass du mir wieder schreibst.

Ich selbst habe mich in der letzten Zeit sehr oft mit Antonio getroffen. Fast jeden Tag, würde ich sagen. Außer am Sonntag. Ich glaube, dass mich das, was du geschrieben hast, angestachelt hat, noch mehr Verbotenes zu tun. Er ist wirklich etwas dumm und inspiriert mich nicht. Aber ich habe solche Dinge, wie in den letzten Tagen mit ihm, noch nie zuvor gemacht, und sie gefallen mir sehr. Ich wünsche dir, dass auch du mit deiner Therese (oder wer auch immer an deiner Seite landet) solche wunderbaren und aufregenden Erfahrungen machst.«

Burgl, du bist so durchschaubar! Ich merkte an diesem Brief genau, dass ich sie damit an der richtigen Stelle getroffen hatte. All die Mühe und Arbeit, die ich mir beim Ausdenken der Figur Thereses gemacht hatte, hatte sich gelohnt. Alleine für diesen kleinen, für Außenstehende kaum erkennbaren Anflug von Neid, den mir Burgl da präsentierte.

»Du fragtest, wie meine letzten zwölf Jahre in Recife waren. Das will ich dir gerne erzählen. Hast du etwas Zeit? Oder triffst du schon wieder deine Therese?

Wie könnte ich also meine Jahre in Brasilen zusammenfassen? Ach ja: Heiß war es. Und einsam. Das habe ich mittlerweile oft genug geschrieben, oder? Oder hätten es der Herr gerne noch ausführlicher?

Im Ernst. Den größten Schreck für die siebzehnjährige Burgl (die auf dem Papier bereits einundzwanzig war, denn meinen Eltern wollte ich vor der Abreise keine Heiratsbewilligung mehr abringen) löste aber nicht die Hitze bei der Ankunft aus. Die kannte ich ja schon vom Schiff, das ja schon seit einigen Tage im tropischen Klima fuhr. Wir hatten am 21. Dezember in Southampton abgelegt und kamen am 30. Dezember in Recife an. Das weiß ich noch so genau, weil ich mir nicht vorstellen konnte, Weihnachten nicht daheim zu verbringen. Besonders weil es dieses Jahr vor Weihnachten in München schon Schnee gab und ich mir nicht ausmalen mochte, das Fest zukünftig in den Tropen zu verbringen. Ich war inzwischen hochschwanger und das Allererste, was ich von Brasilien bei der Ankunft sah, war ein Mann in einem ähnlichen weißen Anzug wie mein Mann, der einer schwangeren Mohrin, die vielleicht bettelte, eine verpasste. Richtig mit der

Faust, sodass sie aus der Nase blutete und umfiel. Ich weiß nicht, ob er sie bestrafte, weil sie ihm etwas gestohlen hatte oder ob er sie loswerden wollte, weil sie ihn anbettelte. Sie schrie, er schrie zurück. Es erschreckte mich unheimlich. Im Nachhinein hätte ich es als böses Omen betrachten sollen, dass ein quasi Kolonialherr einer Frau so etwas zufügte. Eine furchtbare Ankunft: Gewalt, Geplärr, all die Mohren. Die machten mir auch lange noch zu schaffen. Ich hatte mit Indianern und Menschen aus aller Herren Länder gerechnet. Portugiesen natürlich, Italienern, Spaniern, Deutschen und Chinesen. Aber so eine Menge Schwarzhäutiger.

Mittlerweile habe ich mich aber daran gewöhnt. Erst sehen sie ungewöhnlich aus, aber wenn man sie näher kennt, sind sie auch nicht anders als die hellhäutigen Brasilianer. Auch meine Furcht vor ihnen hat sich gelegt. Ich war ein siebzehnjähriges Mädchen aus Bayern. Da hat man solche Menschen noch nie gesehen. Hast du in München jemals einen Schwarzen gesehen? Ich glaube, dass es auf dem Oktoberfest einmal einen ausgestellten gab. Beim Schichtl oder so.

Zum Glück blieben wir nur ein paar Tage in der Stadt. Wir wohnten in einer kleinen Pension. Das alleine hätte mich schon stutzig machen sollen. Denn João quartierte uns in einem wirklich schäbigen Loch ein. Das war ganz anders, als ich mir das Leben der Frau eines Fazendabesitzers vorgestellt hatte.

Ich befürchtete, dass mein Kind bald auf die Welt wollen könnte. Also drängte ich João, schnell zu seiner, jetzt auch meiner Familie zu fahren. In Recife wollte ich nicht, dass es passiert. Ich stellte mir meine zukünftige Heimat hügelig, kühl und schattig vor. Angenehm, um dort ein Kind auf die Welt zu bringen und dann mit ihm auf der Veranda des Haupthauses einer Plantage zu sitzen und es aufwachsen zu sehen.

Die Fazenda war ungefähr 150 Kilometer von Recife entfernt. Erst ging es mit dem Zug in einen Ort namens Catende, dann mit einer Kutsche über vier Stunden zur ›Fazenda Hochstattner‹. Hier war es zwar nicht mehr so feucht, dafür stickig und mindestens genauso heiß wie in Recife. Eine Veranda gab es nicht. Nicht einmal Schatten.

Fazenda hieß gar nicht Gutshof. Nur Bauernhof. Die ›Fazenda‹ der

Hochstattners war klein und dreckig. Ich habe selbst in Niederbayern, da wo meine Eltern herkommen, schon größere Bauernhöfe gesehen. Es war nur ein kleines Haus, einige leer stehende Negerhütten, ein paar Bäume und riesengroße Zuckerrohrfelder. Zuckerrohr bis zum Horizont. Ich weiß nicht, ob du so etwas schon einmal in einer Zeitschrift oder einem Buch gesehen hast. Es sieht aus wie Schilf, nur höher und mit größeren Blättern. Die Hochstattners pflanzten und ernteten das Zuckerrohr. Dann verkauften sie es an eine Fabrik ganz in der Nähe, die ›Cabeça de negro‹, Negerkopf, hieß.

João's Bruder arbeitete alleine mit seiner Familie in den Feldern. Es gab keinen sonst, der mitarbeitete. Keine Brasilianer, keine Indianer, niemand. Es gab auch kein großes Hallo als Willkommensgruß. Gustavo, Joãos Bruder, sagte nur, dass es Zeit wird, dass das Kind kommt, damit ich mitarbeiten kann. Meine Schwägerin war Brasilianerin und sprach nur Portugiesisch, genauso ihre Kinder.

Bald wurde mir auch klar, warum João ein paar Monate zuvor wirklich in München gewesen war. Das Erbe und der Verkauf des Hauses der Verwandten sollte die Plantage retten, denn finanziell standen sie nicht gerade gut da. Seit dem Krieg sind die Deutschen in Brasilien unbeliebt, und die Geschäfte liefen deshalb noch schlechter als zuvor. Keiner kauft zurzeit gerne bei Deutschen.

João war meistens in Recife, um irgendetwas zu organisieren und ich war mit dem Rest der Familie alleine. Guilherme kam auf die Welt und wurde sofort von seiner ältesten Cousine in Obhut genommen. Ich bin zu ungeschickt, um in den Feldern oder an der Presse zu arbeiten, sagte Gustavo, und ich sollte stattdessen den Haushalt führen. Vor allem die Wäsche musste ich machen und putzen. Bei dem ganzen Staub war das ein nimmer enden wollendes Unterfangen. Ich hatte keinen Kontakt zu irgendwem außer João, wenn er gelegentlich auf die Plantage kam. Es war sehr einsam.

1922 ging die Fazenda Pleite, und Gustavo musste von da an als Lohnarbeiter auf seinen ehemals eigenen Feldern arbeiten. Ich zog mit Guilherme und João nach Recife. Wir wohnten zuerst sehr eng, laut, heiß und feucht in einer winzigen Wohnung mitten in der Stadt. Anfangs zu dritt, ab '23 zu viert. João versuchte sich mehr schlecht als recht an allen möglichen Geschäften und lernte 1924 einen anderen Deutschen kennen, der bei einer Firma arbeitete, die irgendetwas mit Flugzeugen zu tun hatte. João fädelte ein Geschäft ein, bei dem das Gelände, auf dem jetzt die Zeppeline festmachen, an eine brasilianische Fluggesellschaft oder etwas Ähnliches, von dem ich eh nichts verstehe, verkauft wurde. Auf der Wiese sollte damals das Aerodrom von Recife gebaut werden, glaube ich. João kassierte entweder eine Art Provision, oder danach war ihm einer etwas schuldig. Ich weiß es nicht genau. Von dem Tag an ging es uns jedenfalls richtig gut. Finanziell. Wir zogen in die große Wohnung des anderen Deutschen am Hafen. Fünf große Zimmer, schöne Möbel, eine Bibliothek voller deutscher Bücher. João bekam irgendeinen Posten mit üppigen Bezügen, Ana kam auf die Welt, und ich war weiter einsam und gelangweilt. Aber jetzt halt gut gekleidet und frisiert. Das ist die kurze und doch zu lange Zusammenfassung der letzten zwölf Jahre.«

Ich hatte eigentlich nur höflich sein wollen, als ich gefragt hatte, wie es ihr in den zwölf Jahren ergangen war. Ich wollte schließlich nicht, dass Burgl das Gefühl hat, ab jetzt würde es nur noch um mich und Therese gehen. Aber dass sie gleich solch einen Roman schrieb, hatte ich nicht gewollt. Das musste ich auf jeden Fall in Zukunft unterbinden. Nicht dass ich noch Mitleid mit ihr bekam und an meinem Plan zweifelte. Jetzt ging es um mich. Burgl hatte ihre glückliche Zeit in München schon gehabt. Bis zu ihrer Schwangerschaft. Jetzt war ich dran!

»Bin ich dir eigentlich zu geschwätzig?«

Nein (ja).

»Genug von mir. Ich freue mich auf mehr von Therese und dir.
Deine Freundin in der Ferne Burgl.«

»München, den 1. November 1931

Liebe Burgl,

danke für den so ausführlichen Bericht deiner ersten zwölf Jahre in Brasilien. Sehr interessant und faszinierend.

Leider muss ich schon wieder über mich schreiben und gehe gar nicht gescheit auf deinen Brief ein. Aber es hat sich einfach zu viel ereignet. So viel, wie in den letzten zehn Jahren nicht. Immerhin liegen fast vier Wochen zwischen meinem letzten und diesem Brief.

Ich traf Therese gleich am nächsten Tag wieder und am Tag darauf und am Tag darauf. Wir haben uns seit unserem Abendessen in der Osteria Bavaria fast jeden Tag und Abend wiedergesehen. Wir waren erst noch sehr schüchtern miteinander. Bis zum zweiten Kuss hat es fast eine Woche gedauert. Ich denke, dass sie erwartet hat, dass ich wieder initiativ werde. Aber ich hatte offen gestanden Angst, es zu versauen. Letztendlich hat sie mit dem Küssen wieder angefangen. Ist das unmännlich? Oder ist es von ihrer Seite zu forsch und zu wenig damenhaft? Jedenfalls war es schön, und alle Dämme sind inzwischen gebrochen. Ich denke nicht, dass ich dir so episch über unser Liebesleben, unsere Gefühle und Regungen schreiben kann wie du mir über deine.«

Dafür wusste ich auch zu wenig darüber. Mit den Auer Mädchen 1920 und den Liebschaften während meines Studiums war es immer sehr mechanisch gewesen und nie so, wie ich es mir von einer Frau wie Therese erträumt hätte, und das kürzlich gelesene pornografische Buch war auch nicht als Ideengeber für meine Briefe geeignet. Liebeslanze, saftige Furche, pralle Euter. Nichts, was ich Burgl gerne mitgeteilt hätte.

»Therese nächtigt mittlerweile meistens bei mir. In meiner Wohnung ist es einfach schöner als in ihrer Schwabinger Künstlerbude.«

Als ich diesen Satz schrieb, musste ich sogar ein bisschen lachen. In meiner dreckigen Saustallwohnung war es bestimmt nicht schöner als irgendwo.

»Wir haben so etwas wie ein beginnendes gemeinsames Leben

entwickelt. Nicht dass du denkst, wir verhielten uns wie ein altes Ehepaar. Und das schon nach drei Wochen. Nein, es hat sich schnell eine Vertrautheit zwischen uns eingestellt, die nicht nur körperlich ist. Zum Beispiel habe ich mein allabendliches, ausgiebiges Zeitungslesen inzwischen eingestellt. Nicht weil Therese es so möchte oder Männer, die ihr nicht die ungeteilte Aufmerksamkeit schenken, nicht ausstehen kann, sondern weil ich unsere Gespräche, unsere Späße und unser Beisammensein zu sehr schätze. Wir haben uns so viel zu erzählen, dass keine weitere Ablenkung mehr nötig scheint.«

Das stimmte sogar auf eine seltsame Art und Weise. Ich las viel weniger in meinen Zeitungen und Zeitschriften, weil ich viel darüber nachdachte, was ich Burgl als Nächstes über Therese schreiben konnte. Ich verbrachte, wenn man so wollte, meine Abende tatsächlich mit Therese.

»Vor einigen Tagen hat Therese begonnen, mir aus Büchern, die sie mag, vorzulesen.«

Eine romantische Vorstellung. Ich hatte darüber in einem Reisebericht gelesen. Ein Paar auf einer langen Zugfahrt nach Sibirien, das sich die ganzen zehn Tage Fahrt vorliest und dabei die russische Landschaft draußen vorbeizieht.

»Gerade übrigens liest sie mir ›Der tote Kollektor‹ von Coelho Neto vor. Ein brasilianisches Buch. Dir zu Ehren. Denn natürlich erzähle ich Therese von unseren Briefen.«

Ich hatte mich in der Buchhandlung am Salvatorplatz nach dem nächstbesten brasilianischen Autor erkundigt und das erste Buch, das mir der Händler anbot, genommen. Ich wusste nicht einmal, worum es darin ging. Zum Glück wusste es Burgl auch nicht, denn schon der Untertitel hieß: ›Novellen aus der Welt des Grauens‹. Trotzdem wollte ich durch die Erwähnung realer Dinge und Ereignisse meinen Briefen mehr Echtheit verleihen. Ich begann, viel Zeit und Aufwand in die Recherchen zu Thereses Leben zu stecken

»Ich denke inzwischen darüber nach, mein Junggesellenbett durch ein

breites Ehebett ersetzen zu lassen. Gerne würde ich dich um Rat fragen, doch bis dein Antwortbrief hier ankommt, kann sich schon alles wieder geändert haben. Ich bin mir nicht sicher, wie es auf Therese wirkt, wenn plötzlich ein großes breites Bett statt des bisherigen Einpersonenbetts im Zimmer steht. Wahrscheinlich falle ich mit der Tür ins Haus. Ich werde Therese einfach direkt darauf ansprechen. Ehrlichkeit soll meine Devise sein.«

Außer in diesen Briefen an Burgl.

»Es sieht also ganz so aus, als hätte ich eine Freundin. Das sagt man doch heute so? Aber das kannst du gar nicht wissen, da du schon so lange nicht mehr hier lebst. Also, geh einfach davon aus: Man nennt es heute Freundin und Freund. Verlobte traue ich mich nach den paar Wochen noch nicht zu schreiben, obwohl es sicherlich inzwischen näher an der Wahrheit ist als Freundin. Vielleicht bin ich in mancher Hinsicht altmodisch.

Therese ist, wie ich schon schrieb, eine Künstlerin. Ich hatte ja auch erwähnt, dass ich ihre Bilder vor meinem letzten Brief noch nicht zu sehen bekommen hatte. Aber gleich am nächsten Tag hat sie mir ihre Werke gezeigt.«

Das war schon wieder sehr schwierig für mich. Da die Schiffspost länger brauchte als die Zeppeline, konnte ich mir zwischen den Briefen weniger Zeit lassen, um die schnelle Taktung halbwegs aufrechterhalten zu können. Ausführliche Recherche nach modernen, faszinierenden Malereien war also, wie bei der Sache mit der brasilianischen Literatur, nicht möglich. Ich ging, dem Erfolgsmodell Buch folgend, in eine Galerie in der Maximilianstraße und tat so, als sei ich auf der Suche nach einer künstlerischen Investition. Die Galeristin erzählte mir einiges über moderne Malerei und worauf es ihrer Meinung nach bei Bildern heutzutage ankam. Ich bedankte mich und tat noch eine Weile ganz fasziniert von den Bildern, die sie mir zeigte. Das neue Wissen kombinierte ich mit meinem inneren Zeitungsarchiv, und so entstand Thereses Kunststil, wie ich ihn Burgl beschrieb.

»Therese war sehr schüchtern und vorsichtig, als sie mir zum ersten Mal

ihre Bilder zeigte. Gar nicht so selbstbewusst, wie man es vielleicht von einer Schwabinger Malerin erwarten würde. Ich habe ja einige Leute aus der Kunst in meiner Klientenkartei und kenne deren gelegentliche Arroganz nur zu gut. Bei Therese aber wäre ein großes Selbstbewusstsein durchaus angebracht gewesen. Ich muss sagen, dass mich selten Kunst so tief im Herzen getroffen hat. Und ich schreibe dies nicht rein aus Unverstand oder Verliebtheit. Ihre Porträts sind von einer Eindringlichkeit und Farbigkeit, die mir noch nie zuvor begegnet ist. Kantig und eckig, gleichzeitig sensibel. Mir fehlen die Worte. Es gibt zum Beispiel eine Serie über die Markterer von der Auer Dult. Als würde man die schwere Arbeit bei Wind und Wetter, gleichzeitig den Witz, den man als Standlbesitzer braucht, selber spüren, wenn man in die gemalten Gesichter blickt. Obwohl es wirkt, als habe Therese die Bilder mit grobem Pinsel gemalt, erkennt man jede Furche, jedes Wimmerl und jedes Haar, das daraus wächst. Sie sagt, dass sie mich auch malen möchte. Ich weiß noch nicht, ob ich mich das trauen werde.«

Das mit den Markterer-Porträts hatte ich aus der Beschreibung der Galeristin über die Arbeiten eines spanischen Künstlers und einer Auswahl von Fotoporträts, die ich im Archiv meines kürzlich erworbenen Fotostudios des Herrn Traub entdeckt hatte.

»Thereses und meine Gespräche sind immer noch sehr locker und vertraut. Auch so etwas habe ich nur vor inzwischen zwölf Jahren (wer hätte gedacht, dass es schon zwölf Jahre her ist) mit dir erlebt. Aber da Therese und ich uns mittlerweile auch intimer als du und ich kennen, haben wir eine höhere Stufe der Vertrautheit erreicht, als du und ich sie je hatten.

Ich bin immer noch getroffen von ihrer Schönheit und kann nicht glauben, dass sie mich anziehend findet. Sie ist klein und zierlich und trägt einen Kleidungsstil, der schwer zu beschreiben ist.«

Danke, Frau Nachbarin, für die ›Babettes‹, die Sie mir jeden Montag vor die Wohnungstüre legen.

»Modern und doch eigen. Schlicht und praktisch, manchmal farblich gewagt, ohne diese völkische Note, die man jetzt so oft sieht. Ich mag ihr immer ein wenig schlampig hochgebundenes Haar«

Diese wenigen unbedachten Wörter sollten mich noch in arge Bedrängnis bringen.

»… und ihre hellen, wachen Augen. Ich gerate ins Schwärmen.

Liebe Burgl, ich wünsche dir, dass auch du so ein großes seelisches Glück, wie es mir gerade geschieht, erlebst.

Bis bald, und dass die Luftpostschiffe schnell wieder fahren.

Dein Carl«

23

Ich ahnte, dass es bis zum nächsten Brief von Burgl eine ganze Weile dauern würde. Aber ich wusste die Zeit gut zu überbrücken.

Ich arbeitete in den Wochen zwischen den Briefen abends oft und lange in Traubs Fotoatelier. Seit ich Therese erfunden hatte, war mir das Bild der jungen Frau mit dem Bubikopf aus dem Schaufenster nicht mehr aus dem Kopf gegangen. Wenn man es genau betrachtet, war sie sogar der Auslöser für meine Idee, Burgl ein anderes Leben mit Therese vorzuleben. Eigentlich war die Bubikopffrau von Anfang an mein inneres Bild von Therese gewesen.

Natürlich hätte ich Burgl einfach ein bestehendes Bild ›Thereses‹ nach dem anderen schicken können. Aber ich hatte das Bedürfnis, mehr daraus zu machen. Die Lüge sollte perfekt sein. Nicht nur für Burgl, auch für mich. Ich studierte die Bedienung der Ausrüstung Traubs, der Voigtländer Bergheil, der Rolleiflex und der Leica, und ich machte mich langsam mit dem Entwickeln von Filmen in der Dunkelkammer vertraut. Ich lernte die Unterschiede der drei Vergrößerer kennen, belichtete erste Abzüge auf Papier und fing vorsichtig an, Bilder zu retuschieren und zusammenzumontieren. Zu meinem Glück war Wirtschaftskrise, und mein Gebrauchte-Bücher-Händler hatte zu jedem Thema etwas da. Auch Anleitungen für die Apparate aus Traubs Studio und Lehrbücher zum Thema Retusche und Fotomontage. Bei vielen der fotografischen Herausforderungen waren die Bücher und Gebrauchsanweisungen anfangs sehr hilfreich. Jedoch kam ich sehr schnell an meine Grenzen. Ich war halt einer, der Theoretisches schnell begreift und behält, aber die praktische

Anwendung blieb mir meist verschlossen. Genau wie bei meinen Verträgen.

Offen gestanden kam ich meistens nicht über das einfache Abziehen von Negativen auf Papier hinaus. Und selbst die waren alles andere als Meisterwerke. Das Thema war deutlich komplexer als gedacht. Die perfekte technische Ausstattung des Ateliers alleine reichte nicht aus, um gute Fotografien abzuziehen. Papierart, Lichtmenge, Belichtungsdauer, Entwickler- und Fixierbad. Alles Faktoren, die eine lange Erfahrung erforderten. Ich hatte weder das eine noch das andere. Nur meine stoische Art des Büffelns, und die half in der Praxis irgendwann nicht mehr.

Trotzdem versuchte ich es weiter. Ich hatte ja sonst nichts, was mich außer meiner Arbeit beschäftigte. Ich schoss mich auf eine Montagetechnik ein, die ich in einem der Bücher gefunden hatte. Dazu nahm ich das großformatige Negativ einer Landschaft, von denen es in Traubs Archiv Unmengen gab. Berge, Wiesen, die Isarauen, der Englische Garten. Dann suchte ich ein weiteres Negativ mit einem Menschen darauf heraus, um Letzteren in Ersteres hineinzusetzen. Ich nahm das Studioporträt eines Fünfzigjährigen in Dienstmannuniform. Zuerst schmierte ich direkt im Landschaftsnegativ herum und färbte grob ganze Flächen im Vordergrund schwarz, um dann im Positiv eine leere, weiße Stelle zu erzeugen, in die ich die gewünschte Person setzten konnte. Ich übertrug den Umriss des Dienstmannes aus dem Porträtnegativ auf ein Stück Pappe und schnitt eine Positiv- und eine Negativschablone aus. Wie in einem der Bücher beschrieben. Zuerst belichtete ich den Hintergrund, sparte mit Hilfe der Positivschablone den Umriss der Person aus und deckte dann mit der Negativschablone den Hintergrund ab, um die Person einzubelichten. Der Abzug enttäuschte mich bei jedem meiner Versuche aufs Neue. Zu blasse Menschen auf kräftigen Hintergründen, ungleiche Lichtsituationen, unterschiedliche Schärfen, verschiedene Körnung durch unterschiedliches Filmmaterial, und am schlimmsten waren die hellen Kanten oder Auren um die eingefügten Personen herum. Manche sahen aus wie Heilige oder Geister. Meine Versuche, diese Ungenauigkeiten durch nachträgliches herumpinseln in den Abzügen auszubessern, machten die Fotos noch hässlicher und unrealistischer. Selbst ich mit meinem ungeübten Anfängerauge erkannte, wie stümperhaft meine Versuche waren. Zwar wurde ich jedes Mal ein bisschen besser, aber das Niveau, das ich mir wünschte, konnte ich alleine einfach nicht erreichen. Es war frustrierend, langwierig und teuer.

Ich brauchte jemanden, der mir dabei half, meine Kenntnisse zu vertiefen. Am besten jemanden, der sich mit genau den Geräten in Traubs Laden besser auskannte als jeder andere. Also machte ich mich auf die Suche nach dem ehemaligen Atelierbesitzer selbst. Vielleicht war er ja noch nicht abgereist und brauchte noch mehr Geld für Überfahrt und die ersten Monate in der neuen Welt. Es war ja gerade mal zwei Monate her, dass ich ihm sein Atelier abgekauft hatte. Die Wahrscheinlichkeit war groß, dass er noch in München war. Im Laden gab es eine Menge an Briefen, Rechnungen und Dokumenten, die auf Traubs Namen ausgestellt oder an ihn adressiert waren. Aber alles an seine Atelieradresse. Ich suchte auf dem Postamt in den Adressbüchern der letzten drei Jahre, fand Traub aber nur unter seiner Atelieradresse. Wahrscheinlich hatte er irgendwo zur Untermiete gewohnt und war nicht unter seiner Wohnadresse gemeldet. Als Mitarbeiter in einer Anwaltskanzlei konnte ich leicht in den entsprechenden Ämtern nachfragen, ob es Isaak Traub noch irgendwo in München gab. Aber er war auch dort weder als verzogen noch als irgendwo wohnhaft gemeldet. Ich fragte in der Nachbarschaft des Ateliers herum, aber da ging man davon aus, dass er schon abgereist war. Also musste ich jemand anderen finden. Arbeitskräfte gab es genug, da musste es irgendwo auch Fotografen geben, die eine Anstellung suchten.

Ich schaltete eine Annonce in der Münchner Zeitung. »Fotografie-Amateur su. Fotografen o. Retuscheur f. Einzelstd. in Fotografie u. Retusche. Abendstunden bevorz. Material u. Geräte vorh. (Voigtl. Bergh., Rolleiflex, Leica, div. Vergrößerer).«

Am 20. November bekam ich einen Umschlag von der Zeitung. Darin befand sich ein einziger Antwortbrief auf meine Annonce. »Sehr geehrter Herr, ich bin Fotograf mit langjähriger Erfahrung, und Ihr Angebot käme für mich durchaus infrage. Ich wage mich sogar als Spezialist für die von Ihnen genannten Apparate zu bezeichnen. Sollten Sie noch auf der Suche nach einem Fotografielehrer sein, wäre ich zu einem Treffen bereit. Suchen Sie mich in der Lindwurmstraße 108a/5. Stckw. auf. Bei Kreszenz Rosshaupt, Kalkulatorwitwe, schellen. Ich bin ab elf Uhr vormittags dort anzutreffen. Mit besten Grüßen.«

Kein Name. Hatte der Mann bewusst anonym bleiben wollen oder war er so ›langjährig‹, dass er schon tatterig und vergesslich war? Die Gegend der Adresse an der Bahn war als ein wenig zwielichtig bekannt, und ich malte mir kurz aus, dort ausgeraubt oder umgebracht zu werden.

Aber allein schon aus Mangel an Alternativen fuhr ich am nächsten Tag, einem Samstag, in die Lindwurmstraße. Ich war zuvor noch nie mit der Sechzehner gefahren und kaum je in Sendling gewesen. Ich nahm regelmäßig die Fünfer und die Siebener ins Büro in die Maxvorstadt, aber sonst bewegte ich mich fast nie elektrisch. Wenn ich die Au verließ, ging ich meist zu Fuß. Ich hatte ja genug Zeit.

Ich stieg an der Haltestelle Senserstraße aus. Eine seltsame Gegend. Auf der Bahnseite riesige Stahlteile im Materiallager einer großen Lokomotivenfabrik, auf der anderen Seite Häuser aus den letzten Jahrzehnten des vorigen Jahrhunderts. Noch gar nicht so alt, aber schon heruntergekommen und bröselig. Der Gehsteig voller Kinder, Arbeitsloser und Handwerker. Die Luft rußig von den Fabriken in den Hinterhöfen. Alles fast wie in der Au. Nur ohne den Fluss, der die Luft besser machte und die Straßen etwas weniger grau wirken ließ.

Die 108a war unter den langweiligen Häusern auf der rechten Straßenseite das Schäbigste. Fünf Stockwerke, grau, alt und kaputt. Im starken Kontrast zu den großbürgerlicheren Häusern auf der Seite mit den ungeraden Hausnummern. Die Türe war unverschlossen und ließ sich einfach aufdrücken. Im Stiegenhaus roch es genau wie im Treppenhaus in der Zeppelinstraße. Essen, Etagenabort und Bohnerwachs. Wo der Geruch der Holzpolitur herrührte, war am Zustand der Stufen nicht mehr zu erkennen. Im Kelleraufgang spielten Kinder mit einem Rad, das nur noch aus der Nabe und den Speichen bestand. Sie ließen das Spielzeug die Treppe hinunterscheppern und hörten kurz damit auf, als ich an ihnen vorbeiging. Ich stieg in den fünften Stock. Auf die linke Tür hatte jemand mit Reißzwecken einen Zettel mit dem Namen Giebl geheftet. Also klopfte ich an der rechten Tür.

24

Ich hätte Isaak Traub fast nicht mehr erkannt. Es war gerade einmal zwei Monate her, dass ich ihm seinen Laden abgekauft hatte. Für eine wirklich große Summe, von der gerade einmal die Hälfte an den Gläubiger gegangen war. Wie er es geschafft hatte, jetzt so auszusehen und bei einer Witwe zur Untermiete wohnen zu müssen und nicht bei seinen Kindern in Südamerika war, konnte ich mir in dem Moment nicht erklären. Er sah krank, abgerissen und zerschlagen aus. Als würde er schlecht schlafen, schlecht essen und sich nicht waschen. Der Haarkranz ungeschnitten, unfrisiert und zerwühlt, das Hemd fleckig, der Schnurrbart ungestutzt und die Hose zu groß. Er rauchte eine aus Zeitungspapier gedrehte Zigarette.

Traub erkannte mich sofort: »Das hätte ich mir ja denken können.«

Mir war sein Anblick unangenehm. »Ich habe Sie schon gesucht. Und als ich Sie nicht finden konnte, habe ich die Annonce geschaltet.«

Er blieb souverän und schien sich für seinen Zustand nicht zu schämen: »In so einem Atelier kann man halt nicht einfach so vor sich hin wursteln. Ohne Vorkenntnisse.«

»Das habe ich inzwischen auch gemerkt.«

»Zurückkaufen kann ich es nicht. Das sieht man mir an, denke ich.«

»Ich habe ja schon in der Annonce geschrieben, dass ich jemanden suche, der mir hilft, meine Grundkenntnisse zu vertiefen.«

»Grundkenntnisse. Ich habe den Beruf drei Jahre gelernt und fünfunddreißig Jahre als Fotograf gearbeitet und war richtig gut in dem, was ich so lange beruflich gemacht habe. Ich würde aber behaupten, dass ich nach all der Zeit nur einen Bruchteil dessen beherrsche, was man mit den Apparaten anstellen kann. Und Sie meinen, dass ich Ihnen das alles in ein paar Tagen beibringen kann?«

»Nein, natürlich nicht. Nur so, dass ich einige bestimmte Dinge besser hinbekomme als jetzt.«

»Retusche? Manipulation, meinen Sie?«

»Na ja, ich möchte Menschen von Bildern in neue Bilder hineinsetzen. Ich habe darüber gelesen. In der Sowjetunion wird das wohl oft angewendet.«

»Was haben Sie damit vor?«

»Das werde ich nicht verraten.«

»Kommen Sie schon.«

»Das ist eine meiner Bedingungen für die Unterrichtsstunden. Keine Fragen über das ›Warum‹ oder ›Wofür‹.«

»Ich bin zu neugierig, um das aushalten zu können.«

»Können Sie es sich denn erlauben, abzulehnen, weil Ihre Neugierde nicht befriedigt wird? So wie Sie aussehen, nicht.«

»Touché. Was springt dabei für mich raus?«

»Wie lange brauchen wir dafür? Also wie viele Stunden oder Tage?«

»Das kann ich doch nicht im Voraus sagen.«

»Wie viel brauchen Sie, um nach Südamerika zu kommen?«

»Vierhundert Mark fehlen mir noch für die Überfahrt.«

»Und dort?«

»Noch mal vierhundert Mark zusätzlich wären auch gut.«

»Wohin wollen Sie eigentlich auswandern?«

»Buenos Aires.«

»Hauptsache nicht Brasilien.«

»Warum?«

»Damit das, was ich Ihnen nicht verraten will, auch geheim bleibt.«

»Das verstehe ich nicht.«
»Gut so. Also achthundert Mark wollen Sie.«
»So schaut es aus.«
Achthundert Mark waren anderthalb Monatsgehälter für mich und eine sehr große Summe für das, was ich von Traub wollte.
»Ich zahle Ihnen die Überfahrt.«
»Zweite Klasse, Einzelkabine.«
»Das kostet vierhundert?«
»Nein, siebenhundert.«
»Was bekommen Sie für vierhundert?«
»Dreierkabine im Bett, nicht in der Koje.«
»Entweder Sie nehmen das oder gar nichts. Sagen wir vier Mark pro Stunde. Dann sind das hundert Stunden. Das muss reichen. Ich glaube nicht, dass heutzutage ein Privatlehrer irgendwo vier Mark pro Stunde bekommt. So viel bekomme nicht einmal ich.«
»Aber ist es nicht zu riskant für mich, für so eine kleine Summe Ihr illegales Vorhaben zu unterstützen?«
»Versuchen Sie nicht, mich zu erpressen, Traub. Es ist nicht illegal, nicht einmal peinlich für Sie. Ich will nur, dass es unter uns bleibt. Also …?«
»Was bleibt mir übrig, Herr Dürrnheimer?« Traub seufzte.
»Es ist ein mehr als angemessenes Angebot. Tun Sie nicht so, als würde ich Sie ausbeuten.«
»Wann findet die erste Stunde statt?«
»Jetzt gleich.«
Traub schwieg und blickte an sich hinunter.
»Ich wasche mich und ziehe mir was Anständiges an. Sie warten am besten unten in der Konditorei auf mich und trinken dort einen Kaffee. Sie sehen eh so müde aus.«
Ich hatte keine Lust auf Kaffee, also wartete ich am Stehausschank und versuchte, ein Bier in der Kälte zu trinken. Ich weiß

nicht, ob ich jemals zuvor vor zwölf Uhr mittags Alkohol getrunken hatte. Ich ließ das Glas nach ein paar Schlucken einfach stehen. Ein einbeiniger Kriegsversehrter nahm sich sofort das halb leere Bier und stürzte es hinunter, als ich mich umdrehte und wegging.

Es dauerte eine ganze Weile, bis Traub herunterkam. Er sah besser aus und hatte saubere Sachen an.

»Wohin gehen wir?«, fragte er.

»In die Zenettistraße.«

»Was für eine dumme Frage. Natürlich.«

Wir liefen eine Weile nebeneinander her. Der Tag war sehr kalt und Traub fror. Er hatte bestimmt noch nichts gegessen heute. Ich zog ihn in eine Bäckerei und kaufte ein paar Semmeln. Im Atelier hatte ich einen Spirituskocher und Kaffee und konnte ihm ein kleines, sehr spätes Frühstück zubereiten. Während er trank und aß, fragte ich ihn ein wenig aus.

»Warum sind Sie nicht längst in Südamerika?«

»Die Umstände.«

»Hat das Geld nicht gereicht? Da sind doch mindestens zweitausend Mark für Sie übrig geblieben.«

»Der Vermieter war nicht mein einziges finanzielles Problem.«

»Aber nicht einmal die vierhundert Mark für die Überfahrt sind noch da gewesen?«

»Zuerst schon. Als ich meine Schulden beim Fotomaterialhändler, bei den Lebensmittelhändlern und beim Schneider bezahlt hatte, hatte ich noch achthundert Mark übrig. Und dann hatte ich die Idee, das Geld vielleicht wieder zu vermehren. Je mehr Anfangskapital in Buenos Aires, desto besser.«

»Spielen? Wetten.«

»Richtig. Galopper.«

»Wo haben Sie gewettet?«

»In einem Stehausschank in der Danklstraße. Ein Gast hat

mir einen angeblich sicheren Tipp gegeben, und ich habe sofort zweihundert Mark gewonnen.«

»Der alte Trick.«

»Nach sehr viel Bier wirkt jeder vertrauenswürdig.«

»Aber im Wirtshaus …«

»Im nächsten Rennen habe ich wieder fünfzig Mark gewonnen.«

»Auf den Trick hereinzufallen, passiert sogar Anwälten. In der Kanzlei hat sich damit einer zugrunde gerichtet.«

»Als ich mir ganz sicher war, dass ich wieder gewinne, habe ich tausend gesetzt. Mein übriges Geld und meinen Gewinn. So gut wie alles, was ich hatte.«

»An der Galoppbahn oder im Wirtshaus?«

»Wieder im Wirtshaus.«

»Haben Sie den Kerl noch mal wiedergesehen?«

»Natürlich nicht.«

»Wieviel hatten Sie danach noch übrig?«

»Fünfzig Mark. Mehr oder weniger. Warum meinen Sie, dass ich da in der Lindwurmstraße wohne? Wegen der guten Verkehrsanbindung?«

»Ich dachte nicht, dass Juden genauso anfällig fürs Saufen und Spielen sind wie die anderen.«

»Was soll jetzt das heißen? Ich bin so jüdisch, wie Sie katholisch. Ich habe im Krieg für den König und den Kaiser gekämpft. EK II. Da werde ich doch genauso in einem Stehausschank abstürzen können wie alle anderen auch.«

»Ich meine ja nur. Man hört immer nur von den geldigen, jüdischen Intellektuellen und Künstlern aus Berlin.«

»Ich bin kein Berliner. Außerdem meinen Sie, die Berliner Intellektuellen saufen nicht?«

»Vielleicht nicht gerade in einem Stehausschank.«

»Wenn sie Geld haben, saufen sie teuer und wenn sie keines haben, saufen sie billig. Wie alle. Gehen Sie mal am Freitagabend, während in der Synagoge Gottesdienst ist, in den Mathäserkeller. Da beten die biergläubigen Juden von München ihren Löwenbräu Jahwe an. Von wegen ›Du sollst neben mir keine anderen Götter haben‹. Die Russenmaß sollte freitags und samstags eigentlich Judenmaß heißen. Und im Café Luitpold sitzen die Geldigen und trinken Henkell Trocken aus Riesenflaschen. Ich wäre immer gerne einer aus dem Luitpold geworden, aber die Fotografie ist nicht so einträglich, wie ich gedacht hatte und dann noch die Weltwirtschaftskrise. Also bin ich ein jüdischer Wirtshaushocker geworden. Seit die Frau tot ist und die Töchter ausgewandert sind, ist es mehr geworden mit dem Alkohol.«

Ich wusste nicht, was ich darauf sagen konnte und verschwand in der Dunkelkammer, bis Traub sein Frühstück fertig gegessen hatte.

25

Ich übte von da an fast jeden Tag mit Traub Entwickeln und Fotomontage. Er war ein guter Lehrer. Wenn er nüchtern war. Zuerst zeigte er mir ausführlich, wie Abzüge auf Papier gemacht wurden, wie ich mit den Vergrößerern umgehen musste und wie einfache Dunkelkammerwerkzeuge, wie Schablonen oder Abwedler, funktionierten. Ich übte, zwei komplett unterschiedliche Negative sich in den Tiefen und Lichtern aneinander anzugleichen. Traub zeigte mir, wie ich Lichtsituationen mithilfe von Belichtungszeiten und Abwedeln manipulierte. Eigentlich hatte ich keine künstlerische Ader, und ein Blick für Bildkomposition war mir fremd, doch trieb mich ein immer größer werdender Ehrgeiz zur Perfektion.

Ich vermied es, die Fotografien der Frau mit dem Pagenschnitt für die Experimente zu verwenden. Ich nahm die Negative sogar mit in meine Wohnung, um sie in Sicherheit zu wissen. Einerseits wollte ich die Negative nicht verschwenden, weil ich schon wusste, was ich mit ihnen vorhatte, andererseits hatte ich das unbestimmte Gefühl, dass es eine engere Verbindung zwischen ›Therese‹ und Traub gab. Vielleicht war sie eine seiner ausgewanderten Töchter oder seine Geliebte. Ich dachte, dass es Traub bestimmt nicht recht war, wenn ich mit diesen Bildern herumexperimentierte. Ich erwischte ihn auch mehrmals, wie er in der Schublade herumstöberte, in der die Negative und Abzüge der ›Therese‹-Bilder gelegen hatten. Aber er ließ sich nichts anmerken.

Anfang Dezember kam Burgls nächster Brief. Mein Unterricht bei Traub war noch lange nicht zu Ende.

»Recife, den 4. Dezember 1931

Lieber Carl,

dumme Schiffspost. Das dauert mir viel zu lange! Es ist fast einen Monat her, dass du geschrieben hast! Und das im Jahr 1931! Manchmal habe ich das Gefühl, dass Briefe 1920 zwischen den Kontinenten schneller waren. Aber da habe ich auch nie so ungeduldig auf Nachrichten aus der alten Welt gewartet.

Du kannst dir nicht vorstellen, wie glücklich es mich macht, diese Dinge über dein Leben zu lesen. Ich hatte immer befürchtet, dass du zu einem wunderlichen ewigen Junggesellen werden würdest, der mit sich selber spricht und mit seinem Dackel durch den Park spaziert. Und als ich deine erste Antwort erhielt, war ich davon mehr denn je überzeugt. Aber seit du Therese kennst, bin ich sicher, dass du dich zu einem Prachtkerl entwickelt hast!

Natürlich möchte ich dich auch weiterhin warnen, dich nicht zu schnell in eine ›Verlobung‹ zu stürzen. Ich habe mit meiner überstürzten Heirat sehr schlechte Erfahrungen gemacht. Aber andererseits, Carl, wenn es Liebe ist, soll man nicht warten.

Du schwärmst so von Thereses Äußerem, dass mich ein Bild natürlich brennend interessieren würde. Vielleicht könntest du mir ja eines im nächsten Brief mitschicken. Ich hoffe so sehr, dass es einen nächsten Brief geben wird, denn die Brieffreundschaft mit dir bedeutet mir inzwischen sehr viel. Obwohl es erst wenige Briefe sind, die wir ausgetauscht haben. Ich weiß nicht, ob Fotografien in Luftpostbriefen verschickt werden können. Aber auf dem Dampfer geht es auf jeden Fall. Es müssen ja keine großformatigen Abzüge sein. Ein kleines Bildchen genügt mir schon. Also beeile dich und schicke mir welche per Schiff, bevor der Zeppelin wieder fährt und es zu teuer wird. Ich würde mich auch freuen, ein Bild von dir zu bekommen. Sende doch eines, auf dem ihr beide seid. So kann ich erkennen, ob ihr ein gutes Paar ergebt, und es kostet weniger.

Hier passiert nicht viel. Fast habe ich mich geschämt, dir nicht mehr Aufregendes schreiben zu können. Ich habe mich schon dabei ertappt,

Ereignisse erfinden zu wollen. Aber das tut man nicht, oder?

So, jetzt freue ich mich auf deinen nächsten Brief und vor allem auf eine Fotografie von den Turteltauben!

Deine Burgl«

26

Burgls Wunsch nach einer Fotografie setzte mich unter Druck. So früh hatte ich noch nicht geplant, ein Bild zu verschicken. Ich verlängerte meine Übungsstunden und arbeitete, auch nachdem Traub schon nach Hause gegangen war, weiter im Atelier. Dabei machte ich gute Fortschritte. Gerade die Fotografien, die mit der kleinen Leica entstanden waren, stellten sich anfangs als wie geschaffen für mein Vorhaben heraus. Sie waren präzise und lebendig. Leider war es nur eine kleinformatige Rollenfilmkamera, und Fotokorn und Bewegungsunschärfen machten Retuschen extrem schwierig. Also versuchte ich mich an der mittelformatigen Rolleiflex. Ich ging in meinen Mittagspausen los und fotografierte einfache Szenen oder Menschen im Englischen Garten. So konnte ich ausprobieren, selbst gemachte Bilder mit bestehendem Material zu kombinieren.

Mit Traub hatte ich mich vom Herummalen, Kratzen und Kleben im Negativ über Doppelbelichtungen zur einfachsten aber für mich effektivsten Methode der Bildmanipulation weitergearbeitet. Ich stimmte die zusammenzufügenden Fotos in der Belichtung perfekt aufeinander ab. Gleiche Lichtstimmung, ähnliche Körnung, gleiche Tiefen. Dann schnitt ich die Person, die ich ins Bild einfügen wollte, einfach aus dem stark vergrößerten Abzug aus und klebte sie ganz plump in den passend abgezogenen Hintergrund ein. Ich überpinselte noch Blitzer, fügte Schatten hinzu und malte an der ein oder anderen Stelle noch ein wenig herum, dann fotografierte ich das Bild ganz banal mit der Rolleiflex ab und zog es dann in einem viel kleineren Format ab. Fünf auf sechs Zentimeter mit klassischem, gezacktem Rand. Das kaschierte Ungenauigkeiten und eine leichte

Unschärfe über dem ganzen Abzug durch Verstellen des Vergrößerers half ebenfalls. Auch ermöglichte mir das Kleben oder Aufeinanderlegen verschiedener Teile, kleine, zusätzliche Effekte einzubauen. Einen SA-Mann zum Beispiel, den ich mit zum Hitlergruß erhobener Hand heimlich am Armeemuseum fotografiert hatte, fügte ich in einen Bergsee ein. Ich schnitt ihn aus seiner ursprünglichen Szenerie aus und seine Beine am Ansatz der Knickerbocker ab. Ich legte die Knie direkt auf die Wasseroberfläche. So stand er mit den Unterschenkeln im Wasser. Seine hoch erhobene Rechte klebte ich nicht auf dem Untergrund fest, sondern wölbte sie ein wenig der Kamera entgegen. So bekam sie eine leichte Unschärfe, die wirkte, als würde er seinen Arm bewegen und winken. Beim Belichten legte ich kurz eine zweite Version des ausgeschnittenen SAlers gespiegelt unter die Knie der ersten. So wirkte es, als wäre dies seine Spiegelung im Wasser. Ein Schatten dazugemalt, die Blitzer ausgebessert und an den hellen Stellen noch zusätzlich leicht abgewedelt, und der SAler sah tatsächlich aus wie ein badender Sommerfrischler in Uniform.

Meine Ergebnisse wurden langsam akzeptabel. Auch Traub war fast schon zufrieden. Ich wollte mich langsam an die wirkliche Materie wagen.

Die Serie mit der jungen Bubikopffrau ›Therese‹ war umfangreicher als gedacht. Es gab nicht nur Bilder der jungen Frau im Studio oder in unterschiedlichen Wohnungen, sondern auch viele von ihr im Freien, in natürlichen, fast alltäglich wirkenden Szenerien. Auf Klein- und Mittelformat. Es gab gestellte Aufnahmen und Schnappschüsse. Es gab sogar einige Aktaufnahmen. Jetzt, da ich sie im Geiste ›Therese‹ getauft hatte, berührte mich ihr Anblick noch mehr. In meinen Gedanken der letzten Wochen war es immer sie gewesen, an die ich beim Schreiben gedacht hatte. Ich hatte unbewusst genau die junge Frau beschrieben, wenn es um ›Therese‹ gegangen war. Ich begann also ohne Traub mit einigen der Fotografien der jungen Frau zu experimentieren und hatte bald auch Ergebnisse, die ich durchaus repräsentabel fand. ›Therese‹ mit Hündchen eingebaut in eine alpine Landschaft, ›Therese‹, aufgenommen in einer Wohnung, jetzt im Spiegelsaal von Versailles stehend. Ich war sehr zufrieden mit meinen Fortschritten. Bis mir bewusst wurde, dass ich im letzten Brief von ›Thereses‹ hochgebundenem Haar geschrieben hatte und auf den Bildern ein Bubikopf zu sehen war. Wie hatte mir das passieren können? Ich überlegte, ob ich einfach im nächsten Brief so tun könnte, als wäre sie beim Friseur gewesen, oder ich würde das Thema einfach übergehen. Aber die Frisur der jungen Frau auf den Fotografien war der einzige Punkt, der meinem ›Therese‹-Bild nicht entsprach. Außerdem schloss ich aus meinem ›Babette‹-Studium, dass der Bubikopf nicht mehr in Mode war. Zwar war die ›Therese‹, die ich mir vorstellte, eine, die sich nicht direkt um Mode scherte, sondern ihren eigenen Stil hatte, trotzdem kam mir die Frisur mittlerweile ältlich und nicht mehr passend vor. Ich erinnerte mich noch, wie das erste Mädchen aus dem Viertel Anfang der Zwanzigerjahre mit so einer kurzhaarigen Frisur daherkam. Das kam damals einer Revolution gleich. Das hatte die Auer fast mehr beschäftigt als die Folgen der Räterepublik. Und inzwischen kam selbst mir die Frisur spießig vor. Aber was wusste ich schon. Also verließ ich mich auf das Urteil der ›Babette‹ vom Oktober 1931. Ich nahm die Sache mit den fehlenden Hochgebundene-Haare-Fotografien für meine Briefe sportlich und ging davon aus, dass ich mich schon irgendwie drum herumlavieren konnte oder sogar meine Bildmontagekenntnisse das schon bald wettmachen würden.

Ich suchte das perfekte Porträt von ›Therese‹ aus. Viele waren mir zu gestellt. ›Therese‹ alleine im Studio sitzend oder stehend, künstlich die Pose haltend. Oder vor einer grauen Wand, auf einem schäbigen Perserteppich, starr an der Kamera vorbeiblickend, stumm und eingefroren wie die ausgestopften Tiere aus dem Jagdgeschäft in der Tegernseer Landstraße. Die Bilder wirkten fast so steif wie die über fünfzig Jahre alten Fotografien von meinen Großeltern, die bei mir über dem Diwan hingen und hinter Zeitungsstapeln kaum noch zu sehen waren.

Ich fand schließlich unter der großen Menge an Mittelformatnegativen eines von ›Therese‹, das mir ideal für eine Retusche erschien. ›Therese‹ auf einem Mäuerchen im frühwinterlichen Englischen Garten. Ein Hut verdeckte ihre Haare, und der Mantel zeigte ein bisschen von ihrer Figur. Sie lachte sehr natürlich und blickte dabei neben sich. Gerade so, als würde da noch jemand sitzen. Ich.

Also meldete ich mich wieder einmal krank und verbrachte den Tag damit, das Bild anzufertigen. Ich ging zum Friseur und ließ mir die Haare und den Schnurrbart so schneiden, dass ich nicht mehr so bayerisch, bieder und wie ein langweiliger Schreibtischtäter wirkte, sondern eher wie ein Filmschauspieler oder Schriftsteller. Gewellte, nach hinten gekämmte Haare und ein feiner Schnurrbart. Dazu kaufte ich mir bei Feldmeier einen modischen Mantel, einen gemusterten Seidenschal und eine warme Schiebermütze statt eines Hutes. Ich kam mir furchtbar verkleidet vor.

Mit meiner Fotografenausrüstung und im neuen Aufzug lief ich durch den Englischen Garten und suchte die Stelle, von der ich glaubte, dass dort das Foto aufgenommen worden war. Und ich fand sie. Das Wetter war bewölkt und kühl, aber nicht kalt. Genau wie auf dem Originalbild. Ich baute die Leica auf einem Stativ mit Fernauslöser auf, setzte mich auf die Stelle neben ›Therese‹ und verschoss zehn Filme. Dabei stellte ich mich zu Beginn an, als wäre ich selbst eines der ausgestopften Tiere im Jagdgeschäft. Steif und unnatürlich. In meiner Verkleidung fühlte ich mich wie einer der Wolpertinger, die der Präparator zum Spaß herstellte. Entenfüße, Marderkörper, Hasenkopf,

Rehgeweih. Ein Trick, den mir Traub verraten hatte, um auf einem Foto natürlich zu wirken, war, es ein winziges bisschen zu spät auszulösen. Also die Pose ankündigen (›Jetzt lächeln!‹). Aber erst einen Zehntelaugenblick später zu belichten. Das gelang mir natürlich nicht, wenn ich selbst den Fernauslöser bedienen musste. Erst als ich einem jungen Arbeitslosen zwei Mark bot, um für mich auszulösen, glaubte ich, dass ein gelungenes Foto dabei sein könnte.

Zurück im Studio machte ich mich sofort ans Entwickeln. Ich fand tatsächlich eine Aufnahme, mit der ich zufrieden war und legte die beiden Negative übereinander. Zwar passten sie nicht perfekt und die Stelle, an der das ›Therese‹-Foto aufgenommen worden war, war wohl doch eine andere gewesen, doch war meine Sitzhaltung so perfekt, dass ich mich trotzdem schnell an ›Thereses‹ Seite setzen konnte. Das Ergebnis war anfangs noch nicht hundertprozentig. Man erkannte einige Stellen, an denen ich gemalt und nachgedunkelt hatte, Verläufe, die ich hinzugefügt hatte, wirkten platt und Grautöne stimmten noch nicht. Aber ich konnte viel im zweiten Abzug korrigieren, und indem ich die retuschierten und zusammengefügten Abzüge wie schon öfter ganz leicht unscharf abfotografierte, waren die Retuschen schließlich nicht mehr zu erkennen. Außerdem musste ich ja für die Briefe sehr kleine Abzüge machen, und da fielen meine Ungenauigkeiten kaum noch ins Gewicht. ›Thereses‹ und mein erstes gemeinsames Bild. Die Schwabinger Künstlerin und ihr attraktiver, gut gekleideter Verlobter bei einem Sonntagsspaziergang im Englischen Garten. Verliebt und glücklich. Wir wirkten wirklich sehr fröhlich und vertraut. Wäre es das echte Foto eines echten Paares gewesen, ich hätte die beiden um ihre Liebe und Vertrautheit beneidet. Es war das erste Mal, dass ich so etwas wie den warmen Anflug von Verliebtheit zu Therese (ja, ich lasse die Anführungszeichen weg) spürte.

27

»München, den 18. Dezember 1931

Liebe Burgl,

leider nur ein Schnappschuss von Therese und mir, den mein Freund Hans Raetzer neulich von uns gemacht hat. Ein Zufall, dass es schon ein Foto gibt, auf dem wir beide sind. Wir kennen uns noch nicht lange genug, um einen reichen Schatz an gemeinsamen Fotografien zu haben. Außerdem müsste ja immer einer abdrücken und der andere posieren. Wir wären nie zusammen zu sehen.

Hier also Therese und ich im Englischen Garten. Es war am ersten Advent. Thereses Freundeskreis hatte zu einem großen Künstlerfrühstück geladen in ein Atelier in Schwabing. Es spielte eine komplett verrückte Kapelle Swing-Versionen von deutschen Weihnachtsliedern. Unheimlich laut, sodass man sich kaum noch unterhalten konnte.«

Das Thema Musik war das, was mich am wenigsten interessierte. Aber da ich Therese ja in das Künstlermilieu gesetzt hatte, kam ich auch darum nicht herum. Ich ging in eine Musikalienhandlung und fragte nach dem Verrücktesten und Modernsten, das sie zu bieten hatten. Aber dabei kam nur Symphonisches heraus. Schostakowitsch, Hindemith. Ich hörte kurz hinein. Das konnte man auf keiner Künstlerfeier erwarten. Wieder half mir eine alte Ausgabe der Vossischen und ein langer Bericht über das Nelson Theater in Berlin und die Tänzerin Josephine Baker. Negermusik! Burgl hatte so viel über Neger geschrieben. Dann passte deren Musik ja geradezu perfekt. Gleichzeitig abstoßend, ungewohnt und verboten faszinierend. Ich hatte keine Ahnung, wie diese Musik klang. Aber Burgl bestimmt auch nicht. Ich ging einfach davon aus, dass die Lieder schnell und rhythmisch waren und Weihnachtslieder, die man auf diese Art spielte, revolutionär klingen mussten.

»Zu essen gab es bei den Künstlern auch alles möglichst verrückt: Garnelen-Kanapees, Täubchen und Sorbets. Und das um elf Uhr vormittags. Fast noch zum Frühstück! Was ist verkehrt an der guten alten Weißwurst? Therese sagte mir im Anschluss an die Feier, dass auch sie lieber so eine Wurst gehabt hätte und wir doch am nächsten Tag unbedingt welche essen sollten. ›Zum Ausgleich‹. Sie ist mir dadurch noch etwas sympathischer geworden. Wenn das überhaupt möglich ist.«

Auch bei den Speisen hatte mir die Vossische geholfen. Die Restaurantkritiken über Berliner Lokale, in die die feierwütigen Intellektuellen der Stadt gingen, waren voller Gerichte, die ich hier verwenden konnte.

»Therese hat mich den Künstlern als ihren Verlobten vorgestellt, dabei meine Hand gedrückt und mir fragend in die Augen geschaut. Also streiche die Freundin. Ab heute heißt es tatsächlich Verlobte.

Ich wünsche dir und deinen Kindern ein frohes Weihnachtsfest. Der Brief erreicht dich eh erst nach den Feiertagen. Trotzdem. Es fällt mir sehr schwer, mir vorzustellen, dass du es bei 30 Grad feiern wirst. Hier ist es bitterkalt, und es liegt sogar Schnee.

Und natürlich nicht zu vergessen: Ein gutes neues Jahr 1932. Auf dass dir alles gelingen möge, was du dir für deine Zukunft wünschst und erträumst.

Schreibe bald!
Dein Carl«

Ich war so stolz auf diesen Brief, seine Komposition, seinen Detailreichtum und auf das Foto, dass ich ihn am liebsten eingerahmt und hinter meinem Kanzleischreibtisch aufgehängt hätte. Als Auszeichnung, wie die Urkunden der Innung hinter dem Verkaufstresen einer Metzgerei. ›Die Innungs-Goldmedaille für herausragende Leistungen im Bereich Lyoner verleihen wir der Metzgerei Hirschvogel.‹ Nur bei mir in der Dürrnheimerei hieß es dann eben: ›Die goldene Briefmarke für den besten interkontinentalen Brief verleiht der Reichsbund der Briefschreiber an Carl Dürrnheimer.‹ Ich hatte so intensiv, schnell und konzentriert daran gearbeitet, dass mir der Abend, nach dem Aufgeben des Briefes auf der Post, leer und inhaltslos erschien.

Komischerweise wollte Traub, obwohl er Jude war, an den Feiertagen nicht arbeiten. So zwang er mich nicht einmal, die ausgemachten Stunden im Atelier weiter zu üben und mich mit den Fotografien zu beschäftigen.

Das Gefühl von Leere begleitete mich über die gesamten Feiertage hinweg. Ich saß viel in meiner Stube, starrte vor mich hin und wartete. Wie ein abgedrehtes Licht, das im dunklen Zimmer darauf wartete, wieder angeknipst zu werden, wartete ich auf den nächsten Brief, um wieder mit dem schönen Teil meines Lebens fortfahren zu können.

28

»Recife, den 3. Januar 1932

Lieber Carl,

sie sieht ja ganz nett aus. Ein wenig mädchenhaft und einfach, findest du nicht? Ich dachte nicht, dass dir solche Frauen gefallen. In meiner Vorstellung von dir, die sich ja in den letzten Wochen sehr verändert hat, war die Frau, die an deine Seite gehört, besonderer. Schillernder. Ich habe mir Therese nach deinen euphorischen Schilderungen komplett anders vorgestellt. Nicht so verschüchtert und, verzeih mir die offenen Worte, graumäuschenhaft. Aber du siehst sehr gut aus. Rank und schlank und elegant.

Hier gibt es nichts wirklich Neues. Guilherme hat einen Tadel aus der Schule mitgebracht. Er hat sich mit einem anderen Kind geprügelt. Der Lehrer wollte ihn sogar der Schule verweisen. Das wäre dann seine dritte! Sei froh, dass du noch keine Kinder hast. Mit Kindern enden die Sorgen nie. Obwohl: Fernanda ist ein Engel, und ich muss mir kaum Gedanken machen, wie es ihr in der Schule geht.

Mein Mann plant, mit uns nach den Feiertagen auf den Hof zu seinem Bruder zu fahren. Das wird fürchterlich. Langweilig, trist, heiß und staubig. Ich werde mir vier Tage die Klagen meines Schwagers anhören, den Hass und Neid meiner Schwägerin ertragen und die Dummheit meiner Neffen und Nichten erleben müssen. Der Plantagenbesitzer will dies, die Fabrik will jenes. Alles ungerecht, alles hoffnungslos. Wenn wir doch wieder unsere eigenen Herren wären. Euch allen auch ein frohes und glückliches neues Jahr, liebe Familienangehörige.

Ich fürchte, dass die Nähe zu meiner eigenen Familie ebenfalls schwierig werden könnte. Alle Hochstattners aus Recife auf so engem Raum? Ich weiß gar nicht, wann wir zuletzt nur zu fünft gewesen sind. Ohne die Maid, ohne die Freunde und Kollegen meines Mannes oder die Kameraden *der Kinder. Außerdem habe ich Angst, Antonio eine Woche nicht sehen zu können. Er ist so triebhaft und nimmt sich in der Zeit bestimmt eine andere, wenn er mich nicht haben kann. Ich bin wohl eifersüchtig. Bin ich doch verliebt?*

Auch dir ein schönes neues Jahr.

Walli«

Wieder hatte es Burgl geschafft, mich aus der Fassung zu bringen. Warum diese hochnäsige Gleichgültigkeit? Nur die paar wenigen Worte über Therese und dann auch noch solche. War Burgl so neidisch, dass sie meine Verlobte schlechtreden musste? Ich hatte erwartet, dass zumindest meine mühevolle Retuschearbeit gewürdigt werden würde. Wenigstens ›so ein schönes Bild‹ hätte sie schreiben können. Ich fühlte mich wie ein Kind, das lange an einem Geburtstagsgeschenk für den Vater gebastelt hat und dann nur zusehen muss, wie der es weglegt und sagt, dass das aus dem Jahr davor schöner gewesen ist.

Nach einer schlaflosen Nacht und endloser Grübelei entschloss ich mich trotz der nicht ganz zufriedenstellenden Reaktion Burgls, den eingeschlagenen Weg weiterzugehen. So läuft das nun mal, wenn man richtig verliebt sei.

Gleichzeitig musste ich die Geschichte mit Traub beenden. Inzwischen saß der alte Fotograf den ganzen Tag, auch in meiner Abwesenheit, im Atelier und »wärmte sich kurz auf« oder »schaute nach, ob noch genug Fixierer da war«. Wenn dann keiner mehr da war, ging er welchen besorgen, betrank sich aber von dem Geld, das ich ihm dafür gegeben hatte. Ich konnte neben meinem Doppelleben zwischen Realität und Briefen nicht noch ein zweites Doppelleben führen und Traub vorgaukeln, dass ich ganz andere Bildmanipulationen vorhatte. Also entschloss ich mich, ihm Mitte Januar seine vierhundert Mark teure Schiffskarte zu kaufen und ihm obendrein zweihundert Mark für den Neustart in Argentinien zu geben. Die Überfahrt reservierte ich für den 2. Februar. Auf der Monte Sarmiento von Hamburg nach Rio de la Plata in fünfzehn Tagen. Dreierkabine, außen. Im Bett, nicht in der Koje.

Als ich Traub die Schiffskarte und den Briefumschlag gab, merkte ich, dass das verwettete Geld nur ein Vorwand gewesen war, um nicht abreisen zu müssen. Auch jetzt, mit der Karte in den Händen und der Reise vor Augen, suchte Traub noch nach Ausreden, doch nicht fahren zu können. Die Gesundheit, Angst vor Seekrankheit wegen der rauen See im Winter, noch etwas zu erledigen zu haben. Ich entschloss mich, ihm Karte und Geld zu nehmen und ihn stattdessen selbst im Zug nach Hamburg zu bringen und ihn bis auf die Monte Sarmiento zu begleiten. Ich hatte das Gefühl, für ihn und sein Wohlergehen verantwortlich zu sein. Außerdem wollte ich den Zeugen meiner Lügen loswerden. Bis dahin musste ich weiter mit ihm im Atelier auskommen und so tun, als bereitete ich mich mit seiner Hilfe auf meine noch ausstehenden großen Taten vor.

Ich suchte ein neues Foto von Therese aus dem Atelierfundus und fand bald eines, das mir gut gefiel. Therese, die sich in einer Art Wohnraum befand und sich wie in einem Tanz zu bewegen schien. Hohe Fenster, einige schöne Möbel, Sonnenlicht. Therese, eingefangen in einem extrem glücklich wirkenden Moment. In der Bewegung versunken. Leichte Unschärfen durch das wehende Kleid und die gestikulierenden Hände. Ich weiß nicht, ob Traub das Bild inszeniert hatte oder ob er es so zufällig erwischt hat, wie es wirkte. Es war fast das schönste Bild, das es von Therese gab. Sie war perfekt. Nur die verflixten Haare waren kurz und nicht so, wie ich sie beschrieben hatte. Ich wollte das Foto unbedingt verwenden. Aber wie? Diesmal schreiben, dass sie sich die Haare abgeschnitten hatte? Ihr einen Hut auf den Kopf retuschieren? Im Inneren eines Hauses konnte ich ihr beim besten Willen keine Kopfbedeckung aufsetzen. Das wäre aufgefallen und hätte das Bild, das ich angefangen hatte von Therese zu konstruieren, zerstört. Ich beschloss, eine Frisur zu suchen und sie Therese aufzusetzen.

Dazu wollte ich in Fotografenateliers und vor allem bei Trödlern nach passenden Bildern suchen. Ich hoffte, dass das nicht zu viel Zeit in Anspruch nehmen würde, denn noch fuhren die Zeppeline nicht wieder und Burgl und ich waren immer noch von den Dampfern abhängig.

Mitte Januar, nur einige Wochen bevor ich Traub nach Hamburg bringen musste, lief ich auf der Suche nach Trödlern mit Fotonegativen im Angebot durch das Bahnhofsviertel. Die Zeit drängte schon ein wenig. Ich war nervös.

Vor einem Animierlokal sprach mich eine Frau an: »Na, Süßer, einfach mal reinschauen, einfach mal ausprobieren?« Ich wollte schnell daran vorbeieilen. Doch erwischte ich im Augenwinkel einen Blick auf die Frau. Sie hatte genau die Frisur, die ich mir bei Therese vorgestellt hatte. Ihr Körper und ihr Gesicht waren zwar ganz anders als bei meiner Therese, plumper, gröber, aber die Haare waren perfekt. Schön, dick, nachlässig, aber gekonnt hochgebunden. Ich nahm all meinen Mut zusammen, ging auf sie zu und fing ein Gespräch mit ihr an. Mit einer Hure zu sprechen, war mir aus meiner Studentenzeit noch ein wenig vertraut.

»Reinschauen will ich nicht. Aber du tust mir schon gefallen.«

»Ja? Wir müssen ja nicht in die Roxi-Bar. Wir können auch woanders hingehen und was anderes machen.«

»Wenn das ginge …«

»Ins Maratonga?«

»Lieber in gar kein Lokal.«

»Gleich ins Hotel? Du bist ja fix.«

»Eher sogar privat. Eine Wohnung oder so was ähnliches?«

»Alles geht, wenn die Bezahlung stimmt.«

»Aber es geht bei mir nicht nur um einen anderen Ort.«

»Ach so, was magst du denn machen?«

»Deine Haare würden mich interessieren. Wozu bist du denn bereit? Ich würde gerne was ausprobieren.«

»Kommt drauf an, was dir das ›Sonst‹ wert ist. Mit meinen Haaren kann man so einiges anstellen.«

Es war eine traurig frivole Situation. Sie versuchte, mich auf ihre routinierte und gelangweilte Art zu reizen, ich wollte sie nur zu unschuldigen Haarfotografien bewegen, befürchtete aber, ungewollt in eine Huren-Freier-Situation zu rutschen. Außerdem konnte ich mir nicht vorstellen, dass ihr Tirolerisch irgendjemanden anregen würde.

»Fotografieren würde ich dich gerne. Dich und deine Haare. Verstehst du?«

»Oha. Einen Zehner, wenn es wirklich nur ums Fotografieren geht. Ein Zwanziger, wenn du hinlangen willst.« Das war unverschämt teuer. Ich wusste nicht, wie viel man Huren inzwischen bezahlte, aber es war Wirtschaftskrise, da boten sich einem alle paar Meter Leute an. Frauen, Männer, Kinder, für Arbeit oder das andere. Manchmal für fünfzig Pfennig die Stunde. Woher gerade die Tirolerin das Selbstbewusstsein nahm, so viel zu verlangen, war mir ein Rätsel. Vielleicht witterte sie instinktiv ein Geschäft und merkte, wie unerfahren ich im Umgang mit ihresgleichen war. Oder sie merkte, dass ich genau sie unbedingt wollte und eine andere Hure nicht infrage kam.

»Nur Fotografien.«

»Aber nicht, dass du die Fotografien verkaufst. Ich habe meine Stammkunden und die sollen weiter zu mir kommen und nicht deine Bilder irgendwo unter dem Ladentisch kaufen und damit zufrieden sein.«

»Die sind nur für mich.«

»Du kannst mich aber auch jederzeit in echt haben und meine Haare anschauen. Wenn du ein Stammkunde wirst, mach ich es dir billiger.«

»Ich will nur die Fotografien. Ohne dass sonst was passiert.«

»Wo würden wir hingehen?«

»Bei mir im Atelier.«

»In einem Atelier? Der feine Herr ist ein Künstler. Wenn du mit meinem Bild groß rauskommst, zahlst du aber nach, verstanden?«

»Schau dir das Atelier an, und wenn es dir taugt, machen wir die Bilder am Sonntag. Zenettistraße 12.«

»Also, zwanzig Mark für Haare und Busen. Kein Name. Keine Füße. Kein Küssen.«

Ich hatte kein Interesse an ihrem Busen, aber um weniger Verdacht zu erwecken, ging ich darauf ein. Wahrscheinlich würde ich mich, wenn ich nicht feilschte, viel verdächtiger machen.

Am folgenden Abend übten Traub und ich im Atelier Licht setzen mit einer Schaufensterpuppe. Ich sah die namenlose Hure am Atelier vorbeigehen. Bei einem Mann mit Schiebermütze untergehakt. Ich ging davon aus, dass es sich dabei um ihren Zuhälter handelte.

Am Sonntag um zehn war sie da. Ich hatte Traub eingebläut, nicht ins Atelier zu kommen, da ich dort ein Tête-à-Tête hätte, weil das in meiner Wohnung wegen der Nachbarn nicht möglich sei. Ich drohte ihm ernsthaft Prügel an, wenn er mich ›dabei‹ überraschte. Ich gab ihm sogar Geld ›fürs Kino‹. Ich wusste, dass er es versaufen würde.

Ich fotografierte an diesem Tag über hundert Retuschefotografien der Haare in allen möglichen Positionen, Lichtsituationen und auf allen möglichen Filmen. Die junge Hure muss mich für einen großen Liebhaber von hochgesteckten Haaren gehalten haben. Nicht eine Variante, die sie mir mit offenen Haaren anbot, wollte ich akzeptierten. Sie war dabei ganz nackt. Das schwatzte sie mir für einen Fünfer extra auf. Ich hatte das Gefühl, ihr so weniger erklären zu müssen. So kam ich mir in meiner Rolle als Fetischist noch echter vor. Fragen darüber, warum ich das tat, ohne dass sie dabei nackt war, hätte ich nur schwerlich beantworten können.

Als ich eine kurze Pause machte, ging ich in den vorderen Teil des Ateliers. Ich glaubte einen kurzen Blick auf Traub, der am Schaufenster gestanden hatte und sich schnell zurückzog, als er mich sah, zu erhaschen. Aber sicher war ich mir nicht. Ich konnte mir auch nicht vorstellen, dass er sich die Gelegenheit auf einen Tag im Wirtshaus hätte entgehen lassen, nur um mir hinterherzuspionieren.

Als ich mit meinen Fotografien fertig war, schmiss ich das Haarmodell sofort raus. Ich gab ihr die unglaubliche Summe von fünfundzwanzig Mark, sie bedankte sich und verschwand.

Ein halbes Jahr später sah ich ein Bild von ihrem Zuhälter in der Zeitung. Er war nach einer Milieu-Streitigkeit verhaftet worden. Es war derselbe, über den ich schon einmal was gelesen hatte und der meinem erfundenen besten Freund seinen Namen geliehen hatte: Hans Raetzer.

Das Tanzbild wurde ein Meisterwerk. Ich saß zwei ganze Nächte daran. Von einer ersten Bildversion mit einem plump ausgeschnittenen Haarhelm auf Thereses Kopf arbeitete ich mich langsam zu neuen technischen Höhenflügen vor. Mit einer Mischung aus zusammengeklebten Abzügen, doppelbelichteten, winzigen Ausschnitten der Frisur auf dem Hintergrund, Abwedeleien und einzeln dazugemalten Haaren.

Im Morgengrauen des 24. Januar war das ganze Bild fertig. Die Bewegung der Haare war perfekt. Ich hatte sogar den Eindruck, dass das neue, retuschierte Bild echter wirkte, als das ursprüngliche. Dank der Frau aus dem Nachtleben. Nicht einmal mit der Lupe konnte man die retuschierten Stellen erkennen.

Eines vergaß ich zu erwähnen. Sie werden sich vielleicht schon gewundert haben, warum ich all die Briefe Wort für Wort wiedergeben kann und nicht nur sinngemäß schreibe. Ich bin Verträgeverfasser. Ich muss mich nach allen Seiten hin absichern und genau wissen, was wann wo und wie gesagt oder geschrieben wurde. Meine eigenen Briefe tippte ich immer mit Durchschlagpapier. Wenn es handschriftliche Anmerkungen oder P.S. gab, kritzelte ich sie noch einmal auf die Durchschläge. Ich wollte ja wissen, was ich geschrieben hatte und worauf ich mich später wieder bezog. Gerade die Geschichte mit den Haaren hätte jemand anderer vielleicht ganz unbedarft geschrieben, wieder vergessen und wäre dann irgendwann als Lügner enttarnt worden. Von den Fotos, die ich nach Brasilien schickte, machte ich immer einen zweiten Abzug, klebte ihn auf ein Blatt Papier und heftete alles zusammen in einem Ordner ab. Alles wohl dokumentiert. Erst Burgls Brief, dann meine Antwort, dann die dazugehörige Fotografie.

»München, den 26. Januar 1932

Liebe Burgl (oder möchtest du, dass ich in Zukunft Walli schreibe? Weil du deinen letzten Brief so unterschrieben hast),
anbei noch ein Bild von Therese.«

Ich beschloss, Burgls schnippische Bemerkung zu Therese aus ihrem letzten Brief einfach zu ignorieren und so zu tun, als habe sie das nie geschrieben. Ich war zufrieden mit meiner Therese und wollte mich nicht von Burgl beirren lassen.

»Es ist meine Lieblingsfotografie von ihr. Sie tanzt weil sie überwältigt ist, von dem, was sie da zu hören bekommt. Wir haben uns nämlich ein Radiogerät gekauft.«

Ich hatte mir tatsächlich einen Empfänger gekauft. Das Gerät hatte ich in einem der Trödelläden gefunden, den ich während meiner Retuschefotografiensuche aufgesucht hatte, und einfach gekauft. Noch gar nicht alt. Vielleicht ein Jahr. Wie schon einige Male erwähnt: Ich profitierte von der Wirtschaftskrise. Das Radiohören ersetzte mir nach und nach das Zeitunglesen. Die Sendungen, die ich zu hören bekam, wurden zu einer noch größeren Inspirationsquelle für meine weiteren Therese-Abenteuer, als es die Zeitungen je gewesen waren.

»Auf der Fotografie siehst du, wie Therese ganz beseelt zu einer Konzertaufzeichnung aus New York tanzt. Ich kann dir den Namen des Komponisten oder Dirigenten leider nicht mehr sagen, aber es war etwas Jüdisches mit ›...witz‹ am Ende. Obwohl mir die Musik so gar nichts sagte, machte sie mich doch glücklich, weil sie Therese so zum Tanzen brachte.

Was mir zum Thema Radio *noch einfällt: Wir haben Karl Valentin gehört. Kurze* Hörspiele. *Ja, der Komiker Karl Valentin, der vor mir in der Zeppelinstraße gewohnt hat. Früher noch Fey. Erinnerst du dich?*

Habt ihr Radio? *Wenn nicht, solltest du deinen Mann unbedingt davon überzeugen. Ich denke, dass ihr über Kurzwelle auch deutsche Sendungen empfangen könnt. Aber vielleicht kommen* Radiogeräte *mit der Hitze und der Feuchtigkeit bei euch nicht zurecht.*

Hier ist es mal so, mal so. Mal kalt mit Schnee, mal wärmer mit Sonne.

Bis hoffentlich bald.

Dein Carl«

29

Am 30. Januar ging ich abends zu Traub und packte seine Sachen für die Reise nach Argentinien. Er selbst war apathisch, saß nur auf dem ungemachten Bett und schaute mir zu. Es war erschütternd wenig von seinem alten Leben übrig. Kaum Kleidung, eine Leica, keine Bücher und, was für einen Fotografen besonders ungewöhnlich war: keine Fotografien. »Alles versetzt«, sagte er. Ich bot ihm an, noch Erinnerungsstücke und Bilder in seinem ehemaligen Atelier zu suchen, aber er wollte nicht.

Beim Packen seines Waschzeugs entdeckte ich dann doch etwas, das mich in meiner Entscheidung bestärkte, Traub unbedingt loswerden zu wollen. Er hatte einige meiner ersten misslungenen Retuscheversuche mit Therese gestohlen und sie ganz unten in seinem Waschnecessaire versteckt. Eigentlich hätte ich ihm die Bilder gerne gelassen. So ganz ohne Erinnerung nach Übersee zu fahren, erschien mir komisch. Doch wollte ich, vielleicht aus übertriebener Furcht davor, aufzufliegen, dass nichts, was auf meinen kleinen Betrug schließen ließ, aus meinen Händen geriet. Selbst vor einem mitwissenden Traub in Südamerika (obwohl Buenos Aires einige Tausend Kilometer weit von Recife entfernt ist), gruselte mich.

So gingen wir am 31. Januar abends mit einem einzigen Koffer für Traub und einem nur wenig kleineren für mich zum Nachtzug nach Hamburg. Wir kamen am 1. Januar um neun Uhr siebzehn am Bahnhof Altona an. Ich hatte für Traub und mich ein Doppelzimmer in einer Pension ganz in der Nähe der Überseebrücke reserviert. Lieber eine weitere unbequeme Nacht neben dem schnarchenden Traub, als Gefahr zu laufen, dass er wieder

Angst vor der eigenen Courage bekam und davonlief. Ich behielt seine Schiffskarte bei mir und die zweihundert Mark Startkapital bewahrte ich in einem Briefumschlag in meiner Mantelinnentasche auf.

Abends führte ich ihn in ein Restaurant aus. Das Essen war trocken und teuer. Es gab sauren Wein oder bitteres Bier. Traub trank beides. Nach dem Essen wollte ich gerne ins Bett, Traub aber bestand darauf, noch in ein Lokal zu gehen. Aus Angst, ihn in der Stadt an den Suff zu verlieren, ging ich mit.

Das »Übersee-Eck« befand sich zwei Eingänge neben dem Restaurant. Darin derselbe Schlag Männer wie in den Stehausschänken und angeranzten Wirtshäusern, in denen Traub in Sendling verkehrt war. Stammgäste. ›Da hocken die, die immer da hocken.‹ Nur der Dialekt war anders, und statt Obstler trank man hier Korn.

Traub schien sofort zu wissen, wie man sich zu verhalten hat und setzte sich an einen der Tische. Der Wirt stellte ungefragt jeweils einen Schnaps und ein Bier vor uns. Traub kippte beides hinunter und bekam sofort zwei neue Getränke. Das wiederholte sich noch einige Male. Ich nippte derweil an meinem Bier und kippte den Schnaps heimlich in Traubs Pils. Ich versuchte, ein Gespräch mit ihm anzufangen, denn ich fühlte mich an seinem offensichtlichen Elend mitschuldig, ich war es schließlich gewesen, der ihm keine Wahl mehr gelassen hatte, die Reise anzutreten. Doch dazu kam es nicht, denn einer der Stammgäste setzte sich zu uns und starrte Traub an. Er winkte dem Wirt, der drei Schnaps und drei Bier an den Tisch brachte. Er legte dem Stammgast kurz die Hand auf die Schulter und flüsterte ihm etwas zu. Es klang streng. Der Mann hob einlenkend die Hände und sagte laut in den Gastraum: »Ich tu denen schon nichts. Das weißt du doch. Noch mal Hausverbot kann ich mir nicht erlauben. Sonst muss ich den ganzen Abend bei meiner Alten sitzen.« Er schaute sich triumphierend im Raum um. Die anderen Gäste ignorierten seinen Witz oder schauten sogar beschämt zur Seite. Der Mann versuchte es noch mal: »Bei meiner Alten!« Der Wirt lachte einmal gezwungen. Dann drehte sich der Stammgast wieder zu Traub.

»Du bist nicht von hier. Wo kommst du her? Sag mal.«

Ich saß zwar direkt daneben, doch scheinbar war ich wieder unsichtbar. Wie früher.

»München«, murmelte Traub.

»Bayern, oder?«

»Bayern.«

»Da herrscht noch die alte Ordnung.«

Der Stammgast stand auf und hob militärisch die Hand an die Stirn. Man wusste nicht, ob er sich darüber lustig machen wollte oder nicht.

»Bayern, die Ordnungszelle im Reich.«

»Ordnungszelle?«

»Die haben die Kommunisten vertrieben.«

»Ja, vor zwölf Jahren schon.«

»Scheißkommunisten.« Der Mann wurde wieder laut und schaute sich provozierend im Gastraum um. »Jaha, das wollen die hier nicht so gerne hören, in Altona und auf St. Pauli. Das hier ist nämlich ein Scheißkommunistenloch, sag ich dir.«

Der Wirt schaute streng zu uns herüber.

»Das ist der letzte Laden auf ganz St. Pauli, wo man nicht nur Kommunisten reinlässt.« Er prostete dem Wirt zu. »Danke Heini. Danke für dein Herz für die völkische Bewegung.« Er zeigte auf seine und Traubs leere Gläser. »Machst du uns nochmal welche?« Der Wirt brachte die Getränke. Auch mir hatte er wieder einen Schnaps hingestellt, obwohl ich weder den noch das Bier überhaupt angerührt hatte. Aber ich war froh, dass wenigstens der Wirt mich wahrnahm.

»Das mag ich so an euch da unten, dass ihr nicht solche Dreckskommunisten seid.«

Traub schaute ihn trüb an. Er wollte offensichtlich lieber seine Ruhe.

»Und Juden gibts bei euch ja auch nicht so viele. Nicht wie in Berlin.«

Ich schaute besorgt zu Traub. Er schien das gar nicht wahrzunehmen.

»Die Juden sind Deutschlands Unglück.«

»Deutschland«, murmelte Traub. Man merkte inzwischen, dass er sehr betrunken war. Seine Lider waren schwer, und er lallte.

»Genau«, antwortete der Stammgast. »Habt ihr das gehört, ihr Kommunisten, das ist einer wie ich. Wir werden immer mehr. Bald haben wir euch überholt!«

»Deutschland!« Traub wurde lauter.

Der Mann rückte noch näher an ihn heran. Traub war kaum noch ansprechbar. Ich wollte ihn gerne aus der Kneipe haben. Doch er war wie festgeklebt auf seinem Stuhl. Ich ging kurz vor die Türe, um dem Rauchgestank für einige Augenblicke zu entkommen und klar denken zu können. Draußen war es feucht und kalt. Zwei Huren liefen an mir vorbei. Sie würdigten mich keines Blickes. Ich sehnte mich nach meinem neuen, ruhigen und liebevollen Leben mit Therese in München. Durch sie gab es Menschen, die mich wahrnahmen. Burgl und Traub. Hier in Hamburg kam mir alles trostlos vor. Wie noch vor ein paar Wochen zu Hause, ohne Therese in meinem Leben. Ich überlegte, ob ich aus dieser traurigen Reise nach Hamburg wenigstens eine Geschichte für Burgl spinnen konnte. Eine gemeinsame Fahrt mit Therese nach Hamburg? Im Februar unwahrscheinlich. Ich, ein paar Tage ohne Therese zu Hause, weil sie alleine nach Hamburg gefahren war? Kurzzeitige Rückkehr meiner Einsamkeit? Warum nicht? Ich formulierte den Brief schon ein wenig vor, und die Geschichte gefiel mir immer besser. Trennung lässt einen die Liebe wieder deutlicher spüren. Das war wie eine weitere Bestätigung der Beständigkeit von Thereses und meiner Situation. Ich würde es in der Antwort auf Burgls nächsten Brief verwenden.

Leise hörte ich durch die geschlossene Kneipentüre Grölen aus dem Inneren. Ich ging hinein und sah Traub mit dem Stammgast auf den Stühlen stehen und »Die Fahne hoch« singen. Traub die Rechte zum Hitlergruß erhoben, der andere, obwohl er der professionellere Hitlerist war, die Linke. Traub musste weg von hier. Morgen um zehn mussten wir am Schiff sein. Was, wenn ich ihn nicht früh genug aus dem Bett bekam?

Ich sah in diesem Moment nur eine Möglichkeit, Traub aus der Kneipe zu bekommen. Eskalation. Ich ging zum völkischen Stammgast, zog ihn vom Stuhl und sagte: »Der Mann, mit dem Sie da gerade singen, heißt Isaak Traub. Isaak ist kein sehr arischer Name, oder?«

Der Stammgast wurde schlagartig sehr still. Traub sang weiter eine verballhornte Version des Liedes, die man in den paar Arbeitervierteln, die noch kommunistisch waren, oft hörte. ›Die Fahne hoch. Der Reiher wird erschossen, lalalala, ich fass dir mutig fest in den Schritt.‹ Zum Glück hatte es der Stammgast noch nicht bemerkt.

»Was soll das heißen?« Der Gast wandte sich Traub zu. »Münchner, bist du keiner von uns?«

Traub stieg jetzt auch von seinem Stuhl. Er sang jetzt: »Deutschland, Deutschland über alles …«

»Halt mal den Rand, Münchner. Was bist du für einer?«

Traub war außerstande zu antworten. Er hatte, während ich draußen war, noch einige Schnäpse und Biere getrunken. Er konnte kaum noch stehen, geschweige denn reden. Ich antwortete für ihn.

»Ein Jude ist er.«

Der Stammgast reagierte nicht auf mich und sprach nur mit Traub direkt.

»Hast du mich betrogen? Wolltest du mir den Schnaps und das Bier abpressen? Der Arier zahlt schon, oder? Das macht ihr immer so!«

»Ich zahl dir das schon. Mach dir darüber keine Gedanken«, beschwichtigte ich ihn.

»He, Jude, ich spreche mit dir.« Der Stammgast packte Traub am Kragen und zog ihn an sich heran. »Erst mit mir einen auf Freund machen und mich dann nur abkassieren wollen.«

Er wandte sich zum Wirt. »Heini, hast du gehört, das ist ein Jude.«

Der Wirt sah kaum von seinen Gläsern auf. »Lass ihn in Ruhe. Ich will keinen Ärger hier drinnen. Kapiert.«

Der Stammgast flüsterte Traub zu: »Wenn ich hier wieder Hausverbot kriege, weil du mich provoziert hast, schlag ich dich tot!«

Der Stammgast schubste Traub vor sich her quer durch den Raum. »Antworte, du Sau! Bist du dir zu fein?«

Die anderen Gäste starrten betrunken. Nur der Wirt legte langsam den Lappen weg, nahm einen Stock hinter seiner Theke hervor und ging damit auf den Stammgast zu. Ohne Warnung hieb er ihm damit in den Rücken. Der Stammgast schrie wie am Spieß und fiel auf seine Knie. »Du Drecksau! Wegen dir fliege ich schon wieder aus dem Übersee-Eck«, brüllte er zu Traub. Der Wirt packte ihn und zog ihn am Kragen vor die Türe. Zu uns sagte er: »Ihr wartet jetzt noch zehn Minuten, und dann macht ihr auch nen Abgang.«

Der Heimweg war kurz, aber schwierig. Traubs Alkoholpegel sank, und er wurde jetzt zusätzlich zum Besoffensein auch noch schläfrig. Ich zog ihn zur Pension. Kurz bevor wir dort ankamen, wartete natürlich der Stammgast auf uns. Es war ja eigentlich nicht anders zu erwarten gewesen. Würde ich so etwas in einem Roman lesen, würde ich mir denken, dass der Verfasser zu viele Kriminalgeschichten gelesen hat. Solche Zufälle gibt es nur im echten Leben. Nicht in Büchern. Er hatte noch zwei andere Männer mitgebracht. Sie hatten Knüppel und gingen bedrohlich auf uns zu. »Das ist die Judensau, die mich reingelegt hat«, sagte er zu seinen Freunden.

Traub hing über meiner Schulter. Als er den Stammgast reden hörte, wurde er plötzlich wacher. »Mein Volksgenosse«, lallte er. »Ich werde dich vermissen. Ich kann doch nicht weg, ohne meinen Freund noch einmal zu umarmen.«

Traub stieß sich von mir ab, fiel dem Stammgast um den Hals und weinte. »Was soll nur aus mir werden, ohne euch? Ohne euch bin ich nichts.«

Der Hitlerist war verwirrt und seine Freunde noch mehr. Er schob Traub nicht sehr grob von sich. »Was heißt weg?«, fragte er.

»Südamerika. Morgen um zehn«, sagte ich. Traub begann zu schluchzen. »Buenos Aires«, fügte ich hinzu.

»Für immer?«, fragte der Stammgast.

»Für immer«, antwortete Traub.

»Dann ist ja gut«, sagte der Hitlerist und schaute zu seinen Freunden. »Wenn du sowieso abhaust aus Deutschland, dann kannst du auch deine Zähne mitnehmen.« Die Freunde lachten. »Hauptsache, du bist weg aus Deutschland. Tot oder lebendig ist uns egal. Sollen sich die Spaniokel mit euresgleichen rumschlagen.«

Als die drei um die Ecke verschwunden waren, kauerte Traub noch lange auf dem Boden und weinte. Ich hatte fast ein schlechtes Gewissen, ihn zu zwingen, aus Deutschland wegzugehen. Wie sehr musste ihn das Weggehen belasten, wenn er sich sogar mit diesem Nazi anfreunden wollte und ihm sagte, dass er ihn vermissen werde.

Am Morgen des 2. Februars frühstückten wir in der Pension. Traub sagte kein Wort. Ob wegen seines Katers oder aus Abschiedsschmerz, wusste ich nicht. Ich hatte zwar das Gefühl, dass er mich recht feindselig ansah, aber sobald er auf dem Dampfer war, war das sowieso egal. Aus den Augen, aus dem Sinn.

Der Abschied ging schnell. Schiffskarte und Ausweis vorzeigen und dann zügig an Bord durchgehen. Ich wollte unbedingt warten, bis das Schiff abgelegt hatte. Mein Zug ging erst um eins. Traub erschien an der Reling, stellte sich in eine Reihe mit den anderen Passagieren, die ihren Verwandten zuwinken wollten. Traub sah mich finster an. Plötzlich griff er in seine Manteltasche und holte ein Stück Papier hervor. Er hielt es in die Höhe, um es mir zu zeigen. Trotz der Entfernung erkannte ich, dass es einer der missglückten Abzüge der tanzenden Therese war. Traub hielt noch ein zweites Blatt hoch. Es waren Therese und ich im Englischen Garten. Ich weiß nicht, warum mich das so schockierte. Wahrscheinlich, weil es meinen gesamten Plan zunichtemachte. Meine Lüge zusammen mit Traub verschwinden zu lassen. Ich begann richtiggehend zu zittern. Ich weiß nicht, ob Traub etwas davon ahnte oder es sogar wusste, aber er grinste mir breit zu und schwenkte die Bilder provozierend.

Um elf Uhr legte die Monte Sarmiento ab. Traub stand an der Reling, ich kehrte ihm den Rücken zu und ging zum Bahnhof. Ich erwischte sogar den D-Zug um zwölf Uhr acht und war um halb zwölf nachts wieder in München.

30

Burgls Antwort kam erst Mitte Februar. Bis dahin saß ich viel in meiner Wohnung, kritzelte Geschichten von Therese und mir in ein Schulheft. Neue Bilder bekam ich nicht hin.

»Recife, den 12. Februar 1932

Lieber Carl,

ich möchte mich bei dir entschuldigen. Ich muss nämlich meine Aussage zu Therese, dass sie gewöhnlich wirkt, zurücknehmen. Sie ist schön. Wie ist diese besondere Fotografie nur entstanden? Wie sehr muss sie in der Musik versunken gewesen sein. Auch muss ich zugeben, dass ich bei erneuter Betrachtung des letzten Bildes, gestehen muss, dass ihr ein wirklich schönes Paar seid.

Ich weiß nicht, was mich geritten hat, als ich schrieb, dass sie graumäuschenhaft ist. Vielleicht hat der Neid aus mir gesprochen. Verzeih meine Garstigkeit. Es lag bestimmt auch daran, dass Antonio nicht gerade nett zu mir ist in letzter Zeit. Er macht sich rar. Wie befürchtet. Seit unserem ›Urlaub‹ auf dem Land. Ich denke, dass er eine andere hat. Es macht mir aber nichts aus. Nur die Aussicht darauf, ihn bald nicht mehr exklusiv für mein Vergnügen zu haben, macht mich nervös. Was soll ich dann tun? Mich wieder mit meinem Mann zusammentun? Bei dem Gedanken schüttelt es mich regelrecht.

Sonst habe ich nicht viel zu erzählen. Dafür schreibst du ja zum Glück umso mehr. Und so interessante Geschichten. Manchmal wünschte ich, ich hätte dein Leben.

Damit du mal weißt, wie ich selbst nach über zehn Jahren Hitze und Feuchtigkeit aussehe, lege ich dir ein Bild von mir bei. Dann lohnt es sich wenigstens, das Kuvert trotz meiner knappen Worte zuzukleben und zu schicken.

Schreib schnell und viel.

Deine Freundin Burgl«

31

Dem Brief lag eine Fotografie von Burgl bei. Die Jahre hatten ihr gut getan. Aus dem Auer Vorstadtflietscherl war eine fast schöne Frau geworden. Helle, von der Sonne ausgebleichte, kurze Haare, aufgeweckte Augen und gebräunte Haut. Die Tropen standen Burgl. Aber das Bild löste keinerlei Gefühle bei mir aus. Aus Burgl, dem Objekt der Begierde und Sehnsucht, war Burgl, die Brieffreundin geworden. Oder sogar noch schlimmer: Sie war nur noch die Leinwand für mein Leben mit Therese. Ohne die Briefe an Burgl gäbe es keine Therese. Diese Erkenntnis traf mich, weil sie die Möglichkeit einer Nichtexistenz von Therese beinhaltete. Ich beruhigte mich mit der Aussicht auf ein baldiges Wiedersehen mit Therese in einem neuen Brief oder im Fotoatelier.

»München, den 26. Februar 1932

Liebe Burgl,
danke vielmals für das Bild, das du geschickt hast. Du siehst schöner aus denn je. Auch wenn du es bestimmt nicht zugeben magst: Das Erwachsenwerden und die Wärme scheinen dir gutzutun. Übrigens findet das auch Therese, der ich die Fotografie gezeigt habe. Sie war nicht wenig eifersüchtig. Sie habe sich dich nicht so gut aussehend vorgestellt, sagte sie. Aber ich hoffe, dass sie versteht, was sie und mich verbindet und wie es sich von deiner und meiner gemeinsamen Geschichte unterscheidet. Vielleicht schreibst du ihr mal ein paar persönliche Zeilen in unsere Briefe, dann bist du nicht mehr der unberechenbare Geist aus der Vergangenheit. Nur wenn du das möchtest. Fühle dich nicht gedrängt.«

An dieser Stelle war meine Idee, Therese auch für Burgl zu einer unersetzbaren Person werden zu lassen. Nur wenn Burgl sie auch mochte, konnte ich sichergehen, dass Therese weiterleben würde. Die beiden sollten Freundinnen werden. Vielleicht würden sie sich eines Tages unabhängig von mir Briefe schreiben. Wie verrückt und schizophren der Gedanke heute klingt, wenn ich ihn aufschreibe. Aber damals erschien es mir vollkommen logisch, und ich war sehr stolz auf meinen wasserfesten Plan.

»Gerade liegen ein paar schwierige Tage hinter mir. Therese hat ihre beste Freundin in Hamburg auf den Dampfer nach Buenos Aires gebracht. Ohne mich natürlich. Es war einerseits schwierig, weil es Therese sehr mitgenommen hat, die geliebte Person wahrscheinlich für immer zu verabschieden, andererseits sind wir inzwischen so aneinander gewöhnt, dass, und sei es auch nur wenige Tage, uns eine Trennung sehr wehtut. Dank der modernen Kommunikationsmittel konnten wir aber telefonieren und haben uns sogar einen Brief geschrieben. Ein für uns noch sehr ungewohntes miteinander Kommunizieren. Deutlich holpriger als bei uns beiden, liebe Burgl. Aber das Vermissen und nacheinander Sehnen, die Vorfreude und später auch die kleine Unsicherheit, ob alles wieder so ist wie zuvor, machen es dann aufregend und reizvoll.

Zuerst dachte ich, soll Thereses Freundin doch gleich den Brief mitnehmen, wenn sie schon in Südamerika ist. Aber nach einem Blick in den Atlas habe ich feststellen müssen, dass da ja einige Kilometer zwischen Recife und Buenos Aires liegen. Diesen Weg kann man einer alten Tante nicht aufbürden.«

Ich fühlte mich inzwischen so selbstsicher in meinen Briefen, dass ich kleine Witze einzubauen begann. Eine Seite an mir, die ich bisher nicht gekannt hatte. Jetzt, beim Wiederlesen der Briefe, bin ich selbst überrascht, wie humorvoll (wenn auch nicht wirklich lustig) ich manchmal geschrieben habe.

»Ich habe Therese übrigens vorgeschlagen, doch irgendwann in den nächsten zwei oder drei Jahren selbst einmal über den Atlantik zu fahren, um eine ausführliche Südamerikareise zu machen. Das ist zwar in Wirklichkeit nicht sehr realistisch, aber es hat sie getröstet.

Hier ist es scheußlich. Weder Winter noch erste Frühlingsgefühle. Batziger Schnee, Regen, kalt, aber nicht winterlich. Ich habe das Gefühl, dass es seit September kalt ist. Ich beneide dich inzwischen ein bisschen um dein warmes Wetter. Ich denke, dass wir Südamerika noch etwas warten lassen und uns im März erst mal nach Italien wagen werden. Am Gardasee, so sagte mir ein Kollege, soll es im März schon sehr frühlingshaft sein. Viel wärmer und sonniger als bei uns. Jetzt würde ich gerne deinen Rat hören. Ob so ein Urlaub nicht doch etwas zu früh für Therese und mich ist? Wir kennen uns ja gerade erst einige Monate. Vielleicht klappt es ja rechtzeitig mit deiner Antwort auf diese Frage. Wenn du schnell schreibst und Therese und ich uns mit der kleinen Reise bis Mitte des Monats zurückhalten können, könnten deine Ratschläge und deine Meinung noch vor einer Fahrt bei mir eintreffen.

Sag, ab wann fahren denn die Zeppeline wieder? Was sagt deine geheime Quelle Antonio? Oder ist es etwa dein Mann, von dem du diese Informationen erhältst?

Schreib doch mehr von dir. Damit nicht nur ich immer erzähle. Ich komme mir sonst so geschwätzig vor. Wie geht es dir mit Antonio, mit deinen Kindern, deinem Mann, den Teedamen oder der Maid?

Ich freue mich auf deine Antwort.

Dein Carl«

32

Meine Ankündigung einer Urlaubsreise hatte natürlich einen Hintergrund. Ich hatte eine Fotografie von Therese gefunden, die mir wie auf einer Italienreise aufgenommen vorkam. Oder sie wirkte, wie ich mir eine Reise dorthin vorstellte. Therese in einem frühlingshaften Kleid auf einer Wiese, schüchtern nach unten blickend, als habe man sie beim müßigen Herumspazieren erwischt. Sie lächelte versonnen, ihr Kleid war leicht in Bewegung. Diese Fotografie war mir eigentlich bereits ganz zu Anfang meiner Arbeit im Atelier in die Hände gefallen, und ich wusste schon eine ganze Weile, dass ich sie irgendwann verwenden würde. Aber die Frühlingskleidung hatte bisher nicht gepasst. Die Idee mit der Fahrt an den Gardasee hatte ich in der Kanzlei aufgeschnappt. Ein Kollege wollte dort mit seiner Geliebten einige Tage verbringen und sprach ganz offen mit jedem, der es hören wollte, darüber. Offenbar war es in Italien leichter, unverheiratet in einer Pension unterzukommen. Das war besonders verlockend für den Kollegen. Er plante mit den anderen Anwälten komplizenhaft, wie er die Reise vor seiner Frau rechtfertigen konnte.

Ich wollte also die Geschichte zum Bild am Gardasee spielen lassen. Der erste gemeinsame Urlaub. Einige Tage, vielleicht eine Woche ununterbrochenen Zusammenseins. Den Frühling auskosten. Also begann ich, bei allen möglichen Fotografen und Trödlern der Stadt nach Gardasee-Landschaftsnegativen herumzufragen. Die wenigen Bilder, die ich fand waren aus dem Sommer oder aus dem tiefsten Winter.

Ich besorgte mir einen Baedeker von den Alpen bis Mittelitalien und las alles, was ich über den Gardasee wissen musste.

Zugstrecken, die man fahren konnte, Sehenswürdigkeiten, Kirchen, Altäre, Trattorien, Hotels, Trinkgelder für Kellner und Droschken, Alberghi, Pensionen, Weine, Speisen. Alles, was der Tourist über die Gegend wissen musste.

Aber das reichte nicht. Ich war ja kein sehenswürdigkeitenhungriger Engländer mit dem Wunsch, möglichst viel Kultur in möglichst wenig Zeit in sich aufzunehmen. Ich war ein romantisches Paar auf Liebesreise. Besser ich recherchierte vor Ort, dachte ich und war überrascht von meiner plötzlichen Waghalsigkeit. Aber dafür gleich ins Ausland fahren und tatsächlich über zwei Grenzen fahren, durch das unsichere Südtirol … Das machte mir Angst. Schließlich war ich seit dem Umzug von Neustadt nie außerhalb Münchens gewesen. Nicht einmal bis an den Tegernsee hatte ich es jemals geschafft. Aber wenn es sein musste … Einen Urlaub hatten Therese und ich uns verdient.

Ich hatte mir ausgerechnet, dass, wenn mir Burgl gleich zurückschrieb, was sie ja bisher immer getan hatte, mich ihr nächster Brief am 17. März erreichen würde. Genug Zeit, um ihr direkt vom Gardasee aus zu antworten. Aber nicht genug Zeit, um vorher noch hier in München eine Fotografie anzufertigen und zu retuschieren. Ich hatte mich in den Gedanken verliebt, Burgl vom Originalschauplatz, mit Originalstempel zu schreiben. Wie sollte ich das anstellen? Zwischen den Briefen war immer so viel Zeit, aber wenn es dann wirklich ums Schreiben ging, wurde es doch knapp.

Also fasste ich folgenden Plan. Ich würde Burgls letzten Brief per Dampfer ignorieren oder später darauf eingehen und vorher schon an den Gardasee reisen. Dort würde ich mir einen Fotohintergrund für die ›Therese auf der Wiese‹ suchen und die Bilder in einem dortigen Fotoatelier zusammenbauen. So konnte ich einen Originalbrief vom Originalschauplatz, mit Originaleindrücken, rechtzeitig zum Zeppelin schicken. Mit genug Sicherheitszeit. Man wusste ja schließlich nicht, wie gut die italienische Post funktionierte.

Ich erkundigte mich in einem Reisebüro nach einer Reise an den Gardasee. Man empfahl mir als Ziel Bardolino am Südufer des Sees. Dort, sagte man mir, sei es fast wie am Mittelmeer und Mitte März meist schon warm. Das klang gut. Der Mann im Reisebüro war so überzeugend und euphorisch, dass ich meine Skepsis überwand. Und, als hätte er sich mit meinem Kollegen abgesprochen, sagte er, dass man in Italiens Unterkünften gar nicht so sehr auf das Verheiratetsein achten würde. Er zwinkerte mir dabei zu. »Der Herr reist mit seiner Frau? Es soll ja ein Paradies sein, wenn man mit seiner Frau reist.« Er betonte das Wort Frau besonders stark, zwinkerte mir dabei noch deutlicher zu. Ich konnte nur ahnen, was er damit meinte. Glaubte er etwa, dass ich mit einem Mann reiste? War der Gardasee ein Reiseziel für Päderasten? Reiste mein Kollege aus der Kanzlei etwa mit einem Mann an den See? Wussten das die Kollegen? Ich hatte Burgl das Ziel bereits angekündigt. Also musste es auch für Therese und mich der Urlaubsort sein. »Oder reist der Herr alleine? Man kann, so habe ich gehört, sehr schnell wunderbare Freundschaften dort schließen«, fragte der Reisebüroangestellte. Das waren mir zu viele Andeutungen. Damit kam ich ja bei Frauen schon nicht zurecht. Aus Verlegenheit und um ein weiteres Gespräch mit dem Reisebüroangestellten zu vermeiden, kaufte ich zwei Zugfahrkarten zweiter Klasse für den 14. März bis Domegliara bei Bardolino. Ich legte besonderen Wert darauf, den Namen meiner Frau einzutragen. Von dort müsse man mit einem Taxi weiterreisen oder auf einen Bus hoffen, von dem man aber im Reisebüro nicht wisse, wann und wie oft er fahre. Ich reservierte auch ein Pensionszimmer für zwei. Thereses Namen betonte ich noch einmal besonders stark. Damit beim Reisebüroangestellten sofort klar war, dass ich nicht so war, wie er glaubte. Er empfahl mir auch, direkt im Anschluss mit meinem Reisepass und dem meiner Frau (wieder zwinkerte er) ins italienische Konsulat zu gehen, um uns Visa zu besorgen. Für die Fahrt durch Österreich brauche man keine.

33

Die Reise sollte bestmöglich vorbereitet sein. Ich dokterte lange an meinem Gepäck herum. In meinem Koffer war Kleidung für alle möglichen Wetterlagen. Von kurzärmligem Hemd und Schiebermütze, bis zu Wintermütze und Handschuhen. Außerdem packte ich die Negative der ›Therese auf der Wiese‹ ein und die dazugehörigen Retuschehaare. Ich nahm zudem bereits fertig zusammenmontierte, ausgeschnittene Abzüge mit. Alles in einer stabilen Papphülle, perfekt auf die Innentasche meines Jacketts angepasst. Dort verwahrte ich auch meine Reisekasse in Mark und Italienischer Lira, zweihundert Mark und dreitausend Lire. Insgesamt über sechshundert Mark. Ich wusste ja nicht, wie viel Geld man auf so einer Reise benötigte. Alles diebstahlsicher mit einer Sicherheitsnadel befestigt. Wenn das nicht reichte, konnte ich mir telegrafisch Geld von meiner Bank anweisen lassen. Das hatte ich vorsichtshalber erfragt. Ich war bestimmt nervöser vor dieser kleinen Reise als Burgl vor ihrer Überfahrt nach Brasilien.

Der Zug fuhr um halb sechs in München ab. Um neun waren wir in Kiefersfelden an der Grenze zu Österreich.

Wir fuhren durch das Inntal. Alles war verschneit. Nirgendwo Frühling. In Wörgl wollte ich einer Bäuerin durch das Zugfenster ein Hörnchen mit Kümmel abkaufen. Ich gab ihr fünf Pfennig. Sie murrte und fragte, ob ich kein österreichisches Geld habe. Als ich verneinte, ging sie mit meinem Fünferl einfach davon, ohne mir das Gebäck zu geben.

Um Viertel nach elf trafen wir am Brenner ein. Dort war auf italienischer Seite sehr viel Militär zu sehen. Ein Zöllner sprach mich auf Italienisch an. Ich verstand nicht und er schrie: »Kein

Deutsch!« Ich zeigte ihm meinen Pass, und er sagte: »Zehn Mark«. Ich zahlte. Was sollte ich auch sonst tun. Ich wusste nicht, ob es sich um Bestechung handelte, wie im Baedeker angekündigt, oder ob das echte Gebühren waren.

Südtirol wirkte heruntergekommen und arm. Die Häuser alt und baufällig, die wenigen Menschen mager und schmutzig. Wie aus der Zeit gefallen. Alles war sehr bäuerlich. Von Pferden gezogene Schlitten mit Heu. Frauen mit Körben auf dem Rücken, Männer mit langen, struppigen Schnurrbärten. Zwischen den Reisenden auf den Bahnsteigen sah man viel Polizei. Man erkannte sie nicht nur an den Uniformen, sondern die Polizisten sahen auch viel südländischer aus als die anderen. Schwarze Schnurrbärte, dunkle Augen. An vielen Gasthäusern und Läden waren die Beschriftungen übermalt. Manchmal sah man noch ein deutsches Wort hinter einem italienischen durchblitzen. ›Albergo Sole‹ über ›Sonnenhof‹. Oder man konnte noch ›Bäckerei Kaser‹ unter dem Schild ›Casari Panificio‹ lesen. Mir kam das versteckte Deutsch und die alpenländischen Häuser falsch vor. Ich war doch in Italien. Auch war alles verschneit. Ich wollte doch in den Frühling. Was, wenn es am Gardasee auch so war? Hatte der nicht auch halb zu k.u.k-Österreich gehört? Was, wenn da auch so viel Schnee lag? Sollte ich dann einfach noch weiter in den Süden? Gab es da überhaupt Seen? Ich blätterte nervös in meinem Baedeker. Comersee, Lago Maggiore, vollkommen falsche Richtung. Trasimenischer See, fast bei Rom.

Vipiteno, Bressanone, Chiusa. Der Schnee wurde weniger, die Sonne kam heraus und alles bekam langsam einen Grünschimmer. Ab Bolzano sah man den Bäumen schon an, dass sie bald ausschlagen würden. Die Frauen mit Kopftüchern und die schnurrbärtigen Männer stiegen nach und nach aus. Ab Trento sah ich erste Blumen auf den Wiesen. Und nach Rovereto öffneten sich die Berge, und ich spürte, dass ich jetzt in dem Italien war, das ich mir für meine ›Therese auf der Wiese‹ vorgestellt hatte. Zwar war alles noch heruntergekommener als im Norden, aber in der Sonne sah eh alles besser aus.

Um eins hielt der Zug in Domegliara. Eine unspektakuläre Kleinstadt. Rundherum war es nicht mehr so alpin wie zuvor, eher hügelig. Ich sah Olivenbäume, und die Sonne wärmte den Bahnsteig auf. Ein Träger nahm beim Aussteigen gleich und ohne zu fragen meinen Koffer und brachte ihn zum einzigen Auto vor dem Bahnhof. Kein Mensch war auf der Straße, nur vor einer Bar gegenüber sah ich einige Männer stehen und rauchen. Der Chauffeur lud meinen Koffer in seinen Wagen und hielt mir die Türe auf. Ich zögerte. Der Träger fragte: »Signore e signora Durren'eimer? Albergo Rossi?« Das war der Name der Unterkunft, die ich über das Reisebüro gebucht hatte. Hatte der Wirt einen Wagen geschickt, um mich abzuholen? »Dov'è la signora?«, fragte der Träger und schaute sich um. Ich verstand ihn nicht. Er machte eine Geste, die weibliche Kurven und Brüste beschreiben sollte. Meine Frau? Therese! Für die hatte ich ja auch einen Platz gebucht. Der Chauffeur zündete sich eine Zigarette an. Der Träger schaute mich an. Ich begann zu schwitzen und wusste nicht, wie ich mich aus der dummen Situation herauswinden konnte.

»Das ist ein Missverständnis«, sagte ich. Schulterzucken. Unverständnis. Ich machte verzweifelt Gesten. Entschuldigendes Arme-und-Schulternheben, dümmliches Grinsen, unbeholfenes Gestikulieren. Die beiden Italiener verstanden nichts. Schließlich legte ich die Hand an die Stirn, um zu signalisieren, dass ich nachdachte. »È malata?«, fragte der Träger den Chauffeur. Der schaute mich an und fragte mich dasselbe und hängte noch »La febbre?« hinten an. Dazu machte er die gleiche Geste wie ich zuvor. Ich versuchte an seinem Gesichtsausdruck abzulesen, was er meinte. Ich erkannte nur, dass es eine Frage war und seine Geste war dieselbe wie meine, also nickte ich.

Der Chauffeur wirkte jetzt ein bisschen aufgebracht. »Allora viene o no? La signora?«

Die Aufregung der beiden kam mir komisch vor, also schüttelte ich den Kopf.

»Quando viene?«, fragte der Chauffeur, »Oggi?« Ich schüttelte wieder den Kopf, diesmal um zu zeigen, dass ich nichts verstand. Italienisch war doch die Nachfolgesprache des Lateinischen? Warum verstand ich nichts?

»Arriverà domani?«, fragte jetzt der Träger aufmunternd und: »Alle uno. Come te.« Er zeigte auf mich, und dann signalisierte er eine eins mit seinem Zeigefinger. Ich dachte, dass er meinte, dass ihm jetzt klar sei, dass ich nur einer war und alleine gekommen war. Der Träger sagte zum Chauffeur »mercoledì«. Der zog an seiner Zigarette und antwortete »va bene«. Der Träger machte mir ein Zeichen einzusteigen und hielt die Hand auf. Ich gab ihm zehn Lire. Er schien damit zufrieden zu sein und sagte »bene« und »a domani«. Mir war nicht bewusst, was ich damit angerichtet hatte. Ich dachte damals, dass ich mich bestens aus der Affäre gezogen hatte.

Die Pension ›Rossi‹ in Bardolino befand sich in einem alleinstehenden Haus am Rand des Ortes. Der Wagen fuhr eine gekieste Einfahrt hinauf. Am Haus standen Tulpen, und zwischen Zypressen verblühten bereits die Krokusse. Ich hatte meinen Mantel an, in der Sonne war es aber so warm, dass ich ihn auszog. Signora Rossi war eine fünfzigjährige dünne Dame. Sie begrüßte mich kühl, führte mich in mein Zimmer, zeigte mir die Aussicht, die beiden getrennten Betten und sagte auf Deutsch, dass ihr der Fahrer bereits gesagt habe, was los sei. Es klang irgendwie anklagend. So, als glaubte sie mir nicht.

»Francesco holt Ihre Frau morgen Mittag vom Bahnhof ab. Sie brauchen sich um nichts zu kümmern. Geben Sie Francesco morgen nur ein gutes Trinkgeld dafür.«

nur noch über genau die befürchtete oder eine noch tödlichere Krankheit.

Ich bog am Ende des Parks rechts ab in die Gassen des Ortes. Die Häuser waren alt, der Putz bröckelte, aber die schmalen Straßen waren voller Menschen. In jedem zweiten Haus gab es einen Laden. Eisenwarengeschäfte, Gemüse- und Obsthändler, Metzger, Schuster und ein Trödelladen, fast wie der in München. Es gab vom Topf, über Pfannen und Bücher fast alles. Nur in gebraucht. Im Fenster stand eine Schaufensterpuppe mit Kleid und Hut, daneben ein Koffer. Das Ensemble wirkte ganz unitalienisch. Eher englisch. Vielleicht Fundstücke oder vergessenes Gepäck von britischen Touristen. Von denen sollte es ja in Norditalien viele geben, sagte der Baedeker.

Das war meine Lösung. Eine stumme Therese-Darstellerin. Klamotten, die im Schrank hingen, verschmutzte Stiefel von einer Wanderung, eine Sonnenbrille auf dem Nachttisch, ein Frauenroman. Ich betrat den Laden, zeigte auf alles, was ich brauchte. Koffer, drei Kleider, Sonnenschirm, Hut, Schuhe, Mantel, Strümpfe, Wanderhose, Wanderschuhe, ein in einer fremden Sprache vollgeschriebenes Notizbuch, eine Bürste mit Haaren darin. Alles, von dem ich glaubte, dass es eine Frau auf eine Reise nach Italien mitnahm. Als ich auch noch die Puppe kaufen wollte, hielt mich der Ladeninhaber für verrückt oder pervers, gab sie mir aber dann doch für fünfzig Lire extra. Für weitere zehn packte er sie mir sogar mehr oder weniger unauffällig ein.

Mit der in Papier eingewickelten Schaufensterpuppe und dem Koffer ging ich zur Promenade, denn dort hatte ich beim Hinweg ein Taxi gesehen. Gelb mit schwarzen Karos. Ich war mir dabei halbwegs sicher, dass es nicht von Francesco gefahren wurde. Dessen Wagen war dunkelgrün. Ich ließ mich und das Gepäck zum Bahnhof fahren und deponierte den Koffer und die Puppe bei der Gepäckaufbewahrung.

Auf dem ausgehängten Fahrplan las ich, dass es einen Zug aus Innsbruck gab, der um halb zwölf Uhr abends ankommen sollte. Ich ging zum Postamt von Domegliara, gleich neben dem Bahnhof, ließ mich telefonisch mit dem Telegrafenamt in München verbinden und gab ein Telegramm an mich selbst in Bardolino auf: »ankommen heute um 11:30 abend stop via innsbruck stop freue mich stop t« Als Abrechnungsadresse für die Münchner Post gab ich das Kanzleikonto an.

Ich fuhr mit der Taxe zurück an die Promenade, überlegte noch, ob ich dem Chauffeur ein großes Trinkgeld geben sollte, damit er schwieg. Aber ich gab ihm ein durchschnittliches, damit glaubte ich weniger aufzufallen.

Im Ort kaufte ich noch weitere Frauenutensilien. Eine Zahnbürste, Seife, Kölnisch Wasser und einen Lippenstift.

Um sieben gab es im Speisesaal Abendessen. Schinken, Nudeln mit einem seltsam schmeckenden Ragù, Forelle mit Kartoffelschnitzen und eine Art süßen Eierschaum und Mokka als Nachspeise. Zu den Nudeln trank ich Rot-, zur Forelle Weißwein. Meine beiden Flaschen hatten eine grüne Serviette umgebunden. Damit ich am nächsten Tag wisse, welche meine sei, so die Wirtin. Sie hatte für mich und meine Frau gedeckt und trug auch unbeirrt für beide das Essen auf. Dabei beobachtete sie mich argwöhnisch. Als ich mich gegen neun auf mein Zimmer zurückziehen wollte, kam der Hausdiener auf mich zu und übergab mir mein Telegramm. Ich tat recht erstaunt und erfreut. Die Wirtin war wieder gleichgültiger und sagte, dass sie Francesco so spät nicht mehr losschicken könne. Ich müsse ein Taxi nehmen. Die seien an der Promenade zu finden.

Um zehn verließ ich die Pension und fuhr mit demselben Chauffeur wie zuvor zum Bahnhof, holte den Koffer und die Puppe, fuhr wieder nach Bardolino, schlich mich zurück ins Zimmer und legte mich schlafen. Am nächsten Morgen ging ich um sieben in den Speisesaal und sagte der Wirtin, dass die

Signora Dürnheimer in der Nacht angekommen sei, aber noch schlafe. Ob es möglich sei, das Frühstück im Zimmer zu sich zu nehmen. Frau Rossi tat erst wieder recht irritiert, war aber damit einverstanden, als ich ihr ein zwanzig Lire-Stück hinhielt. Immerhin fast drei Mark.

Wenig später stellte der Hausdiener ein Tablett mit Kaffee, vier Hörnchen und Marmelade vor die Türe, ich aß alles auf und trank den ganzen Kaffee. Ich zerwühlte Thereses Bett, hängte ihre Kleidung neben der meinen in den rechten Teil des Schrankes und sperrte die Puppe im linken ein. Zu guter Letzt packte ich noch die Fotografenausrüstung, Thereses und mein Wanderzeug in meinen Rucksack.

Um neun wurde es still im Haus. Ich sah aus dem Fenster, wie Frau Rossi die Pension verließ und im Wagen von Francesco davonfuhr. Der Hausdiener nutzte die Abwesenheit der Chefin aus und setzte sich mit einem Glas Weißwein zum Rauchen in die Sonne. Ich nahm meinen Rucksack und ging aus der Vordertüre.

Im Baedeker hatte ich gelesen, dass man am besten das Schiff nach Salò nahm, um von dort eine kleine Wanderung zu machen. Ich kaufte im Ort Proviant für zwei, eine Flasche Wein, groß genug für zwei, zwei Schiffskarten und fuhr ans andere Ufer. Der See und die Berge waren nach gängigen Maßstäben schön und die Sonne angenehm warm. Ich fotografierte pflichtbewusst ein paar Landschaften vom Schiff aus. Eigentlich interessierte mich der See nicht. Einzig als Leinwand für Therese war er für mich von Belang.

In Salò nahm ich einen Bus nach San Michele und wanderte bis ein Uhr immer bergauf. Die Wiesen mit den Bergen im Hintergrund gefielen mir aber nicht. Man sah den See nicht, und die Bilder hätten auch in Garmisch entstanden sein können. Vorsichtshalber nahm ich noch einen Ast mit, den Therese als

Wanderstock genutzt haben könnte. Als ich eine Pause machte, schnitzte ich ›Therese und Carl 1932‹ in die Rinde.

Ich lief den ganzen Nachmittag bis nach Salò zurück. Um zehn sollte die letzte Fähre zurück nach Bardolino fahren. Ich aß in Salò Faraona, was laut Baedeker Perlhuhn war.

Um elf kam ich zurück zur Pension. Im Erdgeschoss brannte noch ein einzelnes Licht, sonst war alles dunkel. Ich nutzte die Zeit, bis es erlosch, um Thereses Stiefel und ihre Wanderhose ein wenig zu beschmutzen. Um Viertel nach elf ging das Licht aus und fünf Minuten später sah ich den Hausdiener mit meinen beiden Flaschen mit den grünen Servietten aus der Hintertüre wanken.

Am nächsten Tag zerwühlte ich wieder das Bett, hängte Thereses und meine Wanderkleidung an den Schrank, verteilte Haare aus der Bürste auf dem Kopfkissen, befeuchtete die Zahnbürste, drapierte die Schiffskarten deutlich sichtbar auf dem Schreibtisch, aß wieder das ganze Frühstückstablett leer. Als ich Schritte vor der Zimmertüre hörte, simulierte ich ein leises Gespräch. Falls es Frau Rossi war, die da vorbeiging. Ich kicherte sogar so weiblich, wie ich nur konnte. Genau wie am Tag zuvor verließ ich die Pension. Diesmal nahm ich nur den Fotografenrucksack mit und ging in Richtung Süden am Seeufer entlang. Ich hoffte irgendwo zwischen den Orten eine geeignete Stelle für mein Retuschemotiv zu finden.

Ich kam durch eine Stadt, die genauso wie Bardolino aussah. Dort trank ich Cappuccino. Am Nebentisch saß ein Mann, der mein Ausrüstungs-Doppelgänger hätte sein können. Um einiges älter, aber fast identisch gekleidet und ebenfalls mit Fotografenrucksack. Der Mann sprach mich sofort an. Ein Österreicher »eigentlich auf Sehnsuchtstour durch das verlorene k.u.k-Reich«, den es aber auf der Suche nach mehr Wärme weiter nach Süden gespült hatte.

»Endlich jemand, der gescheit Deutsch spricht. Das kann er einfach nicht, der Italiener.«

»In meiner Pension, die Wirtin spricht ganz gut.«

»Das macht der Tourismus. Manche lernen dann halt doch irgendwann dazu. Mittlerweile macht der Italiener sogar den besseren Kapuziner. Trinkt man den bei euch auch?«

»Eher weniger. Das ist das erste Mal.«

»Ich bin ja schon seit drei Wochen hier unterwegs. Zuerst in Südtirol, dann in Welschtirol. Schlimm, was die Italiener heutzutage damit anstellen. Nicht einmal mehr Deutsch dürfen sie sprechen. Und wie das alles verdreckt und verarmt.«

Ich hatte kürzlich ein paar Artikel in meinen Zeitungen über Tolomei und die Italienisierung von Südtirol gelesen. Auch waren im Zug bis zum Brenner Handzettel mit der Aufforderung an Deutsche und Österreicher, in Südtirol unbedingt ausschließlich Deutsch zu sprechen, ausgelegen. Aber ein Gespräch darüber konnte und wollte ich nicht führen. Ich hoffte vielmehr, aus dem Österreicher etwas über den perfekten Ort für Thereses Hintergrundbild herauszubekommen.

»Haben Sie schon viel fotografiert?«

»Wie gesagt, bin ich seit drei Wochen unterwegs. Da kommt schon einiges zusammen.«

»Und hier am See? Ich suche ein ganz bestimmtes Motiv.«

»Gestern war ich zwischen Sirmione und Lazise unterwegs. Schöne Motive. Der See im Vordergrund und die Berge mit dem Schnee dahinter. Wie aus dem Katalog.«

»Und Wiesen? Waren da auch Wiesen?«

»Wiesen? Die können sie auch daheim haben, oder? Wenn ihr was habt in Bayern, dann Wiesen.«

»Ich suche eine Wiese mit dem See und den Bergen im Hintergrund.«

»Sie haben aber genaue Vorstellungen. Ich würde einfach weiter nach Süden wandern. Da finden Sie bestimmt eine Stelle.«

»Und sagen Sie, Sie wissen doch bestimmt, ob ich hier im Ort ein Fotostudio finde? Ich will selbst schon ein paar Versuche beim Entwickeln machen.«

»In Sirmione ist einer, bei dem ich Filme gekauft habe. Ein Südtiroler. Sehr billig alles. Ich habe mir eine ganze Fuhre Filme mitgenommen. Sollten Sie auch machen.«

»Und kann ich dort auch selbst entwickeln und vergrößern und Abzüge machen?«

»Bestimmt. Das war schon eher ein größeres Atelier.«

Der einsame Österreicher wirkte enttäuscht, als ich ihn wenig später abwürgte. Er hätte bestimmt noch weiterplaudern wollen. Aber ich wollte los. Schließlich musste mein Bild am 20. in Friedrichshafen sein.

Eine Stunde weiter im Süden entdeckte ich endlich ›meine‹ Wiese. Sogar mit Olivenbäumen vor der Seekulisse.

Von Lazise fuhr ich mit der Fähre nach Sirmione, fand den Fotografen und konnte ihn davon überzeugen, mich in der Dunkelkammer arbeiten zu lassen. Natürlich gegen das entsprechende Geld.

Das Foto wurde gut. Obwohl ich den Südtiroler Fotografen immer wieder davon abhalten musste, mir zu helfen. Ich hatte immer noch das Gefühl, nicht auffliegen zu dürfen. Ich glaube, dass ich die Wahrheit, indem ich sie vor anderen geheim hielt, auch vor mir selbst verbergen konnte. Wer weiß das schon. Ich bin schließlich kein Nervenarzt oder Seelendoktor.

Frühabends war ich zurück an der Pension. Noch bevor die wenigen anderen Gäste umgezogen zum Essen kommen würden. Die Rossi und der Hausdiener waren noch nirgends zu sehen, und in der Küche wurde am Essen gearbeitet. Ich schlich auf mein Zimmer und baute meinen letzten Trumpf auf: Die angezogene Schaufensterpuppe als Schatten am Fenster. Wenn Frau Rossi das Haus verließ, sollte sie Therese am Fenster auf und ab gehen sehen.

Ich holte das Essen mit der Ausrede, Therese gehe es wieder etwas schlechter, aufs Zimmer. Frau Rossi sagte, dass ich in der Küche nach einer heißen Zitrone für Therese fragen könne. Ich aß am Fenster sitzend und wartete, bis sich um zehn die Hintertüre öffnete und Frau Rossi herauskam. Ich duckte mich und begann wie ein Puppenspieler die künstliche Therese hin und her zu schieben. Ich achtete darauf, sie ruckartig zu bewegen, damit es wie Schritte wirkte und nicht wie Gleiten. Ich weiß gar nicht, ob Frau Rossi überhaupt zum Zimmer hochgeschaut hat, bei mir hat es jedenfalls das Gefühl von Thereses Echtheit verstärkt.

Am letzten Tag des Urlaubs organisierte ich alles wie an den beiden Tagen zuvor. Unordnung machen, Kleidung herumliegen lassen und dann herausschleichen. Ich setzte mich zuerst in eine Bar, trank erst Cappuccino, dann Weißwein und schrieb meinen lang geplanten Brief an Burgl.

»Bardolino, den 17. März 1932

Liebe Burgl (oder sollte ich Cara Burgola schreiben?),

herzliche Grüße aus Italien! Leider überschneiden sich unsere Briefe wahrscheinlich. Aber wenigstens fährt die Graf Zeppelin wieder (hoffentlich), und alles geht jetzt deutlich schneller!

Hier ein Bild von Therese aus dem italienischen Frühling! Wie erhofft, ist hier der Winter schon vorbei. Tulpen blühen, und die Bäume sind zum Teil schon grün. Vielleicht erinnerst du dich noch, wie lange der Frühling in Europa gegen den Winter zu kämpfen hat. Hier hat er bereits gewonnen.

Wir sind in der kleinen Pension ›Rossi‹ in einem hübschen Hafenstädtchen namens Bardolino. Alles, wie man es sich vorstellt. Eine grantige Wirtin, ein romantischer See, wundervolles Essen. Wir waren die Sehenswürdigkeiten bewundern. Kirchen, die Halbinsel Sirmione, alte Gassen, Ausflüge mit der Seefähre, und wir waren Wandern. Kannst du dir das bei uns zwei Stadtpflanzen vorstellen? Mit groben Schuhen und

Knickerbocker? Das Bild stammt übrigens von einem der Ausflüge mit der Fähre. Mit Thereses neuer Kamera. Ich benutze sie inzwischen öfter als sie. Therese hat uns in einem kleinen Laden, ohne Italienischkenntnisse, ein Picknick zusammenstellen lassen. Der Rotwein ist uns ein bisschen zu Kopf gestiegen. Ich wünsche dir, auch so einen Gleichklang mit jemandem finden zu können.

Das andere Bild ist auf einem Fährschiff aufgenommen. Wir hatten einen österreichischen Amateurfotografen gebeten, ein Bild von uns beiden an der Reling stehend aufzunehmen. Leider waren seine Fotografiekenntnisse viel kleiner als angenommen, und das Bild ist nichts geworden. Deshalb die selbe Einstellung, ohne uns.

Burgl, lass es dir gut ergehen. Ich hoffe, dass ein Brief von dir auf mich wartet. Ist es dir eigentlich recht, wenn Therese mitliest? Sie sagt, sie könne auch verstehen, wenn dir das zu privat ist und du ausschließlich mit mir schreiben möchtest.

Ich freue mich auf den nächsten Zeppelin!

Carl«

Für den nächsten Tag hatte ich die Abreise aus Bardolino geplant. Ich schlich mich mit dem ganzen Gepäck und der Puppe um halb fünf aus der Pension. Im Speisesaal hinterließ ich der Wirtin eine kurze Notiz, dass es Therese wieder deutlich schlechter gehe und wir uns entschlossen hätten, einen Tag früher abzureisen. Wir würden den ersten Zug zurück nach München nehmen und hätten uns deshalb bei Nacht und Nebel davongeschlichen. Ich legte fünfzig Lire neben den Zettel.

Derselbe Taxichauffeur (wahrscheinlich gab es nur den) wie ein paar Tage zuvor brachte mich und die Puppe um acht zum Bahnhof und um neun saß ich im Zug nach München.

Von der Rückreise gibt es wenig zu erzählen, außer dass ich, wenn ich mich unbeobachtet glaubte, die Hand der Therese-Puppe hielt und leise mit ihr redete. Und natürlich das dumme Gesicht, das die bayerischen Zöllner beim Kontrollieren von Thereses Koffer und beim Anblick der Schaufensterpuppe gemacht haben. Ich befürchtete, dass meine Nachbarn ähnlich dumm schauen würden, wenn sie mich mit der Puppe und dem Damenkoffer sehen würden. Also gab ich alles in die Gepäckaufbewahrung und plante, es ein paar Tage später spätabends in die Zeppelinstraße zu holen.

Ich war einerseits froh, wieder in München zu sein, anderseits kam mir mein Reiseabenteuer rückblickend doch wie ein gemeinsamer Urlaub von Therese und mir vor. Wahrscheinlich weil doch alles so realistisch inszeniert gewesen ist. Seit Bozen war es kalt und tief verschneit. In München lag Schnee, und von Frühling war nichts zu spüren. Einzig die Amseln, die man abends hörte, deuteten an, dass schon Ende März war und es irgendwann wärmer werden musste.

34

Zu Hause wartete tatsächlich ein Brief von Burgl auf mich. Das Schreiben war seltsam, denn es stammte noch aus den Tagen vor meiner Italienfahrt. Wie ein Dokument aus einer weit zurückliegenden Vergangenheit.

»Recife, den 7. März 1932

Lieber Carl,
das mit deinem Urlaub hört sich beneidenswert an. Von meinem letzten habe ich dir ja schon berichtet.

Du wünschst dir, mehr von meinem Leben zu hören. Bist du etwa wahnsinnig geworden? Warum? Hier gibt es nichts Neues. Keine Reisen, keine Feiern mit Künstlerfreunden, nicht einmal Streit mit meinem Mann. Oder möchtest du, dass ich dir von meinem Innenleben berichte? Davon, was in mir vorgeht, wenn ich mit meiner Körperliebschaft zusammen bin oder von meiner Geistesaffäre lese? Oder wie in mir alles zusammenbricht, wenn João oder Guilherme mit ihrer lauten, brachialen Art über unsere Wohnung hereinbrechen? Sie können nicht sprechen, nur schreien. Das ist sogar meinen grobschlächtigen Töchtern zu viel. Ich dachte immer, dass Proletenmädchen wie ich zu den groben und gescherten Frauen gehören. Aber im Vergleich zu Fernanda und Ana bin ich eine feine Dame. Da schlägt wahrscheinlich bei den beiden der Bayer mehr durch als bei mir.

Ich habe João lange verdächtigt, ebenfalls eine Affäre zu haben. Das hat mir immer über mein schlechtes Gewissen hinweggeholfen. Mittlerweile glaube ich aber, ihn interessiert das alles gar nicht. Solange er rauchen, trinken und klug daherreden kann, reicht ihm das. Zwischendrin wollte ich ihm sogar einen Detektiv hinterherschicken. Nur um mein katholisches Gewissen zu reinigen. Aber Antonio hat überall seine Leute, und er sagt, dass er jeden gefragt hat und sich alle einig waren, dass es niemanden in Joãos Bett gibt. Sogar dass er Männern oder, Gottbehüte, Buben hinterhersteigt, habe ich ihm unterstellt! Aber auch da ist nichts, sagt Antonio. Der hingegen hat gar kein Problem damit, mit einer verheirateten Frau zu poussieren. Er sagt, dass er mich ja nicht heiraten will. Und Kinder hätten sowohl er als auch ich schon genug in die Welt gesetzt. Er hat übrigens mindestens vier in Italien, sagt er. Sag, Carl, wenn du zum Gardasee fährst, fährst du an Trient vorbei? Dort, noch ein bisschen oberhalb, in Löweneck im Suganertal, ist Antonio geboren. Dank dir und deiner Gardaseereise haben Antonio und ich zum ersten Mal etwas mehr als sonst miteinander geredet. Wir haben nicht nur das eine, sondern auch das andere getan. Es ist natürlich bei Weitem nicht wie mit dir, aber besser als nichts und besser als nur das eine.

Carl, ich bin froh, wenn der Zeppelin wieder fährt und wir uns wieder kurzfristiger schreiben können.

Vielleicht bekomme ich ja Post vom Gardasee.

Deine Burgl«

35

Nur ein paar Tage später bekam ich die Antwort auf meinen Brief vom Gardasee. Das war die Geschwindigkeit, die ich brauchte.

»Recife, den 24. März 1932

Lieber Carl,
was für wunderbare Nachrichten. Schön, dass es euch so gut ging und ihr die Zeit zu zweit euch gefallen hat. Schön ist übrigens auch Therese auf dem Bild. Ach, Carl, weißt du was, dir habe ich gerade erst geschrieben. Jetzt schreibe ich einfach Therese. So viel zu deiner Frage, ob Therese mitlesen darf.

Liebe Therese,
ich freue mich ehrlich, dich kennenlernen zu dürfen. Ich weiß, was du Carl bedeutest, aber sei versichert, auch für mein Leben bist du eine enorme Bereicherung. Manchmal habe ich das Gefühl, dich besser zu kennen als meine Kinder. Das stell dir nur mal vor. Aber am Wichtigsten für mich ist, dass auch ich in dir eine Freundin gefunden zu haben scheine. Stell dir nur vor, wie es wäre, wenn wir alle drei an einem Ort lebten. In München oder sogar in Italien. Wir würden die Nächte durchreden und hätten eine Freundschaft, um die uns alle beneideten. Und, Therese, sei versichert, ich würde dir bei Carl niemals in die Quere kommen, das weiß ich ganz sicher!

Therese, jetzt höre ich auf zu schreiben, nicht dass Carl noch eifersüchtig wird. Ich habe nichts dagegen, wenn du Carls und meine Briefe mitliest. Aber verstehe, dass ich mich mit Carl vertrauter fühle und weiter hauptsächlich ihm schreiben werde.

Ich freue mich aber immer über ein paar Zeilen von dir, und wenn wir einmal Frauenzeug zu besprechen haben, schreiben wir uns einfach direkt, oder?

Ich freue mich auf den nächsten Brief.

Deine und eure Burgl«

36

Der Brief kam am 30. März an und versetzte mich in Hochstimmung. Meine Pläne funktionierten, das Wetter war endlich schön, und der Zeppelin fuhr wieder regelmäßig. Noch dazu hatte ich gerade gelesen, dass mit dem Bau der LZ 129 begonnen worden war. Noch mehr, noch schnellere Post bedeutete noch mehr Leben für Therese.

Die nächste Fahrt stand für den 5. April an. Ich hatte viel weniger Zeit zu planen, viel weniger Zeit für Fotoretuschen und Basteleien. Aber so gab es viel mehr Raum für Spontanität, und die Briefe wirkten weniger konstruiert und geplant. Ich musste mich nur höllisch konzentrieren, um keine Fehler zu machen.

»München, den 4. April 1932

Liebe Burgl,
danke für deine Briefe. Sowohl den vor, als auch den nach Italien.

Das wird ja jetzt rasant. Schon wieder eine Fahrt! Aber es gibt auch schon wieder Neuigkeiten, die ich erzählen kann. Therese hat ihre Wohnung gekündigt. Sie wird ab dem 15. April bei mir wohnen. Oder sollte ich sagen, dass wir gemeinsam in der Zeppelinstraße wohnen werden. Und ich hatte es mir doch so gemütlich gemacht in meiner Junggesellenbude. Spaß beiseite, Burgl, es wird höchste Zeit, den Junggesellen zu vertreiben und den erwachsenen Carl einziehen zu lassen. Wir planen kräftig an unserer Einrichtung. Was meinst du, schlicht und modern oder künstlerisch verspielt? Klassisch bieder habe ich ja bereits, sagt Therese. Es muss also was anderes her. Therese hat einen Katalog bestellt, mal sehen, was da so geboten ist.«

In der Illustrierten ›Babette‹, die mir wie imer meine Nachbarin vor die Türe gelegt hate, war eine Fotoserie über moderne

Sitzmöbel, die Reformküche und maschinengefertigte Schränke und Kommoden als Massenware. Mir gefielen die ganz schlichten Bauhausstücke sehr gut. Zum ersten Mal überhaupt bemerkte ich eine Form von Geschmack, der sich leise regte. Sonst war es mir egal gewesen, wie mein Diwan ausgesehen hatte, nur dass er bequem war, war mir wichtig gewesen. Wenn ich mich jetzt in der elterlichen Wohnung umsah, bemerkte ich, was ich seit dem Tod der beiden daraus gemacht hatte. Ich nahm mir vor, meinen Saustall aufzuräumen. Ich hoffte, nicht an den ungelesenen Zeitungen hängen zu bleiben, sondern konsequent voranzuschreiten. Vielleicht würde ich ja tatsächlich eines Tages neue Möbel kaufen.

»Wie sieht es bei dir aus? Was stellt sich der Deutsch-Brasilianer ins Wohnzimmer?

Therese schickt dir ihre Grüße. Jetzt, wo es so schnell mit dem Hin-und Herschreiben geht, schafft sie es gerade heute Abend nicht, dir selbst zu schreiben. Beim nächsten Brief, bis zu dem es ja nicht mehr lang ist.

Bis sehr bald.

Carl«

37

Bevor ich mich um die Einrichtung kümmern konnte, hatte ich noch ein anderes Thema auf dem Tisch. Therese brauchte eine eigene Handschrift. Schließlich sollte sie in einem der nächsten Briefe selbst einige Zeilen schreiben.

Ich hatte kein Gespür für Frauenhandschriften. Ich kannte nur die sehr krakelige der Sekretärin und die von Burgl. Ob die repräsentativ waren, wusste ich nicht.

Wen kannte ich, die wie Therese schreiben konnte? Die Bedienungen vom Wagnerbräu? Die schmierten so, weil sie die Bestellungen immer sehr schnell notieren mussten. Bei Bedienungen war es wie bei Ärzten. Der Beruf versaute die Handschrift. Nicht zu vergessen, dass Therese Künstlerin war. Sie schrieb wieder anders als normale Frauen. Geschwungener, großzügiger.

Laut Post würde ich ungefähr am 14. oder 15. April antworten müssen, um den Zeppelin zu erwischen. Bis dahin musste ich eine Lösung für das Schriftthema gefunden haben. Noch eine Briefrunde länger konnte ich Thereses Antwort nicht hinauszögern. Das hätte arrogant oder unglaubwürdig gewirkt.

Ich schaute in den Zeitungen nach Anzeigen von Künstlern. Arbeitslose Künstler, die nach Beschäftigung suchten, gab es schließlich genug. »Ich zeichne Ihr Portrait«, »Schlankes Aktmodell f. 1 Mk pro 1 1/2 Std.«, »Zeichenstunden anzubieten« oder »Üppiges Aktmodell gesucht. Biete 1 Mk 50 Pfg/Std. 20 Pfg pro zusätzliches Pfund«. Nichts, womit ich etwas anfangen konnte. Zur Not schrieb Therese eben mit der Schreibmaschine oder ich improvisierte. Ich war inzwischen entspannt genug, um nicht mehr in Panik zu verfallen, bei Burgl aufzufliegen.

38

Sonntag, der 10. April war ein warmer, sonniger Frühlingstag. Es war so warm, dass es sogar mich auf die Straße trieb. Ich ging an der Isar nach Norden bis in die Maximiliansanlagen und spazierte dann weiter, die Prinzregentenstraße entlang, durch den Englischen Garten über die Kaulbachstraße bis zum Siegestor. Auf dem Bürgersteig vor der Kunstakademie standen wie immer Studenten, die ihre alten Bücher verkauften. Das zog mich natürlich an, und ich dachte, vielleicht würde ich ja ein Buch zum Thema Schriften finden. Also stöberte ich ausgiebig auf den Tapeziertischen herum. An einem der Stände fand ich hauptsächlich Kunstbücher. Anatomie, Kunstgeschichte, griechische Bildhauerei. Und tatsächlich ein Buch über Kalligrafie. »Die Schrift ist der Spiegel der Seele« hatte jemand in einer wunderbar geschwungenen Handschrift auf die erste Innenseite geschrieben. Genau so hatte ich mir Thereses Schreibstil vorgestellt. Ich fragte den Studenten, der die Bücher verkaufte, ob er sich mit Schriften auskenne. Ob er vielleicht sogar wisse, wer den Satz im Buch geschrieben habe. Vielleicht gab es hier doch noch eine Möglichkeit, Therese eine eigene Schrift zu geben. Der Student antwortete, dass er das Buch für eine Kommilitonin verkaufe.

Ich fragte: »Kann ich sie treffen?«

»Ich glaube nicht, dass sie sehr erpicht darauf ist, Sie zu treffen.«

Der Student war hager und struppig. Fast wie eine Karikatur aus dem Simplicissimus. Als hätte Olaf Gulbransson einen Kunststudenten gezeichnet. Mich schüchterten diese Künstlertypen immer wieder ein. Ich hatte immer das Gefühl, dass sie was Besseres waren, als so ein Kanzleivogel wie ich. Trotzdem tat ich selbstbewusst: »Ich interessiere mich für Schrift und die auf der Innenseite des Buches ist genau, was ich suche. Nichts Seltsames. Ich brauche nur jemanden, der mir beibringt, so zu schreiben.«

»Ich denke nicht, dass Sie der Typ für so eine Schrift sind. Nichts für ungut, aber schreiben Sie nicht eher wie jemand, der in einem Büro arbeitet oder beim Amt? Für so eine Schrift braucht man eine künstlerische Ader.«

»Können Sie vielleicht ein Treffen organisieren? Ich zahle auch.«

»Auch für die Vermittlung?« Die Hochnäsigkeit verschwand aus dem Gesicht des Studenten, Gier blitzte auf.

Langsam ging mir die Wirtschaftskrise auf die Nerven. Taten denn die Leute nichts mehr, ohne dass man sie bezahlte? Ich musste bald mit dem Geldausgeben aufpassen. Endlos waren meine Ressourcen schließlich auch nicht. Und wenn ich tatsächlich meine Wohnung Therese-gerecht einrichten wollte, brauchte ich bestimmt noch einiges. Aber auf die paar Mark, die der Student und seine Kommilitonin kosten würden, kam es auch nicht mehr an. Noch war ja mehr als genug auf den Konten.

»Natürlich auch für die Vermittlung.«

»Fünf Mark.«

»Jetzt übertreib nicht. Ich geb dir zwei oder gar nichts.« Feilschen. Ein neuer Charakterzug.

»Drei.«

»Zweifuchzig.«

»Gib schon her.«

Ich gab ihm das Geld. Und er schrieb mir eine Adresse auf einen Zettel. »Ruth Magmer, Werneckstr. 16 a, Hinterhof III. Stock. Bei Gregorowitsch läuten.«

»Der Gregorowitsch bin ich. In der Wohnung ist gerade nur sie. Wenn du jetzt gehst, ist sie bestimmt da. Nach fünf ist sie im Werneckhof. Spülen. Da kannst du sie nicht sprechen. Wenn der Wirt sieht, dass sie eine Pause macht, schmeißt er sie raus.«

Ich ging die Leopoldstraße hinauf, bog vor dem Feilitzschplatz in die Feilitzschstraße ein und dann wieder rechts in die Werneckstraße.

Das Haus war recht ansehnlich. Kleinstädtisch, aber frisch gestrichen und sauber. Der Hinterhof war gefegt, und im Treppenhaus roch es geputzt und nur schwach nach Essen. Auch schienen die Wohnungen Toiletten oder sogar eigene Bäder zu haben, denn Etagenklos sah und roch ich nicht. Kein Wunder, dass die beiden Studenten so dringend Geld brauchten. Bei dem Luxus. In der Au wohnte kaum eine ganze zehnköpfige Familie so geräumig und komfortabel. Eigene Badezimmer für Studenten … das muss man sich mal vorstellen.

Ruth Magmer war klein und kräftig. Sie war erst erstaunt, dass ich zu ihr wollte. Sie lachte, als ich ihr von meiner Suche nach einer künstlerischen Schrift erzählte. Aber sie war auch geschmeichelt, denn die wenigsten wüssten eine schöne, außergewöhnliche Schrift überhaupt noch zu schätzen. »Heutzutage benutzt jeder Schreibmaschinen. Sie sollten mal die Liebesbriefe meiner Oma an ihren Mann im Siebzigerkrieg sehen. Das sind richtige Kunstwerke«, sagte sie. Ich schätzte Ruth Magmer auf vierundzwanzig. Sie hatte Thereses Frisur, und wenn sie schlanker gewesen wäre, hätten die beiden den gleichen Kleidungsstil gehabt.

Ich fragte Ruth Magmer, ob sie grundsätzlich bereit sei, mir ein paar kurze Texte zu schreiben. Nur wenige Zeilen. Eine Mark pro Text. Sie sagte sofort zu. »Sie glauben nicht, wie einem hier das Geld durch die Finger rinnt. Wenn ich nicht unten essen könnte, könnte ich hier nicht mehr wohnen.«

»Wann könnte ich Sie denn mit meinem ersten Schriftstück behelligen?«

»Heute geht es natürlich nicht mehr. Ich bin bis um halb zwei nachts am Spülen und Putzen.«

»Könnten Sie morgen Mittag in der Kanzlei sein? Wo ich arbeite.«

»Um halb eins?«

»Zwölf wäre mir lieber.«

»Soll ich was mitbringen? Papier, Feder, Tinte?«

»Sie werden mit Bleistift auf Luftpostpapier schreiben.«

Ruth Magmer war pünktlich und noch fröhlicher als am Sonntag. Meine Kollegen wunderten sich ein wenig über den komischen Besuch. Aber ihnen war eh schon aufgefallen, dass ich mich im letzten halben Jahr verändert hatte. Also war der Besuch einer jungen, künstlerisch wirkenden Dame nichts, worüber man sich das Maul zerrissen hätte.

Ich setzte mich mit Ruth Magmer in einen der Konferenzräume, die mittags immer leer waren, und diktierte ihr Thereses erste Nachricht an Burgl. Am untersten Rand des sonst noch leeren Blattes, damit es so aussah, als habe sie nur noch schnell ein paar Zeilen schreiben wollen, nachdem ich den Brief schon fertig hatte:

»Liebe Burgl,
endlich komme ich dazu, dir zu antworten. Anfangs war es natürlich sehr befremdlich, dass Carl eine Brieffreundin hat. Und dann auch noch so eine Schönheit. Aber er hat mir versichert, dass du nur eine besondere Freundin bist, die er mal in seiner Jugend ein wenig verehrt hat.«

Ein kleiner Seitenhieb, den ich später ein wenig bereute, denn meine unglückliche Jugendliebe war inzwischen schon mehr als genug gerächt worden.

»Trotzdem ist es nicht leicht zu glauben, dass niemals mehr zwischen euch beiden geschehen ist. Ich bin sehr froh, dass du mir einige persönliche

Worte geschrieben hast. Das macht es für mich leichter zu glauben, dass du für Carl nur Freundschaft empfindest.«

Seitenhieb Nummer zwei. Genauso unnötig. Aber trotzdem tat es gut, von jemandem so gelobt und verteidigt zu werden.

»Ich finde es immer ganz erstaunlich, wie langweilig du dein Leben in Brasilien beschreibst. Mir kommt nichts erstrebenswerter vor, als in der ewigen tropischen Wärme zu leben, exotische Früchte zu essen und im Meer zu baden. Vielleicht schaffen wir es ja eines Tages, dorthin zu reisen, dich zu sehen und sogar die von dir so gewünschten langen weinseligen Gespräche bei Mondschein zu führen.

Viele Grüße aus dem Frühling.

Therese«

Ich weiß nicht, ob Ruth Magmer die Nachricht einordnen konnte. Schlau genug wirkte sie. Sie blieb fröhlich, kommentierte nichts, bestand darauf, den Brief noch einmal neu zu schreiben. »Weniger übertrieben verschnörkelt, Normaler. Das passt besser zu einem so privaten Brief«, sagte sie.

»Wie kann ich Sie erreichen, wenn ich wieder Ihre Schrift brauche?«

»Sie können beim Werneckhof anrufen, und entweder schicken die jemanden zu mir hoch oder sie lassen mir eine Nachricht da, die ich vor meiner Schicht lesen kann. In meiner Pause rufe ich dann zurück.«

»Anfang Mai, denke ich, brauche ich Sie wieder.«

Ich gab ihr zwei Mark.

39

»Recife, den 8. April 1932

Lieber Carl,

jetzt tauschen wir Einrichtungsvorschläge aus. Hättest du dir das jemals vorstellen können. Wir beide an der Isar. Ich schwanger und voller Sorgen, du so verständnisvoll, aber auch so unsicher, unterhalten uns über Möbel. Wir wären damals vom Glauben abgefallen, wenn uns das einer erzählt hätte.

Ich beschreibe dir gerne, wie wir in Recife wohnen. Bei uns ist es eine Mischung aus praktischer Tropenmöblierung und germanischem Protz. João hat ein Monster von einem gotischen Schrank und eine Art Rittertisch in unseren salão gestellt. In Deutschland wären noch dicke Teppiche, Gemälde der Ahnen und Kronleuchter mit im Raum. Aber wir haben wegen der Hitze nur einen gefliesten Boden und weiße Wände. An den Fenstern hängen keine dicken Vorhänge, sondern flatternde Gardinen gegen die Insekten. In der Küche bin ich selten, denn da arbeitet die Maid. Sie mag es nicht, wenn ihr einer beim Arbeiten zusieht. Ich glaube, ich werde ihr kündigen und eine neue einstellen.

Ich sitze meist in der Bibliothek auf einem Sessel und lese oder schreibe dir. Ein frischer Wind in Sachen Einrichtung täte auch uns ganz gut.

So, Carl, kaum vorstellbar, dass ich in zehn Tagen schon wieder von dir hören werde.

Deine Burgl«

40

Ich glaube, an dieser Stelle sollte ich langsam damit beginnen die Briefe abzukürzen und zusammenzufassen. Plötzlich ging es ja Schlag auf Schlag. Ein Brief folgte dem nächsten. Die Graf Zeppelin fuhr 1932 oft und regelmäßig. Am 17. April verließ sie Friedrichshafen wieder mit einem Brief von mir an Burgl und kam am 20. in Recife an. Am 23. April ging es mit ihrer Antwort zurück nach Europa. Am 2. Mai wieder mit einem Brief von mir nach Brasilien, wo er am 5. Mai ankam. Die Antwort kam am 12. mittags in Friedrichshafen an und lag abends bei mir im Briefkasten.

Die vielen Briefe und die Durchschläge der meinen liegen natürlich trotzdem meiner Zettelsammlung bei. Oder glauben Sie, dass sich ein Vertragsexperte angreifbar machen will und seine Dokumente anzweifelbar sein können. Alles, was ich jetzt verkürzt wiedergebe, können Sie im Nachgang gerne verifizieren.

Man kann sich ja vorstellen, dass unsere Briefe an Intensität und inhaltlichem Gewicht verloren. Tatsächlich gefiel mir aber genau das besonders gut. Ich genoss es, mit Therese in eine Art Alltagssituation zu kommen. Nicht mehr nur die Höhepunkte des verliebten Anfangs einer Partnerschaft, wie die Reise an den Gardasee oder die Ereignisse aus den für mich aufregenden Fotoretuschen. Auch das gemeinsame Abendessen, die kleinen Erfolge oder Misserfolge im Beruf, Besuche bei Freunden oder Spaziergänge im Englischen Garten.

Die Bildmontagen blieben natürlich ein wichtiger Bestandteil von Thereses und meinem gemeinsamen Leben. Obwohl die Briefe dadurch deutlich teurer wurden, legte ich fast jedes Mal eine Fotografie bei.

Ich bastelte Bilder von Ausflügen: Therese und ich auf dem Predigtstuhl (der Hintergrund stammte aus einem Katalog, der einmal in der Post gelegen hatte), Therese und ich im Volksbad, Therese und ich in der Pupplinger Au mit dem Fahrrad. Ich montierte Therese auch alleine in alle möglichen Schnappschüsse ein. Fotografien wie von einem glücklichen und verliebten Verlobten: Therese im Café, abends beim Lesen in der Stube (ich baute Thereses Kopf auf einen völlig fremden Frauenkörper aus einer Zeitschrift). Am Wichtigsten war mir jedoch das klassische Studioporträt von uns beiden. Das Bild, das man sich ans Bett stellt. Das Bild, das man seiner Erbtante zu Weihnachten schickt. Das Bild, das normalerweise das letzte vor dem Hochzeitsfoto war. Ich versuchte mich an mehreren Versionen, viele davon gefielen mir so gut, dass ich mich gar nicht entschließen konnte, welches ich an Burgl schicken wollte. Therese und ich nebeneinandersitzend vor einer grauen Studiowand. Wir blicken, glücklich die Hände haltend, in die Kamera. Eine Montage aus drei oder manchmal sogar vier verschiedenen Bildern.

Ich schrieb Burgl, wie gut Therese und ich uns im Alltag ergänzten, wie sehr wir uns im Humor ähnelten und wie sich die Leute auf den Straßen nach uns umdrehten, weil wir so sehr miteinander lachten. Ich fantasierte über Freunde, die uns nach Verlobungen oder Hochzeitsterminen fragten. Ich fragte bei Burgl nach Hilfestellungen beim Thema »Wann ist der richtige Augenblick für einen Antrag« und der Verlobungsringsuche. Je mehr ich über Therese und mich schrieb, desto realer wurde sie für mich und desto verliebter wurde ich. Noch mehr Liebe für meine imaginäre Verlobte. Als wäre das überhaupt möglich gewesen.

Burgl antwortete immer und zuverlässig auf jeden Brief. Sie schrieb, dass sie mich nun mehr denn je beneide und dass meine Briefe, aber auch ihre Antworten zu schreiben, mittlerweile die einzige schöne Abwechslung in ihrem Leben sein. Dass ihre Tage wie immer recht eintönig seien, dass sie nur auf das gelegentliche Tête-à-Tête mit ihrem Italiener warte, sich aber in Wirklichkeit nach mehr sehne. Nach der großen Liebe, die ich wohl gerade fühlte. Auch sie schickte Bilder von ihren Kindern, von João vor dem wirklich ärmlichen Bauernhof seines Bruders. Sie schickte eine Fotografie von sich vor der Graf Zeppelin (aufgenommen von Antonio) und legte ihren Briefen gelegentlich gepresste Blätter oder Blüten aus ihrem Innenhofgarten bei.

41

In den Sommermonaten machte die Graf Zeppelin wieder eine Pause bei ihren regelmäßigen Fahrten. Ich glaube, dass sie mehrere große Rundfahrten unternahm. Panamakanalquerung oder eine große Polarfahrt. Ich weiß das natürlich nicht genau. Wahrscheinlich hätte ich es in einem Philatelistenladen erfragen können. Aber es ging mir ja nicht um den Zeppelin selbst. Mich interessierte er als lebenserhaltende Maßnahme für Therese. Die aufs Neue verlangsamte Geschwindigkeit des Briefwechsels machte mir Angst. Ich kompensierte sie durch verschiedene Aktionen, die ich gleich noch schildern werde. Kurz nach der Wiederaufnahme der regelmäßigen Fahrten zwischen Friedrichshafen und Brasilien kam noch etwas anderes, Verhängnisvolles hinzu, für das ich mich inzwischen schäme. Etwas, das letztendlich einer der Gründe für diese Zeilen und meine baldige Verhaftung ist. Aber wie ich schon am Anfang schrieb: Es ist, wie es ist, und die Zeit lässt sich nicht mehr zurückdrehen.

42

Eine große Herausforderung des Frühsommers war, als Burgl mich nach Fotografien von Thereses Kunst fragte. Unbedingt wolle sie sehen, was Therese male. Erst war ich ratlos, doch merkte ich schnell, dass dies nichts weiter als eine neue Aufgabe war, die Therese noch echter werden ließ. Ich musste ihrem künstlerischen Werk Leben einhauchen.

Kunst war, entgegen meiner Behauptungen in den Briefen an Burgl, für mich ein Buch mit sieben Siegeln, das mir anfangs großen Respekt einflößte. Als mir jedoch klar wurde, dass Burgl noch weniger von Kunst verstand als ich, wusste ich, dass ich ihr einfach irgendwas schicken konnte. Irgendein Bild von irgendwem. Hauptsache Gemälde.

Erst suchte ich wieder einmal bei den Straßenkünstlern in Schwabing, fand aber nichts. Entweder waren da so ungeschickt hingeschmierte Landschaften, dass sogar ich die mangelnde Qualität erkennen konnte, oder die Gemälde waren so modern, dass ich nicht wusste, ob die Bilder mit Absicht so gemalt worden waren, oder ob sie einfach scheußlich waren. Dann empfahl mir Ruth Magmer einen Trödelladen auf der Schwanthalerhöhe, der ganze Haushalte aufkaufte und wieder verramschte. Dort gebe es auch immer wieder Gemälde von echten Künstlern, die sie aus Verzweiflung verramschen mussten.

Natürlich lief es nicht ganz so, wie ich mir das vorgestellt hatte. Der erste Laden hatte nichts, was für mich interessant erschien. Nur Dinge des täglichen Lebens. Ähnlich meinem Stammtrödler in der Au. Er empfahl mir aber einen zweiten Trödler im Viertel. Der aber hatte zwar viele Gemälde aber nur

Kopien von alten Meistern. Rembrandt, Spitzweg und so weiter. Was man halt in kleinbürgerlichen Wohnungen so findet. Nichts Besonderes, nichts Wertvolles. Aber er wisse, dass in der Donnersbergerstraße ein Laden sei, der immer wieder ganze Atelierbestände aufkaufe und bestimmt etwas außergewöhnlicheres habe, sagte der Besitzer.

Tatsächlich gab es dort eine enorme Menge an unterschiedlichsten Bildern. Der Trödler war ein großes Verkaufstalent und wusste zu jedem Bild etwas zu erzählen. »Das Bild hier ist von einem Franzosen, der sich umgebracht hat, und seine Wirtin hat die Bilder verkauft, um seine Schulden zu tilgen.« »Hier haben wir einen alten Porträtmaler aus der Jahnstraße. Ein Handwerker. Lange war er sehr erfolgreich. Trotz Fotografie. Aber die Wirtschaftskrise hat ihm dann doch das Genick gebrochen. Also im übertragenen Sinn und in echt. Er hat sich aufgehängt.« Und schließlich: »Diese Gemälde da sind von Joseph Kerner, einem Wirtssohn aus Altomünster, der immer heimlich im Schuppen gemalt hat, ohne dass seine Eltern das wissen durften. Viele Akte, wie Sie sehen. Dann hat seine frömmelnde Mutter die Bilder gefunden und alle verscherbelt. Ein großes Talent! Erinnert in seiner Farbigkeit an Jawlensky oder Werefkin, finden Sie nicht?« Jedenfalls wirkten die Bilder auf mich besonders, und es handelte sich meistens um Motive von Bauern auf dem Feld oder auf dem Markt. Ganz wie ich es Burgl geschrieben hatte.

Ich kaufte drei Bilder. Eines von einer Frau in einer aufwendigen Tracht mit einem Korb auf dem Rücken, ein Gemälde von einem Mann, der einen Hund verprügelt, umstanden von Kindern, die alle etwas Rotes zu essen schienen und ein Bild von einer nackten Frau, nur mit einer Trachtenhaube auf dem Kopf, die mitten in einer Wiese auf einem Stuhl saß und ein Glas mit einem Goldfisch darin auf dem Schoß hielt. Alle Bilder wirkten verschwommen und ein wenig aus der Form geraten. Die Köpfe waren zu klein, die Hände wirkten zu groß und adrig, die Kleidung sah aus, als wäre sie aus einfarbigem Papier ausgeschnitten und auf die gemalten Körper geklebt. Ich musste sogar hinfassen, um zu überprüfen, dass die Hosen und Kleider wirklich in Öl gemalt waren. Die Gesichter bestanden aus groben Strichen, und die Hintergründe waren nur Flecken. Trotzdem, wenn man die Augen zusammenkniff, sah alles stimmig und detailreich aus. Ich weiß bis heute nicht, ob die Bilder etwas taugten oder nicht. Ich fand sie jedenfalls angemessen, und wären sie wirklich von Therese gewesen, hätte ich mich nicht dafür geschämt.

In Traubs Fundus gab es ein Bild von Therese vor einer Staffelei. Nicht so, als habe sie das Bild gemalt. Eher, als würde sie rein zufällig neben dem Gemälde stehen. Ich fotografierte die drei Gemälde, signierte sie mit T. Aumiller und fügte die ›Bäuerin auf dem Markt‹ in das Bild auf der Staffelei auf dem Foto ein. Therese setzte ich die Hurenhaare auf und ich schaffte es, das Kleid so hell abzuwedeln, dass es aussah, wie ein grauer Malerkittel. Ich malte noch ein paar Kleckse und Flecke darauf, und das Foto sah aus, wie ich mir Therese beim Malen vorgestellt hatte.

Ich legte alle drei Fotografien der Gemälde und das Ateliefoto mit in den Brief. Burgl gefielen die Bilder gut. Ich hatte sogar den Eindruck, dass sie in ihrer Antwort ernsthaft ins Schwärmen geriet. Vielleicht waren die Bilder des Wirtsohnes wirklich gut. Oder Burgl hatte einen genauso schlechten Geschmack wie der Trödler aus der Donnersbergerstraße.

43

Irgendwann im Juli begann mich langsam die Fantasie zu verlassen. Nicht dass ich jemals besonders viel davon gehabt hätte. Ich hatte immer gut Halbwissen, Zeitungsausschnitte und Hörensagen kombinieren können, aber selber ausgedacht hatte ich mir das Wenigste. Was konnte in meinem Leben mit Therese noch Berichtenswertes passieren? Ich hatte das Gefühl, mich zu wiederholen und immer Belangloseres zu schreiben. Was im Frühjahr noch der schöne, gemütliche Alltag als Paar war, drohte langsam der Tod für Therese und mich zu werden. Ich bemerkte, wie Burgls Reaktionen auf meine Briefe immer gleichgültiger und gelangweilter wurden. Sie begann das Interesse zu verlieren. Ich spürte die Gefahr, die von dieser Situation ausging. Wenn mir Burgl absprang, starb Therese. Ich musste in meiner Beziehung zu Therese noch einen Schritt weitergehen. Sie musste noch echter werden, damit ich mehr und besseres Therese-Material für Burgl und vor allem für mich herstellen konnte. Die Therese, die ich mir geschaffen hatte, musste langsam ein Eigenleben führen, das ich gar nicht mehr beeinflussen konnte.

44

Ich begann damit, wie schon Monate zuvor angedacht, die Wohnung in der Zeppelinstraße zu entrümpeln und renovieren zu lassen. Neue Tapeten kamen an die Wände, die Türen wurden abgeschliffen und neu gestrichen, die Küche geweißelt und das Bad um eine Badewanne erweitert. Die Handwerker machten dumme Sprüche über das Ende des Junggesellendaseins und die weibliche Hand, die nun endlich einzog. Das bewies mir nur, dass ich mit meinen Veränderungen auf dem richtigen Weg war.

Die weibliche Hand jedoch fehlte mir. Ich hatte Burgl vollmundig von Thereses Möbelideen geschrieben und Begriffe verwendet, von denen ich nur in meinen Zeitschriften gelesen hatte. Ich schlich um die Möbelgeschäfte Böhmler und Storz im Tal herum und schaute in die Schaufenster. Teppiche, Stoffe, Tische, Betten. Für mich sah alles gleich aus. Von wegen ›eigenen Geschmack entwickeln‹. Ich war ratlos. Aber ich wusste auch, dass es wichtig war, Therese echt bei mir einziehen zu lassen, damit sie in den Briefen weiterleben konnte. Ich brauchte wieder Hilfe.

Für meinen ersten Brief nach dem zeppelinlosen Sommer am 29. August,wollte ich wieder eine Botschaft Thereses an Burgl mitschicken. Es fiel mir manchmal leichter, mich in Thereses Gedankenwelt hineinzudenken, als mir selber Situationen auszudenken. Die Nachrichten von Therese waren eine Hilfestellung für meine Kreativität. So wurde ich gezwungen, andersherum zu denken und konnte sogar die gleiche Geschichte, wie schon einen Brief zuvor, noch mal schreiben, diesmal aus

Thereses Sicht. Ich rief im Werneckhof an und verlangte nach Ruth Magmer.

Mit ihr hatte sich inzwischen ein eigenartig konspiratives Verhältnis entwickelt. Für die zweite Botschaft Thereses an Burgl war sie nicht mehr in die Kanzlei gekommen, sondern zu mir nach Hause. Der Zeppelin fuhr am Montag, und ich wollte meinen Brief noch vor dem Wochenende in die Post geben. Deshalb musste ich sie diesmal so sehen. Ich glaube, dass es mir fast unangenehmer war als ihr. Ich dachte, dass es eine Frau bestimmt unangemessen finden könnte, alleine bei einem Mann zu sein, den sie kaum kennt. Oder, dass es ihr Angst macht, weil ich ja Weiß Gott Was mit ihr anstellen könnte. Aber sie war ganz entspannt, nur ich machte mir Gedanken. Also räumte ich zumindest die Küche so weit auf, dass sie halbwegs normal aussah.

Ruth schrieb Thereses Botschaft in fünf Minuten. Ich reichte ihr die zwei Mark, aber sie machte keine Anstalten zu gehen. Ruth blieb einfach sitzen und fragte, ob ich ihr einen Kaffee machen könne. Ich kochte ihr einen. Sie lehnte sich zurück und schaute mir in die Augen.

»Also, was ist jetzt das für eine Geschichte?«

»Welche Geschichte?« Es machte mir immer noch ganz schön Angst, entdeckt zu werden. Ich glaube, dass Ruth sehr genau merkte, dass ich nur sehr schlecht unschuldig tat und in Wirklichkeit Schweißausbrüche erlitt.

»Weshalb ich die Briefe schreiben muss.«

»Das möchte ich nicht erzählen. Das habe ich dir doch gesagt.«

»Jetzt komm schon.«

»Ich habe gedacht, dass ich mit der zweiten Mark Gage deine Fragen weggekauft habe.«

»Am Arsch weggekauft. Rück raus damit. Oder meinst du,

ich tu so, als wäre ich die liebestolle Therese, ohne wissen zu wollen, wofür?«

»Es ist eher privat.«

»Wenn du es nicht sagst, finde ich es selber raus.«

»Ich geb dir noch eine Mark, wenn du nicht weiter fragst.«

»Die kannst du behalten. Außerdem macht es mich nur noch neugieriger, wenn du mir noch mehr Geld anbietest.«

Jetzt war die Situation nur noch peinlich. Ich hatte in Sekundenschnelle gedanklich durchgespielt, was passieren würde, wenn ich Ruth tatsächlich die Wahrheit sagen würde. Nur vom Drandenken wurde ich schon rot.

»Kannst du mich nicht in Ruhe lassen, einfach das Geld nehmen und weiterhin für mich schreiben?«

»Rausschmeißen kannst du mich nicht, wegen der Schrift, oder? Das wäre zu auffällig, wenn das plötzlich anders aussehen würde. Ich könnte dich sogar erpressen.« Ruth grinste.

So schlimm stand es also schon um mich. Die Brust wurde mir eng vor Angst. Kurz befürchtete ich, einen Herzinfarkt zu haben. Aber als ich mich langsam wieder beruhigte, fiel mir ein, dass Ruth nichts wusste, nichts wissen konnte. Sie bluffte. Ich versuchte herauszufinden, was sie vermutete. Ich tat recht gelassen und fragte: »Vielleicht. Was glaubst du denn, warum du die Botschaften für mich schreibst?«

»Es ist doch alles vollkommen klar. Ich bin doch nicht dumm, Dürrnheimer. Du spielst einer Burgl in Brasilien vor, dass du eine umwerfende Freundin in München hast. Das steht in den paar Zeilen haarklein drin. Eine unerfüllte Jugendliebe oder eine ehemalige Geliebte, die du eifersüchtig machen willst. Und weil diese erfundene Therese dich so großartig findet, hoffst du, dass die Brasilianerin das auch findet. Damit es glaubwürdiger ist, schreibt diese Therese selbst ein paar Zeilen. Alles war nach dem ersten Text schon vollkommen offensichtlich.« Ruth schenkte sich noch einen Kaffee ein und fragte: »Und, hab ich recht?«

Schlaues Mädchen.

»Was würdest du denn verlangen, wenn du mich erpressen würdest? Rein theoretisch.«

»Dürrnheimer, jetzt schau dich an. Mach dir nicht in die Hose. Ich würde dich doch nicht erpressen. So reich bist du bestimmt nicht, sonst würdest du nicht in so einer armseligen Wohnung hausen. Das sieht ja hier sogar schlimmer aus als bei uns. Ich bin nur neugierig.«

»Es ist immer noch meine Privatsache, warum ich das mache.«

»Das stimmt. Und ich nehme die drei Mark ja auch nur zu gerne von dir an. Drei Mark für fünf Minuten Arbeit. Das bekommt keine Hure.«

»Also doch drei Mark jetzt?«

»Eine Mark Lohn, eine Mark Schweigeprämie und eine Mark Schweigeschweigeprämie. Angebot und Nachfrage. Ich kann es mir nicht erlauben, die Mark nicht zu nehmen. Eine Mark mehr, zwei Schichten weniger im Werneckhof.«

Ruth lächelte kamaradenhaft und schob mir auch einen Kaffee hin.

»Also, wer ist diese Burgl?«

Vielleicht war es ja ganz gut, einmal alles erzählt zu haben. Vielleicht verurteilte mich Ruth ja gar nicht, sondern konnte mich verstehen.

»Eine alte Freundin aus der Lilienstraße.«

»Und du warst mal in sie verliebt?«

»Alle waren das mit vierzehn.«

»Aber sie wollte nichts von dir. Sie mochte nur die Auftreiber und Anführer, oder?«

»Wahrscheinlich. Nur einmal haben wir uns geküsst.«

»Immerhin. Ich war eine von denen, die auch immer in die Auftreiber verliebt war. Aber die wollten nichts von mir wissen.

Der Dicken. Keine Küsse für Ruth.«

»Ich glaube, dass mich Burgl nicht einmal wahrgenommen hat. Und als nach dem Krieg die anderen alle weg waren, war ich plötzlich interessant. Weil ich der Einzige war, der noch übrig war. Sie war halt abhängig von Aufmerksamkeit.«

»So kenn ich das nicht. Bei mir war es genau andersrum. Die Burschen waren irgendwann weg. Nach München weggezogen zur Lehre oder zum Arbeiten. Deshalb mussten noch mehr Mädchen um noch weniger Burschen kämpfen. Da hat die Dicke noch weniger Möglichkeiten als zuvor.«

Ich fühlte mich plötzlich nicht mehr alleine. Auf einmal war da jemand, die meine Situation kannte und vielleicht genauso einsam gewesen war wie ich damals.

»Und jetzt also die Rache. Therese als deine erfundene Freundin soll viel besser sein als Burgl. Du willst es ihr quasi heimzahlen. Oder nicht nur ihr, allen anderen auch. Sie ist nur die Stellvertreterin.«

»Sozusagen.«

»Und, lohnt sich der Aufwand?«

»Mir geht es jedenfalls besser als vorher.«

»Gehts ihr denn schlecht damit?«

»Ich weiß nicht. Ich weiß, dass es ihr generell nicht so gut geht da drüben. Dass das was mit mir zu tun hat, glaube ich nicht. Sie ist halt alleine. Aber es geht mir ja gar nicht mehr um sie.«

»Und du machst ihre Einsamkeit jetzt noch schlimmer. Ist das nicht erbärmlich? Bist du nicht eine armselige Wurst, in Wirklichkeit?«

Da war was dran. Ich dachte nach. War ich einfach nur rachsüchtig? Wäre es nicht besser, Burgl einfach wieder zu trösten? Wie früher? Theoretisch moralisch vielleicht, aber meine Revanche hatte schließlich Therese geboren.

»Was weiß denn ich. Ich kann jetzt auch nicht mehr zurück.«

»Soll ich dem Franz aus meiner Schulzeit auch solche Briefe

schreiben? Würde es mir dann auch besser gehen? Oder soll ich weiter versuchen, mit mir selbst klarzukommen und den Franz das sein lassen, was er immer schon war: Wurscht?«

»Du hast bestimmt recht. Aber bei mir ist es jetzt zu spät.«

»Weißt du, Dürrnheimer, ich tu so souverän und allwissend. Im Prinzip mach ich es nicht anders als du. Ich habe eine imaginäre Liebschaft mit dem Russen.«

»Der Gregorowitsch?«

»Ja, ich weiß auch nicht, was ich an dem gefressen habe. Schau ihn dir doch an, den besoffenen, struppigen Zausel.«

»Weiß er denn, dass du ihn magst?«

»Nein.«

»Aber ich glaube, dass mir meine Fantasie reicht. In echt ist er bestimmt nicht so, wie ich ihn mir vorstelle. Ich höre ja, wie er mit seinen Freundinnen rummacht. Armselig. Anfangs habe ich gedacht, dass er seine Liebschaften immer zum Weinen bringt. Aber irgendwann habe ich gemerkt, dass er es selbst ist, der danach flennt. Trotzdem hänge ich an ihm.«

Ruth schaute in ihre Tasse und dann zu mir.

»Oder an der Vorstellung von ihm. Das wird meine Leidenschaft bleiben. Den Aufschneidern hinterherhecheln.«

Ruth blieb noch lange bei mir sitzen. Bis um Mitternacht. Aber über Burgl redeten wir nicht mehr. So unbefangen war ich noch nie mit einem echten Menschen gewesen wie an diesem Tag. Schon gleich niemals nicht mit einer Frau.

Ich brauchte Ruth bis Ende August noch drei Mal für Thereses Zeilen. Wir sprachen nie wieder über meinen Betrug und nahmen den Faden unseres Gespräches nie wieder auf. Aber ich hatte das Gefühl, dass sie immer ein wenig zu sehr wissend lächelte, wenn sie meine Texte schrieb. Unsere Gespräche waren vertraut und neckend. Es machte Spaß, wenn sie bei mir war.

Ruth überredete mich sogar einmal Anfang August, mit ihr an die Isar baden zu gehen. Sie war auf ihre üppige Art hübsch, aß in Rum eingelegtes Obst aus einem Weckglas und trank mehrere Russen. Worüber wir immer sehr lachten, weil Gregorowistch ja Russe war. Ich war nach einer Halben schon leicht angetrunken. Sie wirkte nach dreien noch vollkommen nüchtern.

Jetzt, rückblickend merke ich natürlich, dass Ruth die Frau hätte sein können, die Burgl nicht war und Therese nicht sein konnte, weil es sie nicht gab. Ruth hätte die Therese aus Fleisch und Blut sein können. Ich glaube, dass mich Ruth einfach mochte und gerne mit mir zusammen war.

45

Die Zeit mit Ruth brachte mich noch auf einen anderen Gedanken. Um mein Leben mit Therese noch echter werden zu lassen, wollte ich aus meiner Wohnung Thereses und meine Wohnung machen. Aber alleine schaffte ich das nicht. Kein Geschmack und kein Gespür für so etwas.

Am Tag nach dem Bad in der Isar saß ich im Büro und dachte darüber nach, warum Ruth mein seltsames Verhältnis zu Therese nicht komisch vorkam. Ich glaube, sie betrachtete meine Briefe an Burgl und meine Verliebtheit in Therese eher wie ein Kunstprojekt. Fein zusammenkomponiert vom Regisseur Carl Dürrnheimer. Der Fritz Lang der Briefe, sozusagen.

Aber auch Fritz Lang schaffte seine filmischen Inszenierungen nicht alleine. Auch er brauchte einen Kameramann, einen Peter Lorre, Schminkerinnen und Ausstatter. Ich hatte darüber im ›Kinematographen‹ gelesen. ›M - Eine Stadt sucht einen Mörder‹ war von einem Arno Wagner ausgestattet worden. Er hatte die düsteren Gänge und die Kellergewölbe der Ringvereine zu dem gemacht, was sie waren. Ich brauchte auch einen Arno Wagner.

Ich fragte Ruth. Sie war die Einzige, der ich das zutraute. Ehrlich gesagt, war sie der einzige echte Mensch, mit dem ich mehr sprach als »Guten Morgen«, »Guten Abend«, »Grüß Gott«, »Suchen Sie mir bitte den Akt XYZ heraus« oder »Einen kalten Braten, bitte«.

Sie war sofort begeistert und wurde richtig ehrgeizig. Ihr erklärtes Ziel war, im Zeppelin vom 29. August 1932 einen Brief mit Bildern von Thereses und meiner neuen Wohnung an Burgl zu schicken.

Wenn ich heute darüber nachdenke, wundere ich mich noch mehr, warum Ruth das alles nicht im Geringsten verwunderlich fand. Immerhin engagierte da jemand eine Künstlerin, um sich eine Wohnung für eine imaginäre Freundin einrichten zu lassen. Ich bestand sogar darauf, die Räume bewohnt wirken zu lassen. Nicht wie ein Museum. Lieber etwas zu viel Beweis für Thereses Anwesenheit als zu wenig. Ich wollte sie in den Räumen spüren. Ruth verstand mich sofort.

Sie ließ meine alten Möbel von einem Entrümpler abholen. Das Geld, das sie dafür bekam, behielt sie. Mich quartierte Ruth in einer Pension in der Altstadt ein, solange sie in der Zeppelinstraße umbaute und Therese einziehen ließ.

46

Am 25. August präsentierte sie mir ihr Werk.

Es war, als würde ich in eine mir neue und doch vertraute Wohnung kommen. Ich kannte keines der Möbelstücke, Kännchen, Tellerchen, Kissen, keine der Vasen, Figuren oder Badezimmer-Utensilien. Doch war mir alles vertraut. Nur die restlichen Bilder des Wirtssohnes, die Ruth noch dazugekauft hatte, hatte ich schon einmal gesehen. Die Wohnung in der Zeppelinstraße war kein von Ruth umgestaltetes, sondern Thereses Heim.

Ich wollte Ruth dafür bezahlen, doch sagte sie, dass sie bereits viel Geld mit den alten Möbeln verdient habe. Sie habe jetzt genug gespart, um sich aus dem Staub zu machen. Los Angeles, sagte sie, sei ihr Ziel. Hollywood. Da würde sie durchstarten. Sie habe mit dem Dekorieren der Wohnung ihre Berufung gefunden. Sie wolle der Arno Wagner von Amerika werden. Jetzt würde das Geld reichen, um für eine Weile über die Runden zu kommen. Die ›Bremen‹ würde im September nach New York fahren. »Ich habe jetzt genug Eigenkapital, um in Amerika bleiben zu dürfen.«

Ruth umarmte mich. Kurz dachte ich, dass sie mich vielleicht küssen wolle. Aber sie schaute mir nicht zärtlich, sondern besorgt in die Augen.

Gleich nachdem Ruth weg war, baute ich meine Kamera auf und machte Fotos von unserer Wohnung. Die Sonne schien herein, und ich beneidete mich selbst ein wenig um dieses Zuhause.

Am nächsten Tag montierte ich Therese in drei der Bilder. In der Stube saß sie etwas steif auf unserem neuen Kanapee. In der Küche lachte sie am Buffet lehnend, leicht verschwommen, weil sie sich so schütteln musste vor Lachen. Im Schlafzimmer öffnete sie die Vorhänge und schaute fröhlich über die Schulter in die Kamera. Ich machte recht kleine Abzüge, denn ich hatte aus Zeitdruck ein bisschen geschlampt. Therese war deutlich zu groß auf dem Kanapee. Wenn man es genau betrachtete, sah man, dass sie, so wie ich sie ins Bild montiert hatte, zwei Meter groß sein müsste. Aber das würde Burgl schon nicht merken.

47

Die Wohnung war perfekt. Ich verließ abends die Kanzlei und spürte zum ersten Mal so etwas wie Vorfreude, nach Hause zu kommen. Manchmal rannte ich die letzten Meter von der Trambahnhaltestelle zur Haustüre. Im Treppenhaus rief ich schon: »Ich bin zu Hause!«

Die Nachbarn im Haus gingen davon aus, dass jemand bei mir eingezogen war. Ich wurde aber nie nach Therese gefragt. Der Gundel war immer am Arbeiten, und seine Frau verließ die Wohnung selber nie. Im Hinterhof war die bekannte Bugatti-Werkstatt und im Erdgeschoss der Ausstellungsraum dazu. Dort gingen so viele Leute ein und aus, dass eine Person weniger nicht auffiel. Die Einzige, die etwas bemerken hätte können, war die Moosbauerin aus der Wohnung gegenüber, aber die war fast blind.

Dafür benutzte sie ihre Ohren umso mehr. Und zu hören gab es genug. Ich schäme mich dafür fast am meisten, aber hier ist nicht der richtige Ort für falsches Schamgefühl. Jedenfalls begann ich mit meiner imaginären Verlobten zu reden. Anfangs flüsterte ich fast wie in Selbstgesprächen nur leise Kommentare zu meinen eigenen Tätigkeiten. »So, jetzt muss ich da noch einmal drüberwischen, damit es sauber ist, nicht wahr, Therese?« Nach ein paar Tagen ging ich vom Flüstern zur normalen Zimmerlautstärke über. »Therese, reichst du mir noch den Butter herüber?« Ich begann, Therese von meinem Arbeitsalltag zu erzählen und hatte auch immer das Gefühl, sie würde darauf eingehen. »Heute hatte die Sekretärin wieder neun Tippfehler in einem Bogen. Was hat die eigentlich gelernt? Ich glaube, dir würde das nicht passieren, oder? Also, wenn du den Beruf gelernt hättest. Ich dachte, dass ich eine Fachkraft im Vorzimmer sitzen habe. Aber scheinbar nehmen die heutzutage jeden, Hauptsache, das Gehalt ist niedrig. Ich habe dann alles mittags selber noch einmal getippt …« Es kam sogar zu kleinen Streitigkeiten: »Musst du deine Bürste immer herumliegen lassen? Ja, ich verstehe schon, dass man bei Haaren wie deinen immer viel bürsten muss, aber danach könntest du doch wenigstens die Bürste und die Haare wieder wegräumen. Das ist doch nicht zu viel verlangt. Ich lege meine Bleistifte ja auch wieder in die Schublade zurück. Was? Ich schmeiße nicht einfach alles in die Schublade und schiebe sie dann zu …«

Aber das alles war ja noch vergleichsweise normal. Mitte September begann eine Episode, die jedem Neurologen oder Psychiater ernsthaft zu denken geben würde: Ich sprach nicht nur mit Therese, ich antwortete auch für sie. Mit einer Art verstellter Stimme. Ich weiß nicht, wie meine Theresen-Stimme klang. Ob sie fistelig verstellt war oder ob ich es schaffte, eine echt wirkende Frauenstimme zu imitieren? Für mich war es einfach Thereses Stimme, die ich da hörte. Wir sprachen miteinander, lachten und stritten. Therese las mir aus ihren Büchern und Zeitschriften vor und sang bei bestimmten Liedern im Radio mit. Wenn ich die Berichte über die aktuelle Lage in Berlin hören wollte und sie eine Musikrevue aus Wien, entstanden regelrechte Diskussionen. Manchmal so lange, dass wir beide unsere Sendungen verpassten. Aber wir waren nie böse zueinander oder ungerecht. Es war einfach das Zusammenleben zweier unterschiedlicher Menschen, die sich liebten.

Ich erinnere mich an zwei Telefongespräche, die ich mit Therese von der Kanzlei aus geführt habe. Es gab keinen Apparat in der Wohnung, also muss irgendwie eine Telefonkabine mit beteiligt gewesen sein. Aber ob ich dort angerufen habe oder von der Zelle angerufen worden bin, weiß ich nicht mehr. Vielleicht habe ich auch nur, ohne jemanden am anderen Ende der

Leitung, in den Hörer gesprochen. Ich erinnere mich zwar noch an den Inhalt der Telefonate, nicht aber daran, wie sie zustande gekommen sind oder ob ich überhaupt mit jemandem geredet habe. Ich hoffe nur, dass ich nicht im Büro mit der Theresen-Stimme gesprochen habe.

48

Trotz dieser neuen Entwicklung und der beginnenden Emanzipation des Kunstwerks Therese von der Leinwand Burgl, blieben die Briefe ein unerlässlicher Bestandteil von Thereses Überleben. Ich alleine und meine Fantasie waren noch nicht genug für Therese Existenz. Therese brauchte die Impulse, die von Burgls Nachrichten ausgingen. Und ich brauchte die Möglichkeit, von Thereses und meinem Leben zu schreiben. Wie ein Maler seine Leinwand braucht, um etwas zu erschaffen, brauchte ich die Briefe für Therese. Ich spürte immer öfter deutlich ihre Gegenwart.

Schließlich kam jener Tag Ende September. Es war warm, richtig sommerlich. Das Stubenfenster zur Straße war geöffnet, und eine sehr schöne Abendsonne schien herein. Therese und ich saßen am Esstisch und aßen geräucherte Forelle mit Kartoffeln und Meerrettich. Ich hatte uns aus der Gassenschenke eine Maß Bier geholt, aber sie trank wie üblich wie ein Spatz. Mir stieg das Bier ein bisschen zu Kopf – aber an so einem Abend gibt es nichts Schöneres als einen leichten Suri.

Ich fragte Therese, ob sie nicht Lust hätte, ein paar Schritte die Isar entlangzugehen. Man wisse ja nicht, wie lange es noch so schön bleibe.

»Im September ist die Luft immer am schönsten«, sagte sie.

»Dann lass uns doch rausgehen, die Isar rauf bis zum Volksbad und auf der anderen Seite wieder zurück. Vielleicht gibt es beim Ranftl noch ein Eis.«

»Ja, aber für die gute Luft brauchen wir ja nicht unbedingt vor die Türe gehen, oder? Die Fenster sind ja auf.« Therese hatte einen koketten Unterton.

»Aber für das Eis schon.«
»Aber dann müsste ich mir ja was anziehen.«
»Nur was Leichtes.«
»Ich würde aber lieber was ausziehen …«

Sie sehen, wohin das führte. Therese wurde immer koketter, und ihre Andeutungen wurden immer deutlicher. Ich ließ mich darauf ein und schäkerte mit. Dabei kam es zu dem üblichen Spiel aus Sich-Zieren und Darauf-Eingehen. Man kennt das ja. Plötzlich war es Therese in ihrer Bluse viel zu heiss und sie zog sie einfach aus. Dann behauptete sie, dass auf meinem Hemd ein Fleck sei und sie müsse es sofort einweichen. Beim Zurückkommen aus dem Badezimmer verlor sie ungeschickterweise ihren Rock und stolperte mir direkt auf den Schoß. Und so weiter und so weiter. Es endete, wie es enden musste.

Das Schlafzimmer zeigte nach hinten auf den Hof. Das Fenster war geöffnet, und der leichte Zug fühlte sich an wie am Gardasee. Therese und ich lagen nebeneinander im Bett. Sie mit ihrem Kopf in meiner Armbeuge. Wir sagten lange nichts, bis ich anfing:

»Ich weiß nicht, womit ich jemanden wie dich verdient habe.«

»Mir geht es genau andersherum. Dass wir zwei zusammengefunden haben … Ich dachte, dass ich mein Leben lang mit diesen arroganten Bohemiens zusammenbleiben muss. Die ewig rumdiskutieren, sodass man sich immer ein bisschen schlecht fühlt.«

»Das hätte ich auch von jemandem wie dir gedacht, bevor wir uns richtig kennengelernt haben. War das denn nie dein Ziel? Eine Künstlerehe? Kandinsky und Münter? Oder ist das nicht sogar eine Art Automatismus. Junge hübsche Künstlerin muss hinter überheblichem Kaffeehauskünstler her sein, der sie dann betrügt und sie ihn, und beide zermürben sich dann in endlosen Vorwürfen, Tränen, Streitereien und Versöhnungen?«

»Na ja, als Künstlerin will man Kunst machen, aber nicht

unbedingt Inzest mit anderen Künstlern. Mir ging es nie um einen bestimmten Typus, den ich gesucht habe, sondern um einen, der mich versteht, unterstützt und liebt. Das hätte auch ein anderer Künstler sein können. War es ja gelegentlich auch. Aber jetzt bist es halt du geworden. Und es hätte nicht besser sein können.«

»Ich glaube, ich verstehe dich. Ich bin selbst früher einem bestimmten Wunschbild nachgejagt. Eine, die ich nicht haben konnte, weil sie genau solchen erwartbaren Männern hinterherstieg. Du kennst sie eh. Burgl halt.«

»Ich war am Anfang wahnsinnig eifersüchtig auf sie. Aber als ich mit ihren Briefen fertig war, habe ich verstanden, warum sie dich nicht gewollt hat und warum sie dich auch gar nicht verdient hat. Sie wartet nicht auf das, was auf sie zukommt und verliebt sich dann erst, sondern ihre Erwartungen sind so hoch und so fest, dass sie nicht sieht, dass jemand, der nicht genau dem Idealbild entspricht, vielleicht viel besser zu ihr passt.«

»Genug von Burgl. Wir haben jetzt uns.«

Therese schwieg eine Weile. Dann fuhr sie ganz leise fort.

»Eine Sache macht mir aber doch Angst.«

»…«

»Es könnte alles verändern.«

»…«

»Sei mir bitte nicht böse.«

Ich hatte nicht gerade wenig Angst und befürchtete, dass sie mich vielleicht betrogen hatte oder Schlimmeres.

»Ich bekomme ein Kind.«

Das war genau das Gegenteil von dem, was ich befürchtet hatte.

»Ich habe es mir gewünscht«, flüsterte sie.

»Ich auch«, flüsterte ich zurück.

»Ich bin schon im dritten Monat. Leg deine Hand auf meinen

Bauch. Man spürt noch nichts, aber man kann sich einbilden, dass einen das Kind spürt.«

»Es wird ein Mädchen, oder?«

Jetzt verliere ich mich in den Erinnerungen an einen Dialog, der sich sehr kitschig liest. Aber nur wenn man ihn schwarz auf weiß vor sich hat. Wenn man ihn selber führt, ist es wirklich schön. Und ja, ich muss es noch einmal betonen, ich weiß, dass sich das alles immer nur in meinem Kopf abgespielt hat. Nichts davon ist echt gewesen. Außer den Worten und Dialoge, die wirklich gesprochen wurden. Wenn auch nur von mir alleine. Für mich jedoch sind diese Erinnerungen echt. Sie fühlen sich zumindest so an. Ich war Carl und gleichzeitig Thereses Sprachrohr. Therese existierte in diesen Momenten als eigenständige Person. Meine Aufgabe war es lediglich, ihren Körper zu ersetzen.

Vielleicht hätte dieser Abend wirklich der Beginn der Loslösung Thereses von Burgl werden können. Ihr Heraustreten aus der Leinwand. Vielleicht wäre der Abend danach ähnlich geworden und der darauf und der darauf. Vielleicht hätte sich Therese irgendwann materialisiert und wäre vom Hirngespinst zum echten Menschen geworden. Wie Pinocchio von der Holzpuppe zum Jungen mit Haut und Knochen. Vielleicht hätte sie das Kind wirklich bekommen, und wir wären nach Obermenzing in ein Haus gezogen. Aber dazu kam es ja gar nicht.

Fünfter Teil

49

Am 4. Oktober 1932 kam ein Brief aus Recife, der alles beendete. Das Ende meines Lebensglücks. Der Grund, warum diese Zeilen gerade geschrieben werden.

Ich öffnete den Umschlag und erwartete Burgls übliche Kommentare zu meinen Geschichten über Therese und mich. Meistens hoffte ich, zumindest ein paar Inspirationen für meine nächsten Briefe herauszufiltern. Aber diesmal war der Brief anders, und seine Folgen waren für mich fürchterlich.

»Recife, den 30. September 1932

Lieber Carl, (und auch liebe Therese),

das Schlimmste ist passiert. Das, wovor ich mich immer gefürchtet habe. Alles ist kaputt. João ist mir auf die Schliche gekommen. Vielmehr uns. Antonio und mir. Er wollte mit den Kindern zu seinem Bruder und hat den Zug verpasst, oder der Zug ist gar nicht gefahren, oder sie hatten gar nicht vor, hinzufahren. Ich weiß es nicht genau. Irgendeine Ausrede jedenfalls. Es ist ja auch egal. Jedenfalls hatte ich Antonio sofort, als sie weg waren, zu mir bestellt, denn unser letztes Treffen war bereits eine Weile her. Ich kann euch gar nicht beschreiben, wie unangenehm das alles ist, aber mein Mann und meine Kinder sind ins Zimmer gekommen, als Antonio und ich splitterfasernackt waren. João schrie sofort auf Portugiesisch los und beschimpfte mich, die Mädchen weinten und wussten nicht, was los war, und Guilherme schrie und schlug mich sogar. Seine Mutter! All meine Dummheit und meine Sehnsucht nach Liebe und Lust wurden in den darauffolgenden Minuten aufs Härteste bestraft und mein bisheriges Leben völlig zerstört. Und Schuld habe nur ich selbst.

João hat mich hinausgeworfen. Seltsamerweise standen gleich einige seiner Freunde aus dem Club bereit und halfen ihm, mich zu packen, mich mit ein paar Kleidungsstücken ins Nachbarzimmer zu werfen und mich, sobald ich angezogen war, auf die Straße zu setzen. João hatte das alles vorbereitet. Er muss also schon eine ganze Weile gewusst haben, was hinter seinem Rücken vor sich ging. Ich hatte natürlich kein Geld bei mir und wusste nicht, was ich tun sollte. Ich blieb einfach auf der Straße sitzen und heulte. Die Menschen sind so neugierig und standen einfach um mich herum und schauten mir beim Verzweifeltsein zu. Schrecklich. Wäre nicht die Maid gekommen und hätte mich mit zu sich genommen, säße ich jetzt noch dort.

João schickte mir direkt am nächsten Tag seinen Anwalt auf den Hals. Mit einem Schreiben. Das war auch schon vorbereitet, denn das Datum darauf lag vor dem Tag, an dem ich erwischt worden war. Natürlich alles auf Portugiesisch. Ich hatte Schwierigkeiten, es zu verstehen. Aber so viel wurde mir gleich klar: João will mir alles nehmen, was ich habe. Kinder, Haus, Geld und die Ehre (die ist hier noch wichtiger als zu Hause). Er lässt mir nichts weiter als die Möglichkeit, nach Deutschland zurückzukehren. Eine ›großzügige‹ Heimreise erster Klasse im Schiff und im Zug. Und eine kleine Summe, um in München anfangs über die Runden zu kommen. Ich glaube aber nicht, dass ich damit mehr als drei oder vier Monate überleben werde. Wie viel kostet denn zum Beispiel eine Semmel oder eine Trambahnkarte?

Jetzt sitze ich hier und weine und weine. Nicht einmal Antonio schert sich noch um mich. Ich habe den Verdacht, dass ihm mein rachsüchtiger Ehemann eine gewisse Summe bezahlt hat, um ihn von mir fernzuhalten. Keine Kinder und kein Liebhaber mehr. Ach ja, der Maid hat João auch was zugesteckt. Auch sie hat mich schon wieder vor die Türe gesetzt. Ich hause zur Zeit auf Pump in einer Art Pension in irgendeiner Gasse. Zwischen lauter verarmten und obdachlosen Wirtschaftskrisenverlierern. Ihr glaubt gar nicht, was die mir angedroht haben, wenn ich doch nicht zahlen kann. Ich werde das Geld von João annehmen müssen.

Ich weiß noch nicht, was ich tun werde. Die paar Reais, die ich aus Mitleid von der Maid geliehen bekommen habe, gehen jetzt für Essen und diesen, auf dem ganz normalen Postweg im Zeppelin verschickten Brief, drauf.

Ihr seid mein einziger Anker in München. Sogar auf der ganzen Welt! Ich weiß nicht, wo meine Familie ist. Es gibt keinen Kontakt. Weder nach Niederbayern noch nach München, wenn da überhaupt noch jemand ist. Ich flehe euch um Hilfe an. Helft mir bitte, mich in München zurechtzufinden, eine Bleibe zu suchen und eine Arbeit. Das wird das Schwierigste sein, denke ich.

Trotz allem freue ich mich auch ein wenig darauf, wieder heimzukommen. Ich hoffe, ihr nehmt mir das nicht übel. Ohne den Ballast aus Brasilien wieder neu anzufangen. Das alte Zuhause hilft mir darüber hinweg, meine Kinder zu verlieren. Vielleicht sind es auch ihre leeren Augen, wenn sie mich anschauen und ihre Weigerung, mit mir Deutsch zu sprechen oder mit mir überhaupt zusammen zu sein, die mir helfen, den Gedanken zu ertragen, meine Kinder vielleicht nie wiederzusehen. Ich hoffe, auch das könnt ihr mir nachsehen. Ich bin nicht gefühlskalt oder gleichgültig und selbstsüchtig. Meine Familie war noch nie meine Familie.

Eure verzweifelte, ängstliche und verwirrte

Burgl«

50

Als ich den Brief das erste Mal las, verstand ich seine Tragweite noch nicht. Ich hatte mir angewöhnt, Burgls Briefe, die ja im Laufe des Sommers immer belangloser geworden waren, nur zu überfliegen und nach Stichworten Ausschau zu halten, die mir eine Hilfestellung für weitere Geschichten rund um Therese und mich boten. Aber ich spürte, dass da mehr als eine Anekdote aus Burgl Leben dahintersteckte.

Beim zweiten Mal wurden mir die Auswirkungen von Burgls möglicher Rückkehr klar. Es bedeutete nicht nur die Heimkehr der verlorenen Tochter, es bedeutete auch das unabwendbare, endgültige Verschwinden meines Lebensglücks. Die Auslöschung von allem, was mein Leben im letzten Jahr lebenswert gemacht hatte. Von allem, was mich zum ersten Mal seit meinem Wegzug aus Neustadt glücklich gemacht hatte. Burgl kehrte nach München zurück und erwartete, dass ich ihr half, dass sie Therese treffen konnte und vielleicht sogar, dass sie bei uns in der Zeppelinstraße unterkam.

Es gab nur eine Schlussfolgerung: Ich musste Therese töten.

51

Das schreibe ich hier und jetzt so lapidar, als wäre es die Entscheidung gewesen, einen zwar lieb gewonnenen, aber unbrauchbar gewordenen Gegenstand wegzuwerfen. Ein bisschen schade, aber nicht wirklich schlimm. Damals, erst vor ein paar Monaten, brachte mich das fast um den Verstand. Ich meine, stellen Sie sich das doch einmal vor. Sie erschaffen, wie eine Art Gott, ein Wesen, das zunächst nur durch den göttlichen Willen und den göttlichen Hauch lebt, aber dann mit der Zeit so stark wird, dass es beinahe von selbst und durch sich selbst existiert. Und dann sind sie gezwungen, dieses Lebewesen einfach wieder auszulöschen. In meinem Fall kommt auch noch die Liebe hinzu. Nicht die Liebe, die eine Mutter oder ein Vater zum Kind empfindet. Dem Wesen, das man gemeinsam geschaffen hat. Sondern die Liebe zu einer Seelenverwandten, mit der ich wirklich zusammengelebt hatte. Und die sollte ich jetzt töten. Natürlich ist mir bewusst, dass das ein sehr großer Vergleich ist. Ja, ich weiß auch, dass Therese nur jemand Erfundenes ist.

Heute.

Damals war ich mir da nicht mehr sicher.

Ich durchdachte verzweifelt alle Möglichkeiten. Aber es gab einfach keine Lösung, die zufriedenstellend war. Jede Variante bedeutete den Tod von Therese. In vielen Fällen sogar den von Therese und Burgl. Noch hatte die Loslösung nicht begonnen, noch brauchte ich Burgl als Leinwand, noch konnte Therese nicht ohne die Briefe existieren. Wie sollte ich das je ertragen können? Die Liebe meines Lebens vernichten. Sowohl der Verlust als auch die Schuld würden mich wahnsinnig machen. Mein einziger Rettungsanker war der Gedanke, dass ich wenigstens an meinen Traum von 1919 anknüpfen und ein Leben mit Burgl führen konnte? Ein schwacher Trost. Therese liebte ich. Mit Burgl verband mich nur Nostalgie und der Rest von Begehren.

Am nächsten Tag im Büro konnte ich mich kaum konzentrieren. Ich hatte einen Vertrag vor mir liegen und schaffte es nicht einmal, den Entwurf zu lesen. Verzweifelt versuchte ich etwas zu finden, das mir dabei half, aus diesem Zustand der Mutlosigkeit und Lethargie herauszufinden. Normalerweise half mir das Abarbeiten meiner Verträge gut dabei, meine Gedanken in Ordnung zu bringen. Warum also nicht, wie bei meiner Arbeit, ohne Gefühle alle Möglichkeiten meiner Lage durchdenken? Systematisch, nüchtern und logisch. Und vor allem alles aufschreiben.

Ich nahm meinen Füller und ein Blatt und schrieb zuerst alle möglichen Reaktionen auf Burgls Brief auf, die mir einfielen. So wie ich es auch gerne beim Analysieren der Verträge machte (Wenn Vertragspunkt A eintritt, hat die andere Partei Möglichkeit B, C oder D, darauf zu reagieren):

Burgl kommt zurück nach München. Wie kann Carl D. reagieren?

1. So tun, als wäre nichts geschehen (ignorieren)
2. Burgl alles beichten
3. Burgl verschwinden lassen (töten?)
4. Therese verschwinden lassen (töten?)
5. Selber untertauchen
6. Selbstmord

Dann notierte ich dahinter die wahrscheinlichsten und dann die unwahrscheinlichsten Folgen meiner Reaktionen.

1. So tun, als wäre nichts geschehen (ignorieren): Alles fliegt auf (Therese und Burgl sind weg). Oder: Burgl taucht gar nicht erst bei mir auf (Therese ist dann auch weg, weil die Leinwand für Therese weg ist).

2. Burgl alles beichten: Burgl verachtet mich und verschwindet aus meinem Leben (Thereses Ende). Oder: Burgl lacht darüber und alles ist gut (auch Thereses Ende. Besonders unwahrscheinlich!).

3. Burgl verschwinden lassen (töten?): Ich werde entdeckt und hingerichtet. Oder: Niemand merkt es, weil sie niemanden in München kennt (beides bedeutet ebenfalls Thereses und Burgls Ende).

4. Therese verschwinden lassen (töten?): Mein Leben wird sinnlos (aber Burgl bleibt als Trost). Oder: Burgl bemitleidet mich und kommt, über kurz oder lang, mit mir zusammen (bei beiden Möglichkeiten ist Therese weg, aber bei der zweiten bleibt mir immerhin Burgl).

5. Selber untertauchen: Ich kann irgendwo neu anfangen. Oder: Neuanfang klappt nicht (beides bedeutet wieder das Aus für Therese und Burgl).

6. Selbstmord: Zu feige. Oder: Zu feige (zurück zu allen anderen Optionen, also wieder Thereses Ende).

52

Ich ging die Möglichkeiten noch einmal durch. Ganz nüchtern, systematisch und analytisch. Eine Option fehlte. Als ich sie entdeckte, wurde ich ganz feierlich. Meine Verträgefresserei hatte also doch etwas Gutes. Sie hatte Therese gerettet:

7. Burgl finanziell unterstützen, damit sie in Südamerika bleiben kann.

Die einzige Möglichkeit, den Status quo zu erhalten. Die einzige Möglichkeit, bei der Therese nicht sterben musste.

»München, den 8. Oktober 1932

Liebe Burgl,

wie schrecklich! Ich weiß gar nicht, wie ich darauf angemessen reagieren kann. Nur, dass du die Ohren steifhalten und den Mut nicht verlieren sollst, kann ich dir schreiben. So eine Plattitüde. Und dass du Thereses und meine Unterstützung hast, was auch immer passieren wird. Das ist so ein Moment, an dem einem nicht einmal der Zeppelin schnell genug fährt. Denn ich möchte, dass du schnell von uns hörst, dass wir für dich da sind, aber auch, dass wir schnell erfahren, ob es dir gut geht. Ich hoffe, du bekommst meinen Brief ohne Probleme und alles ist halbwegs erträglich für dich da drüben.

Burgl, ich habe ein Angebot an dich: Ich kann dich in Südamerika finanziell unterstützen. Damit du nicht weg von deinen Kindern musst und nicht alles hinter dir abbrichst. Zur Überbrückung weise ich dir einfach ungefragt zweihundert Mark telegrafisch an. Dazu musst du mit der beiliegenden Karte und deinem Ausweis zum Postamt gehen und kannst dir das Geld in eurer brasilianischen Währung auszahlen lassen. Wenn du mehr brauchst, schreibe mir ein Telegramm, und ich reagiere sofort.

Ich denke fest an dich und wünsche dir, dass es dir trotz allem gut ergeht.

Carl«

53

Ich war stolz auf das Ergebnis. Besser hätte ich es nicht hinbekommen können. Vielleicht wären ein paar Zeilen Thereses noch gut gewesen, doch konnte ich Ruth Magmer nicht mehr fragen, da sie bestimmt schon unterwegs nach Amerika war. Aber sonst schien mir alles im Brief zu stimmen und Burgl den Weg für ihr Verbleiben in Brasilien zu ebnen. So ein Angebot konnte sie gar nicht ausschlagen. Bei den Kindern bleiben. Keine Mutter war doch so abgebrüht, wie sie sich selbst schilderte. Jede Mutter wollte bei ihren Kindern bleiben. Und allen war damit gedient. Burgl, ihren Kindern, Therese, weil sie nicht sterben musste und mir, weil ich mein gewohntes Leben weiterführen konnte.

»Recife, den 14. Oktober 1932

Lieber Carl,

dein Brief und auch dein Geld haben mir das Leben gerettet. Nicht nur im übertragenen Sinn, sondern ganz in echt. Ich konnte im allerletzten Moment meine Schulden in der Pension bezahlen und die wahrscheinlich furchtbaren Folgen gerade noch abwenden. Ich habe von Frauen gehört, denen man Ohren oder Finger abgeschnitten und sie so als Eigentum des Wirtes gekennzeichnet hat. Auf dem Straßenstrich in Recife sieht man einige davon. Ich denke, dass das auch mein Schicksal gewesen wäre. Als Blondine ist man noch dazu in Brasilien besonders gefragt. Ich mag gar nicht daran denken.

Inzwischen hat sich die Lage ein klein wenig beruhigt. Meine Kinder waren bei mir und haben mir Joãos Scheck gebracht. Ich bin auf sein Arrangement eingegangen. Ana und Fernanda sind nicht wieder gegangen und bleiben bei mir. Guilherme wird bei seinem Vater bleiben, denke ich. In Brasilien zählen nur die Söhne, und so bin ich mir sicher, dass João keine Anstalten machen wird, die Mädchen zurückzubekommen. Sie gelten hier eher als Belastung denn als Bereicherung. Joãos liebt seinen nichtleiblichen Sohn mehr als seine leiblichen Töchter.

Ich habe lange über dein Angebot nachgedacht und war zuerst ganz sicher, es zumindest für die ersten Wochen und Monate anzunehmen. Bis ich hier alleine über die Runden kommen kann. Obwohl meine Sehnsucht heimzureisen enorm war. Nur weg von Recife, nur weg von João und allem, was ich damit verbinde. Aber gestern stand plötzlich Guilherme bei mir im Zimmer und hat mich auf das Übelste beschimpft. »Hure« und »Du bist nicht mehr meine Mutter«. Diesmal sogar auf Deutsch. Die Mädchen haben geweint und sich an mich geschmiegt. So wie es eigentlich noch nie zwischen mir und meinen Töchtern war. Fernanda hat mich vehement verteidigt und ihren Bruder dann hinausgeworfen. So eine tapfere Zwölfjährige! Ich sehe in Guilherme nur noch seinen Stiefvater. Seine kalte, berechnende Art und seine Unversöhnlichkeit machen mir Angst. Da ist nichts von seinem leiblichen Vater von daheim in ihm. Ich will ihn nicht wiedersehen.

Du siehst, mein Entschluss ist gefasst: Ich packe die Mädchen und komme heim. Noch in diesem Jahr soll es losgehen! Genau dreizehn Jahre nach meiner Abreise reise ich wieder zurück. Im Gepäck zwei wunderbare Töchter. Wir haben bereits unseren deutschen Pass erneuern lassen, und am Montag geht es gleich zum Reisebüro. Weil wir zu dritt sind, reisen wir natürlich nur zweiter Klasse. Aber in einer Dreierkabine.

Ich freue mich unendlich auf daheim, auf dich, auf Therese, auf den Schnee (hoffentlich liegt welcher) und meinen ersten Apfel nach dreizehn Jahren.

Deine Burgl«

Das war eine Reaktion auf meine siebte Möglichkeit, die ich nicht bedacht hatte. Scheinbar waren mir beim analytischen Auswerten doch meine Gefühle im Weg gewesen und hatten mich diese Variante nicht sehen lassen. Bei meiner Arbeit durfte ich mir so einen Fauxpas nicht erlauben. Hier war er mir unterlaufen. Thereses Todesurteil war gesprochen. So oder so. Ich blieb überraschend ruhig. Fatalistisch fügte ich mich ins Unausweichliche. Jetzt blieb mir als erträglichste Variantc nur noch die vierte. Ich konnte nichts mehr tun, als Therese einen würdevollen Abschied zu bereiten.

»München, den 22. Oktober 1932

Liebe Burgl,

Therese ist weg! Einfach verschwunden. Abgehauen! Ich bin vollkommen verzweifelt. Sie hat mir einen Brief hinterlassen und nur wenige Dinge eingepackt. Die Polizei sagt, dass sie nichts machen kann. Ein Mensch kann einfach verschwinden, wenn er möchte. Sie ist schließlich eine erwachsene Frau. Ich weiß nicht, bei wem ich nach ihr fragen kann. Ihre Künstlerfreunde kenne ich nicht, und im Atelier, wo wir seinerzeit auf dem Weihnachtsfrühstück waren, sind andere Künstler eingezogen, von denen keiner weiß, wohin die Vormieter verschwunden sind. Oh Gott!

In ihrem Brief schreibt Therese, dass sie glaubt, dass jetzt, wo du nach München zurückkommst, ihre Zeit vorbei ist. Da sie glaubt, dass ich in Wirklichkeit immer nur dich geliebt habe und sie jetzt überflüssig ist. Es ist furchtbar und unwahr. Dumme, eifersüchtige Therese. Ich habe immer nur sie geliebt. Du warst ein Jugendschwarm. Bitte glaube nicht, dass du Schuld hast … Entschuldige die wirren Worte.

Dein Carl«

War das würdevoll? Ich denke nicht. Es war feige von mir, Therese die Schuld zu geben. Oder war ich sogar noch feiger und gab sie Burgl? Ich wand mich aus der Verantwortung für das Geschöpf, das ich geschaffen hatte und ließ es einfach krepieren. Noch schlimmer sogar: Ich stellte mich neben die Sterbende und zeigte mit dem Finger auf sie und Burgl und rief: »Beide sind schuld, dass die da am Boden stirbt! Ich hingegen bin völlig unschuldig.«

54

Ich begann damit, mich von Therese zu verabschieden. Sowohl geistig als auch körperlich. Das geschah in mehreren Phasen. So ähnlich wie bei unheilbar Kranken. Erst verzweifeln und in Selbstmitleid zerfließen, dann anderen die Schuld geben, dann sich selbst, dann trauern und schließlich akzeptieren. Oder so ähnlich. Ich habe ja keine Zeitungsstapel mehr, in denen ich das nachlesen könnte, also muss ich mich mit meiner rudimentären Erinnerung begnügen. Zwar starb hier nicht ich selbst sondern Therese, aber die Reaktionen waren ähnlich.

Nach anfänglicher Ruhe und Fatalismus wurde ich tatsächlich verzweifelt. Wie konnte ich überhaupt ohne Therese existieren? Mein Leben war vorbei, usw. Dann selbstmitleidig. Warum passierte ausgerechnet mir so etwas? Niemand hatte so eine schreckliche Situation weniger verdient als ich. Hatte ich in meinem Leben nicht schon genug gelitten? So in der Art jedenfalls. Sie wissen, was ich meine, oder?

Dann suchte ich die Schuld bei mir selbst. Hatte ich genug dafür getan, Therese am Leben zu lassen? Nein. Ich und mein Egoismus waren schuld daran, dass sie jetzt verschwinden musste. Ich saß am Küchentisch und war mir selbst so zuwider, dass ich mir mit der Faust ins Gesicht schlug, bis ich blutete. Ich wand mich vor Selbstekel und Unbehagen auf dem Küchenboden und weinte wie ein Kind.

Das Weinen dauerte ein paar Tage. Sogar in der Kanzlei musste ich immer wieder aufstehen und heimlich auf der Toilette weinen. Nachts schüttelten mich Weinkrämpfe.

Irgendwann legte sich das Heulen wieder, und ich begann trotzig, meine Schuld auf Burgl abzuwälzen. Sie war schließlich diejenige, die mich dazu gezwungen hatte, Therese zu erschaffen, und jetzt war sie es, die einzig und alleine dafür die Verantwortung trug, dass Therese sterben musste.

Als Vorletztes wurde mir alles unerträglich, und Problemchen wurden zu unüberwindbaren Hindernissen. Ich weiß nicht, ob das noch in der Schuld- oder der Schuldzuweisungsphase war oder in einer, die ich vergessen habe. Oder war es eine Phase, die nur bei mir passierte? Eine Art Panikphase. Panik vor den Folgen meiner Erfindung und der Unentwirrbarkeit des Geflechts aus Geschichten, das ich rund um Therese und mich gesponnen hatte. Was sollte zum Beispiel mit all den Gegenständen, Möbeln und Dingen des alltäglichen Lebens, die ich für Therese angeschafft hatte, geschehen? Was mit dem ganzen Einrichtungskonzept, das Ruth liebevoll erarbeitet hatte, passieren? Ich durfte bei all meiner Trauer nicht vergessen, dass Burgl mit ihren Töchtern wahrscheinlich bei mir bleiben würde. Wenn ich die Einrichtung wieder auf die eines Junggesellen zurücksetzen würde, würde meine Geschichte unglaubwürdig werden. Aber wenn ich alles so belassen würde, wie ich es für mein Zusammenleben mit Therese arrangiert hatte, würde mich Burgl für einen Psychopathen halten, der Reliquien einer Verschwundenen behält und sich daran erfreut. Keine Lösung wollte funktionieren, und ich lag nächtelang wach und wälzte solche und ähnliche Probleme in meinem Kopf hin und her. Und wenn das eine weg war, fand ich ein neues.

Die letzte Phase, das Akzeptieren, jedoch wollte mir nicht ganz gelingen. Ein bisschen Schuldgefühl, ein bisschen Verzweiflung, etwas Trauer und recht viel Wut sind mir bis heute geblieben. Statt echter Akzeptanz kehrte der Fatalismus zurück, ich stumpfte wieder ab und ließ die Welt und meine Gefühle erneut hinter dem grauen Schleier verschwinden, der mich schon nach Burgls Verschwinden 1919 zugedeckt hatte.

Ich konnte den Schicksalsschlag noch nicht ganz annehmen, aber langsam arrangierte ich mich mit ihm.

55

Mir blieben noch einige Wochen. Um mich zumindest äußerlich zurück in normales Fahrwasser zu bringen, fasste ich einen Entschluss. Der Anschluss meiner Gefühlswelt an 1919, das Wiedererwecken meiner Liebe zu Burgl, sollten mein Leben ab jetzt bestimmen. Das Projekt ›Burgl 1933‹. Ich fing an zu planen, wie ich den Übergang von Therese zu Burgl hinbekommen konnte. So schaffte ich es, mich immer mehr abzulenken. Mir wurde dabei auch klar, dass Burgl, trotz aller Nostalgie und meinem ganzen jugendlichen Begehren, nie Therese würde ersetzen können. Aber was blieb mir übrig?

Obwohl ich wusste, dass mein Leben mit Therese vorbei war, konnte ich mich an manchen Stellen noch nicht ganz von den Gewohnheiten, die unser Zusammenleben ausgemacht hatten, trennen. So bastelte ich im November noch eine Fotografie von Therese und mir. Ein Abschiedsbild, rechtfertigte ich mich vor mir selbst. Ich fotografierte mich mit einem Auslöserkabel selbst in der Zeppelinstraße. Dann montierte ich ein lächelndes Gesicht von Therese neben das meine. So standen wir glücklich vereint zum letzten Mal in der Straße, in der unser Zuhause gewesen war. Das Foto legte ich in meine Nachttischschublade. Abends vor dem Schlafen nahm ich das Bild heraus und sprach wieder mit Therese. Es war wie mein persönliches Morphium oder Laudanum. Ich konnte nicht davon ablassen, obwohl ich wusste, dass es nicht gut für mich war, und wenn ich alleine dalag und nicht schlafen konnte, war es unmöglich, nicht mit ihr zu sprechen. Erst danach schlief ich ein.

56

»Recife, den 29. Oktober 1932

Lieber Carl,

um Gottes willen. Was ist passiert? Ich hoffe, wenn dich diese Zeilen erreichen, ist Therese schon wieder wohlbehalten zurück in deinen Armen, und ihr hattet ein wundervolles Wiedersehen und seid wieder versöhnt. Wie kann sie nur glauben, dass du mich ihr vorziehst. Nach all euren Erlebnissen des letzten Jahres. Ich möchte ihr so gerne erklären, was unser beider Briefkontakt bedeutete und wie wichtig sie auch mir als Freundin geworden ist. Ich bete darum, dass sie im Januar in der Zeppelinstraße auf mich wartet und wir gemeinsam über das Missverständnis lachen werden.

Wir verbringen unsere letzten Tage in Brasilien unter noch ärmlicheren Umständen als zuvor. Um Geld zu sparen, sind wir in eine noch billigere Pension gezogen. Die Mädchen jammern und weigern sich, Deutsch zu sprechen. Sie haben sehr große Angst vor München. Ana glaubt, dass Kälte große Schmerzen verursacht, und seit sie gehört hat, dass man erfrieren kann, sammelt sie Kleidungsstücke, die sie immer wieder irgendwo auftreibt. João hat sich nicht ein einziges Mal bei uns gemeldet. Nur sein Anwalt schrieb wegen der anstehenden Scheidung. Kannst du uns vielleicht dabei helfen? Auch wenn es über den Atlantik hinweg geht? Ich habe große Angst. Bitte sei trotz aller Schwierigkeiten und Sorgen noch ein bisschen für uns da.

Ich glaube nicht, dass ich dir noch einen weiteren Brief aus Brasilien schicken werden kann. Die Zeppeline gehen in die Winterpause, und wahrscheinlich wäre ein mit dem Dampfer verschickter Brief erst nach uns in München.

Die Fahrkarten sind gekauft, die Koffer sind gepackt. Wir kommen am 29. Dezember in Bremerhaven an und nehmen den nächstmöglichen

Zug nach München. Meine letzte Bitte: Kannst du uns bitte ein Pensionszimmer reservieren?

Deine Burgl (mit ihren Töchtern, die schon ganz gespannt auf dich sind)

PS: Ich glaube wirklich fest daran, dass Therese zurückkommt. Ich denke, dass sie nur eine eifersüchtige Episode durchlebt und bald bereut, weggegangen zu sein. Wir werden Silvester zu fünft feiern und alles wird vergessen sein.«

57

In den Tagen nach Burgls letztem Brief wurde meine Therese-Sehnsucht wieder schlimmer. Von wegen ›sich arrangieren‹. Ich baute mir aus ihren Bürsten, den Fotografien und Kleidern einen Therese-Altar rund um mein Kopfkissen und schwor mir, ihn kurz vor Burgls Ankunft wegzuwerfen. Ich glaubte sogar, sie in ihren Kleidern riechen zu können und sprach ununterbrochen mit ihr. Jedes Mal nach so einer Eskapade durchlief ich alle vorhin beschriebenen Phasen wieder im Kleinen. Fatalismus, Verzweiflung, Selbstmitleid, Schuld, die Schuld jemand anderem geben, wieder Fatalismus.

58

Anfang Dezember, nach all den Wochen des Abschieds, musste Therese endgültig sterben. Ich glaubte, es sonst nie zu schaffen, zu einem neuen Leben zu kommen. Alles, was ihre physische Anwesenheit zeigte, musste verschwinden. Die Zahnbürste, die Haarbürste, Kosmetiksachen und Kleidung. Jedes mal, wenn ich etwas davon in die Hand nahm, schüttelten mich Weinkrämpfe. Ich packte alles in Kisten und stellte es an die Wand im Flur. Die Gemälde stellte ich mit dem Gesicht zur Wand in mein Arbeitszimmer. So sollte Burgl sehen können, dass ich damit begonnen hatte, Thereses Verschwinden zu verarbeiten und mich Neuem zuzuwenden. Die Möbel und die an den Wänden hängenden Fotos ließ ich. Das alles zu verändern, nahm ich mir für die Zeit vor, in der Burgl und ihre Töchter bei mir waren. Das langsame Darüber-Hinwegkommen.

Der 29. Dezember kam näher. Ich wurde nervöser, weil ich Angst vor Burgl hatte, aber auch befürchtete, Thereses völliges Verschwinden nicht zu überstehen. Die politischen Umwälzungen in Deutschland bekam ich in meiner Aufgeregtheit und meinem Selbstmitleid kaum mit. Am 24. Dezember räumte ich schließlich doch noch Thereses Kisten in den Keller. Weihnachten ohne Therese konnte ich nicht mit all ihren Sachen in der Wohnung verbringen. Ein paar Erinnerungsstücke behielt ich weiterhin in der Wohnung: die Bürste mit den Haaren, das Kleid aus Italien, ihr Kopfkissen und ihr Parfum.

Den Heiligabend verbrachte ich in meiner dunklen Stube und starrte ins Finstere.

Am Morgen des 31. Dezember holte ich Burgl und ihre Kinder vom Nachtzug aus Bremerhaven ab. Als ich sie aus dem

Waggon steigen sah, schüttelte ich gleich resigniert den Kopf. Burgl fiel mir weinend in den Arm und wollte gar nicht mehr aufhören zu schluchzen. »Therese, oh Therese, was ist nur mit dir passiert?« Ihre zwei Mädchen standen verstört daneben. Ich hatte das Gefühl, dass Thereses Verschwinden Burgl genauso traf wie mich. Vielleicht sogar mehr. Auch sie hatte sich offenbar auf ihre Art in Therese verliebt.

59

Ich nahm Burgl und ihre Töchter vorerst bei mir in der Zeppelinstraße auf. Platz gab es genug. Jetzt, wo Therese weg war. Die drei Brasilianerinnen schliefen in Thereses und meinem Bett, ich legte mich auf den Diwan in meinem Arbeitszimmer. An ihrem ersten Abend bei mir gingen die beiden Mädchen, trotz Silvester, früh schlafen. Beide müde von der Zugfahrt. Aber auch froh, die ersten paar Augenblicke seit Wochen ohne die Mutter zu sein. Burgl und ich saßen im Salon und redeten. Es funktionierte überraschend gut. Obwohl wir uns von Angesicht zu Angesicht eigentlich gar nicht mehr kannten, waren wir uns durch die Briefe doch sehr vertraut. Ich hatte zuerst befürchtet, dass ich nicht damit zurechtkommen würde, wenn eine reale Person, die nicht Ruth war, mit mir über meinen Golem Therese sprechen würde. Aber es ging.

Burgl versuchte, mich zu beruhigen und redete mir gut zu. »Gib ihr noch ein paar Wochen Zeit« und »So sind sie, die Frauen« und »Wenn sie wiederkommt, verzeih ihr, und verschließe nicht die Türe vor ihr«. Eine unwirkliche Situation. Um halb zwölf ging auch Burgl ins Bett. Ich sagte »Gute Nacht, Therese«. Burgl war erst erschrocken, umarmte mich dann aber zum Trost. Ich war so alleine wie schon lange nicht mehr. Trotz meiner Hausgäste.

60

Burgl fing bereits am 2. Januar mit der Arbeits- und Wohnungssuche an. Obwohl vor dem 9. Januar kaum etwas geöffnet hatte. Weder Läden, noch Ämter, noch Büros. Sie kaufte alle Zeitungen der Stadt, strich in den Annoncenteilen jede Stelle rot an, die ihr nur ansatzweise gefiel. Dann strich sie diejenigen grün an, die ihr nicht gefielen, aber genug Verdienst boten, um komfortabel über die Runden zu kommen. Schließlich kamen noch die blauen dazu, bei denen man wenig verdiente und die auch nicht besonders interessant waren. Ich würde sagen, neunzig Prozent waren blau, neun Prozent grün und überhaupt nur eine einzige rot. Wegen der Krise und der Jahreszeit gab es wenige Angebote.

Auch bei den Wohnungen war es nicht besser. Es gab viele Zimmer zur Untermiete oder Dreckslöcher in Obergiesing oder der Ludwigsvorstadt. Aber für eine alleinstehende Frau mit zwei Kindern fand sich nichts. Ich beruhigte Burgl und sagte ihr, dass mir der Trubel, den die beiden Mädchen mit sich brachten, sehr gut dabei half, Therese zu vergessen. Als Burgl das hörte, musste sie ein bisschen weinen. Aus Trauer um Therese, aber auch aus Rührung.

Nach den Weihnachtsferien am 9. Januar meldeten wir die Mädchen in der Volksschule an. Am 10. war gleich ihr erster Schultag. Von da an war Burgl tagsüber alleine in meiner Wohnung. Ich dachte mir nichts dabei und war sogar ganz froh, dass jemand die Wohnung aufräumte und putzte und abends für uns kochte.

Bis zum 15. Januar hatte sich unser Zusammenleben zu viert gut entwickelt. Ich glaube, dass mich die Mädchen ganz gut leiden konnten, und Burgl fing an, ihre Zukunft wieder positiver zu sehen. Das hatte unter anderem mit ihrer neuen und meiner alten Sucht zu tun. Sie las alle Zeitungen, die als Abonnements zu mir ins Haus kamen.

In nur wenigen Tagen entwickelte Burgl eine enorme Leidenschaft für Hitler und die NSDAP. Die Partei erschien ihr als das genaue Gegenteil von dem, was ihr in Brasilien nicht gefallen hatte. Zucht, Ordnung, Machthunger und die Verklärung der weißen Rasse. Die SAler auf der Straße verkörperten für sie das Ideal des Mannes für sie. Ganz anders als ihr Deutschbrasilianer João. Auch er hatte sich als Gegenbild zum herkömmlichen Brasilianer gesehen. Der ordnungsliebende Deutsche inmitten der chaotischen Südländer und Schwarzen. Aber mit all den ›feschen‹ Braunhemden konnte er sich in Burgls Augen nicht messen. Außerdem hatte er seine Verbrasilianisiertheit durch sein Verhalten ihr gegenüber ja längst unter Beweis gestellt. So wie er sie behandelt hatte. Ein echter Deutscher hätte das nie getan. Burgls Schwärmerei für die schneidigen SAler und ihr männliches Gehabe, ließ mich bald ahnen, dass das mit uns beiden nicht leicht werden würde. Plötzlich war da wieder eine Clique, die mich daran hinderte, Burgl näherzukommen.

Auch der Antisemitismus der NSDAP gefiel Burgl. Zwar hatte sie keine Erfahrungen mit Juden gemacht, aber ihre alte Negerfurcht machte sie zur begeisterten Arierin. Einmal sagte sie, dass sie sich als Deutsche ja gar nicht habe wohlfühlen können, in diesem vollkommen verjudeten Brasilien. Die hätten sie ja gar nicht akzeptieren wollen. Alle hätten erwartet, dass sie Portugiesisch sprechen würde. Warum habe sich denn niemand dort auch nur einmal bemüht ein bisschen Deutsch zu lernen, um ihr das Leben zu erleichtern.

Burgl ging gelegentlich zu Parteiveranstaltungen im Bürgerbräu und fand schnell Anschluss. Sie war als Gesprächspartnerin sehr begehrt, weil sie als eine der wenigen dort wirkliche

Erfahrungen mit Untermenschen vorweisen konnte. Ihr Hass auf das Land, das ihr so lange Zuhause gewesen war, wurde zu ihrem großen Thema. Brasilien war für sie der Beweis, warum eine durchrasste Gesellschaft nicht bestehen kann.

Am 20. Januar überredete mich Burgl, auf eine Veranstaltung der Partei mitzugehen. Adolf Wagner, der Münchner Gauleiter, sprach. Es war eine stickige, rauchige und laute Angelegenheit. Man kennt das ja: Wagner schrie gegen die Juden, und die Menge jubelte. »Sieg Heil!« und »Juda verrecke!«, den Arm zum deutschen Gruß ausgestreckt. Dann wetterte er gegen die Sozialdemokraten und die Kommunisten und drohte ihnen mit Konsequenzen nach der Machtergreifung. Ich kann es ja heute schreiben. Wenn es überhaupt jemals jemanden geben sollte, der diesen Zettelhaufen liest, werde ich nicht mehr da sein. Also kann ich über diese Parteiveranstaltung ja sagen, was ich will. Ich bin nicht politisch interessiert, und die SPD oder die Juden sind mir egal, aber Burgl so schreiend, schwitzend und spuckend inmitten der primitiven Bierdeppen zu sehen, gefiel mir nicht.

Zum ersten Mal, seit die drei Brasilianerinnen bei mir angekommen waren, war meine Sehnsucht nach Therese wieder so groß, dass ich mich später daheim mit Thereses Haarbürste im Keller versteckte und ein bisschen weinte. Therese, was hättest du nur gesagt, wenn du mich auf dieser Veranstaltung gesehen hättest? Du hättest mich bemitleidet und dann über Wagner, diesen schreienden Lothringer mit dem komischen französischen Einschlag, gelacht. »Was kann uns ein Franzose schon über die Arier beibringen«, hättest du gesagt oder »Mir ist jeder Jude lieber als so ein Schreihals«. Das mit Burgl und mir würde nie etwas werden. Das machte mir dieser Abend noch mal bewusst.

Am 25. Januar brachte Burgl zum ersten Mal ihren neuen ›Bekannten‹ von einer Parteiveranstaltung mit. Ich sah sie vor der

Türe des Hauses stehen und sich an den Händen halten. Er, in seiner SA-Uniform, drängte sich gegen sie und biss sie mehr in den Mund, als er sie küsste. Es war, als sähe ich einen Wiedergänger von Burgls altem Verehrer Grammer. Ihr schien es zu gefallen. Denn sie kicherte und keuchte. Noch im Oktober war ich mit Therese an jenem Fenster gestanden und hatte die späte Wärme genossen. Unterschiedlicher konnten Situationen kaum sein. Ich war überrascht, wie wenig mich Burgls Liebelei berührte.

Weil ihr die Vormittage in der Schule für ihre Töchter und deren Deutschwerdung noch nicht genug waren, meldete Burgl Ana und Fernanda auch noch beim BDM an. Das bedeutete noch mehr Zeit, alleine in der Zeppelinstraße für Burgl. Noch mehr Zeit Zeitungen zu lesen, aufzuräumen und herumzustöbern. Noch mehr Zeit, den SAler heimlich in die Wohnung zu schleusen und weiß Gott was mit ihm zu treiben.

Als ich eines Abends Ende Januar aus der Kanzlei nach Hause kam, saß Burgl in der Stube und hatte alle Gegenstände, die von Therese noch in der Wohnung waren, meine Briefe, die sie aus Brasilien mitgebracht hatte und die dazugehörigen Fotografien nebeneinander auf den Boden gelegt. Sie wirkte nachdenklich und traurig. Die anstehende Wahl, die Handzettel und Hakenkreuzfahnen, die sie verteilen sollte, das Sieg-Heil und die feschen SAler waren wie vergessen. Sie wirkte ganz anders als bei ihren Parteiveranstaltungen und wenn sie sich mit ihrem SAler herumtrieb. Eher wieder so wie die Burgl, die ich in ihren Briefen kennengelernt hatte. Sie wirkte, als wäre ihr wieder bewusst geworden, was wir alle durch Thereses Verschwinden verloren hatten. Als sie mich bemerkte, sah sie nur kurz auf und sagte: »Ich verstehe das einfach nicht. Das ergibt doch alles keinen Sinn.«

Ich antwortete: »Darüber zerbreche ich mir seit November den Kopf.«

Burgl zeigte auf die Fotos: »Sie sieht so glücklich aus. Das wirft man doch nicht einfach fort. Zeig mir doch auch den Abschiedsbrief. Vielleicht hilft der mir dabei zu verstehen, was mit Therese geschehen ist und wohin sie verschwunden ist.«

»Den habe ich im Büro. Ich bringe ihn dir morgen mit«, redete ich mich raus. Natürlich gab es den Brief noch nicht. Er musste erst noch geschrieben werden.

Ich ging also am nächsten Tag nach der Arbeit in die Werneckstraße und hoffte, dort doch noch einmal auf Ruth zu treffen. Vielleicht war sie ja noch nicht abgereist. Vielleicht hatte ich ja noch einmal das gleiche Glück, das ich schon mit Traub gehabt hatte. Aber in der Wohnung wohnte jetzt eine Familie. Im Wirtshaus, in dem Ruth gearbeitet hatte, wusste man, dass sie schon im Oktober abgereist war. Sogar eine Karte hatte sie den Kollegen aus dem Werneckhof geschrieben: »Los Angeles, den 10. Dezember 1932. Liebe Werneckhofler, kaum zu glauben, dass so bald schon Weihnachten sein soll. Hier in Los Angeles ist es immer warm und sonnig. Gestern habe ich mich in einem der großen Studios vorgestellt, und was soll ich euch sagen, ich werde dort anfangen. So schnell kann es gehen in Amerika! Denkt an mich, und esst an Weihnachten ein Stück Gans für mich mit. Eure Ruth«

Ich musste den Brief selber schreiben. Gleich im Werneckhof ließ ich mir ein Blatt Papier und einen Füllfederhalter bringen und schrieb ohne lange zu überlegen drauflos. Recht lieblos und unüberlegt. Vielleicht weckte das Burgls Misstrauen. Oder war es da schon längst da gewesen? Ich weiß es nicht.

»Lieber Carl,

ich gehe weg. Ich muss es leider tun. Zu viel bedeutet dir deine Freundin Burgl. Zu sehr scheinst du sie zu lieben. Das habe ich aus all euren Briefen gelesen. Jetzt kommt sie nach fast vierzehn Jahren aus Brasilien zurück, und ich möchte eurem Glück nicht im Wege stehen. Ich weiß, dass du mich geliebt hast oder es sogar noch tust. Aber das wird nie an deine Gefühle für Burgl heranreichen.

Bitte leide nicht meinetwegen. Stürze dich auf die gemeinsame Zukunft mit deiner Burgl. So sehr ich leide, nicht mehr mit dir zusammen sein zu können, so sehr freue ich mich für euch beide.

Ich konnte dir nicht mehr in die Augen sehen. Sonst hätte ich es nicht geschafft zu verschwinden. Bitte behalte mich als das in Erinnerung, was ich war: Die Frau, die dich geliebt hat.

Therese«

Ich überlegte noch, ob ich die Schwangerschaft Thereses erwähnen sollte. Aber mein Realitätssinn war so weit wieder zurückgekehrt, dass mir inzwischen klar war, dass das alles nur in meinen Tagträumen und Spinnereien stattgefunden hatte. Die Geschichte mit dem Kind hätte alles nur noch weiter verkompliziert.

Ich zerknitterte den Briefbogen etwas und tropfte ein paar ›Tränen‹ darauf. Noch am Abend zeigte ich ihn Burgl, die ihn las und dann zu ihrer Sammlung aus Indizien legte. Skeptisch, dass der Brief nicht echt sein könnte, wirkte sie noch nicht.

Dann wurde Hitler Reichskanzler. Burgl jubelte und feierte bis zum 2. Februar. Ich blieb mit den Mädchen alleine in der Zeppelinstraße. Burgl tat so, als sei nichts geschehen.

Anfang Februar unterlief mir ein erster schlimmer Fehler. Am Sonntag saßen Burgl und ich auf dem Kanapee und betrachteten gemeinsam die immer noch auf dem Boden ausgebreiteten Unterlagen. Burgl hatte sich wieder ein wenig von ihrem Hitlerrausch erholt. Ihr schien die Sache mit Therese immer noch keine Ruhe zu lassen. Die Mädchen waren mit ihrer BDM-Gruppe irgendwo unterwegs. Ich dachte, dass ich durch Mitgrübeln am Rätsel um Thereses Fortgang Burgls aufkeimenden Verdacht ersticken konnte, dass an meiner Geschichte etwas nicht stimmen könnte. Richtig ernst nahm ich sie dabei nicht, denn alles kam mir immer noch wasserdicht vor. Außerdem wollte ich die Hoffnung, dass Burgl und ich vielleicht doch noch eine Chance als Paar hatten, nicht ganz aufgeben und wieder ein wenig Nähe schaffen. Ich versuchte mir einzureden, dass sie eigentlich die viel attraktivere Frau ist. Blonder und üppiger. Lebenserfahrener. Irgendwann glaubte ich ein Signal von Burgl zu empfangen, dass sie von mir geküsst werden wollte. Sie lehnte sich zu mir herüber, zuckte nicht zurück, als ich meine Hand auf ihr Knie legte, berührte mich an der Schulter und strich mir sogar eine Haarsträhne aus der Stirn. Wir hatten Likör getrunken, und ich weiß nicht, was in mich gefahren ist. Jedenfalls versuchte ich, sie zu küssen und hielt sie fest, als sie sich sträubte. »Dann hatte Therese also doch recht …«, murmelte Burgl noch, bevor sie sich losmachte und das Zimmer verließ. Ich hatte wohl ihr Mitleid mit meiner Anziehungskraft verwechselt.

Von da an schloss sie sich mit ihren Töchtern im Schlafzimmer ein und kam mir nicht mehr unter die Augen. Auch die Unterlagen Thereses, die Fotografien, all die Briefe, den Abschiedsbrief, behielt sie von da an immer bei sich.

Ungefähr zum selben Zeitpunkt beging ich einen weiteren von noch vielen Fehlern: Ich verbrannte die Bilder, die ich beim Trödler gekauft hatte, sowie einige der Gegenstände und Kleidungsstücke, die ich aus meinem Therese-Altar gerettet hatte, auf einer Kiesinsel in der Isar. Ich hatte das dringende Gefühl gehabt, mich von Thereses Gegenständen zu trennen. Ich weiß nicht, was mich zu diesem Gedanken veranlasst hatte. Mich ekelte plötzlich regelrecht vor Thereses Kleidern, der Bürste und vor allem vor den Bildern. Ich übergoss alles mit Thereses Parfum, zündete den Haufen an und watete durch das eiskalte Wasser zurück auf die Museumsinsel.

Burgl blieb bis zum Tag des Reichstagsbrandes verschanzt mit den Mädchen in meinem Schlafzimmer und zog am 28. Februar 1933 am frühen Nachmittag zu ihrem SAler. Es war der Tag, an dem auch der Artikel über die Tote aus der Isar in den Münchner Zeitungen erschienen war. Natürlich rückte der Bericht in den Hintergrund und wurde erst auf der fünften Seite gedruckt. An so einem Tag, nach einem Ereignis wie dem Reichstagsbrand, hatten die Blätter schließlich genug anderes zu berichten. Aber ich denke, dass Burgl den Artikel gelesen, daraus ihre Schlussfolgerungen gezogen und dann schnell die Wohnung verlassen hat. So schnell, wie dann die Polizei bei mir aufgetaucht ist, muss sie sofort in das nächste Kommissariat gegangen sein. Vielleicht sogar ohne vorher noch bei ihrem SAler eingezogen zu sein.

61

»Wer ist die Tote von Moosburg?

München. Am 24. Februar wurde bei Moosburg/Isar eine Frauenleiche an der Isar aufgefunden. Ein Forstmitarbeiter hat in den frühen Morgenstunden ein auffällig rotes Objekt im Ufergestrüpp entdeckt und mithilfe eines Kollegen eine weibliche Leiche an Land gezogen. Wie die zuständige Polizei in Freising mitteilt, schätzt man die Frau auf 21 bis 30 Jahre. Sie habe langes dunkelbraunes Haar, trüge einen auffälligen hellgrünen Wintermantel, einen roten Damenhut, sei aber sonst bis auf die Unterwäsche unbekleidet. Aufgrund der kalten Witterung lässt sich der Todeszeitpunkt nur sehr ungenau eingrenzen, so der zuständige Oberkommissar Franz Gruber in Freising. Sicher, so Gruber weiter, könne man nur sagen, dass die Frau weder eines natürlichen Todes noch durch Ertrinken ums Leben gekommen sei. Sie habe starke Verletzungen am Hinterkopf, die auf ein Gewaltverbrechen hindeuten. »An so einer Stelle kann man sich nicht aus Versehen verletzen oder verletzt werden. Das muss aus Vorsatz passiert sein«, so Gruber. Fischfraß und die Wassertemperaturen ließen vermuten, dass der Tod bereits Mitte Dezember des vergangenen Jahres eingetreten sei. Aufgrund der Strömung und des Wasserstandes der Isar gibt die Polizei an, dass die Tote höchstwahrscheinlich in München den Weg in das kalte Grab gefunden hat. Anbei findet sich eine Skizze der Polizeibehörde, die den vermuteten Weg der Leiche in der Isar zeigt. Wahrscheinlicher Ausgangspunkt ist eine Kiesbank in der Isar zwischen Reichenbach- und Corneliusbrücke. Man schließe darauf, weil man auf der Insel die Überreste verbrannter Gemälde, eines Kleides und einer Haarbürste gefunden habe. Die junge Frau sei, so Gruber, bereits tot gewesen, als man sie ins Wasser geworfen habe. Gerade wegen des vermuteten Ausgangspunktes der Reise der Leiche wende man sich besonders auch an die Bewohner der Landes-

hauptstadt und bitte auch hier um sachdienliche Hinweise. Es sei möglich seine Angaben bei jeder Polizeidienststelle in Bayern zu machen.«

Dem Artikel hatte man die Skizze der Polizei beigefügt, die den vermuteten Weg der Leiche zeigte. Aber das Schrecklichste war das Phantombild, das die Polizei vom Gesicht der Leiche angefertigt hatte: Es war Therese. Eindeutig und unverkennbar. Nicht die Therese aus dem Fotostudio mit Bubikopf und ohne die retuschierten Haare des Animiermädchens. Die Therese, wie sie von all meinen fertig zusammengebastelten, gefälschten Bildern herunterlächelte. Wie konnte das sein? War es das inzwischen langhaarige Originalmodell des Fotografen Traub, das da gefunden worden war? Ich wusste es nicht. Hinzu kam, dass ich die Bilder und anderen Therese-Gegenstände nicht gut genug verbrannt hatte. Es gab offensichtlich genügend Fragmente, die das Kleid und Teile der Gemälde erkennen ließen.

Burgl musste tatsächlich schon eine ganze Weile den Verdacht gehabt haben, dass mit meiner Therese-Geschichte etwas nicht stimmte. Jetzt verstand ich auch ihr auffälliges Verhalten und ihren Recherchedrang. Mein Versuch, sie zu küssen, muss Burgl dann endgültig überzeugt haben, dass Therese mit ihrer Theorie, dass ich sie immer noch liebte, recht hatte. Nach dem Artikel hat sie dann eins und eins zusammengezählt. Ihre Schlussfolgerung war schrecklich: Ich hatte, um mit Burgl zusammen sein zu können, Therese umgebracht. Weil sie, Burgl, sich entschlossen hatte, zurückzukommen, war Therese meinem und Burgls Glück im Weg gewesen und hatte sterben müssen.

Das wenige Hab und Gut von Burgl und ihren Töchtern war weg und mit ihm meine Briefe und die Fotografien, die ich ihr nach Brasilien geschickt hatte. Lauter Beweise oder Indizien, oder wie auch immer die Polizei so etwas nennt, die gegen mich sprechen würden.

Mir dämmerte, dass, sofern man nicht herausfand, wer die junge Frau wirklich war, ich zumindest einer der möglichen Täter war. Wenn nicht der Hauptverdächtige

Gleich am 1. März stand um neun Uhr ein Polizist bei mir im Büro. Ich nahm ihn in eines der Besprechungszimmer mit. Meine Kollegen sahen uns hinterher, da ich sonst nie Besuch empfing. Schon dreimal nicht von so einem unansehnlichen und linkischen, jungen Mann in einem Anzug, der ihm gleichzeitig zu groß und zu klein war. Ein paar Fragen habe er. Ob ich ihm einige Angaben zu Therese Aumiller machen könne. Ich beschloss, ihm die Wahrheit zu sagen. Was blieb mir auch sonst übrig. Lügen hatten mich in diese Situation gebracht, also konnte mich nur die absolute Wahrheit wieder herausführen. Vermutete ich. Dass Therese gar nicht existiere, dass ich sie erfunden habe, um meine alte Jugendliebe Burgl damit zu ärgern oder sogar zu demütigen, und mir die Geschichten entglitten seien. Dass ich mich an die Gesellschaft einer fiktiven Person gewöhnt habe und so weiter. Die ganze Geschichte halt in Kurzform. Der Polizist sprach mit Allgäuer Dialekt, seine Augenbrauen waren zu nah an seinem Haaransatz, und man merkte, dass ihn meine Antworten überforderten. Seine Arme waren unnatürlich lang. Das ließ den Anzug so klein an ihm aussehen. Gleichzeitig waren die Beine sehr kurz, was die Hose zu lang machte. Er wirkte fast wie ein Urzeitmensch.

»Es liegt uns aber eine glaubwürdige Aussage vor, die besagt, dass Sie seit eineinhalb Jahren eine Liebesbeziehung zu besagter Therese Aumiller führen. Und dass jenes Fräulein nun verschwunden ist und große Ähnlichkeit mit der Toten aus Moosburg aufweist. Uns liegt sogar eine Fotografie vor, die Fräulein Aumiller zeigen soll und die tatsächlich der Frauenleiche sehr ähnelt. Auf der Fotografie sind Sie ebenfalls mit drauf, Herr Dürrnheimer.«

»Ich weiß, von wem die Aussage stammt.«

»Dazu werde ich nichts sagen, Herr Dürrnheimer. Momentan handelt es sich ja auch noch nicht einmal um ein Verhör, da wir die Existenz des besagten Fräulein Aumiller noch gar nicht feststellen konnten. Das würde jetzt zum Beispiel Ihre Angabe stützen. Unsere Zeugin sprach von einem Geburtsort, der ihr bekannt sei, und wir haben noch keine Bestätigung der Personendaten von dort erhalten. Es ist, wie gesagt, nur eine Befragung.«

Kurz hoffte ich, dass mich der unsichere Neandertaler-Polizist schnell wieder zu den Akten legen würde. Vielleicht würde er nur kurz meine Aussage aufnehmen und dann erkennen, dass meine Geschichte mehr Sinn ergab, als Burgls haarsträubend komplizierte Version von mir und Therese. Dass meine Geschichte viel unglaubwürdiger und konstruierter wirkte als Burgls, kam mir gar nicht erst in den Sinn. Der Polizist schwitzte und blätterte in seinen Zetteln vor und zurück. Eine wirkliche Frage hatte er mir noch nicht gestellt. Nur mit Aussagen konfrontiert. Wahrscheinlich waren die echten Polizisten mit den neuen Verhältnissen im Land beschäftigt, und jetzt musste ein Grünschnabel die seltsamen Zeugenaussagen, wie die von Burgl eine war, überprüfen. Und dann zu den Akten damit.

»Sie bleiben bei Ihrer Aussage, dass Sie das von unserer Zeugin benannte Fräulein Aumiller nicht kennen und auch keine Liebesbeziehung bestand?«

»Ja, also nein, es bestand nur eine erfundene Liebesbeziehung. Weil die Person ja auch erfunden ist, verstehen Sie?« Das war eine gefährlich verwirrende Aussage. Ich musste besser aufpassen, was ich sagte. Den Allgäuer Polizisten nur nicht überfordern.

»Also nicht? Dann frage ich mich, warum es diese enorme Menge an Briefen und Fotografien gibt, die uns als Beweismittel vorliegen. Wer soll sich denn um Himmels willen so eine

Arbeit machen, das alles zu fälschen, Herr Dürrnheimer?« Der Polizist wirkte halb erstaunt, halb wütend.

»Was soll ich Ihnen da sagen, Herr Kommissar? Es ist wie es ist. Ich kann Ihnen das wirklich sehr genau beschreiben. Ich arbeite in einer Anwaltskanzlei und habe ein sehr gutes Gedächtnis. Da merke ich mir natürlich sehr viele Details. Und das mit den Fotografien: Ich habe sie selbst zusammenmontiert. Wenn Sie genau hinsehen, sieht man, dass alles von unterschiedlichen Fotos stammt. Ich habe mir das beigebracht. Ich kann Sie in mein Atelier führen.«

»Dafür ist jetzt nicht der Augenblick, Herr Dürrnheimer. Sobald wir eine Bestätigung aus dem angeblichen Geburtsort des Fräulein Aumiller haben, würde ich mich wieder bei Ihnen melden.«

Der letzte Satz machte mich zuversichtlich. In Landau würde sich niemand an Therese erinnern, und es würde auch in keinem Amt und keiner Pfarrei einen Hinweis auf sie geben. Und dann hätte ich meine Ruhe. Außerdem gab es ja noch die Originale zu den Fotografiefälschungen, mit denen ich beweisen können würde, dass die Bilder, die Therese der Polizei vorgelegt hatte, falsch waren. Ich beruhigte mich wieder.

Ich nahm mir vor, die Fotos und Negative in Traubs Atelier zu sammeln und eine Art Akte mit den Beweisen für die Falschheit der Bilder zu sammeln und zu dokumentieren.

In den Wochenendausgaben der Münchner Zeitungen stand erneut eine kleine Notiz zur Toten von Moosburg. Der Wind um den Reichstagsbrand hatte sich etwas gelegt, und die Reichstagswahl war ja erst am Tag darauf. Also mussten sich die Journalisten wieder anderen Themen widmen.

62

»Wer ist die Isartote? 1000 Mark Belohnung.

München. Die Münchner Polizei, die den Fall der vor wenigen Tagen entdeckten unidentifizierten Frauenleiche bei Moosburg/Isar übernommen hat, hat in einer Pressemitteilung zum aktuellen Stand der Ermittlungen informiert. Noch immer sei man bei der Identitätsfindung der Toten nicht zu einem Ergebnis gekommen und bitte die Bevölkerung in München, aber auch der angrenzenden Bezirksämter Freising, Erding, Dorfen, Landshut, Vilsbiburg, Dachau und Ebersberg weiterhin und verstärkt um deren Mithilfe. Man habe sich aus ermittlungstaktischen Gründen entschlossen, Hinweise zu einem bestimmten Namen zu erbitten, der im Zusammenhang mit dem Mord stehen könnte: Therese Aumiller, vermeintlich aus Landau/Pfalz. Ob dies die Identität der Verstorbenen ist, erwähnt die Polizei in ihrer Mitteilung jedoch nicht. Für sachdienliche Hinweise, die zur Ergreifung des Mörders führen, hat die Polizei 1000 Mark Belohnung ausgeschrieben. (rem).«

Dieser und die ganz ähnlichen Artikel aus den anderen Zeitungen beruhigten mich noch mehr. Offenbar hatte man die Identität der Toten in Landau nicht bestätigt bekommen. Der Beweis, dass Therese eine fiktive Gestalt war. Oder vielmehr der Nichtbeweis ihrer Existenz. Ich würde den Neandertaler-Polizisten nicht mehr zu Gesicht bekommen. Da war ich mir an diesem Samstag sehr sicher. Deshalb vergaß ich auch den Vorsatz, meine Negative und Retuschematerialien zu sammeln und für die Polizei vorzubereiten.

63

Dann waren die Reichstagswahlen. Ich habe natürlich nicht gewählt. Wie auch schon 1932 nicht. Ich las zwar alles darüber, aber beteiligen wollte ich mich nicht. In den Zeitungen ging es nirgendwo um irgendetwas anderes mehr. Reichskanzler Hitler hier, Hakenkreuzfahne auf dem Karlsruher Rathaus gehisst da. Ein Wahlkommentar Görings hier, die Angst vor scheiternden Koalitionsverhandlungen in Bayern da. Nicht einmal die Boulevardpresse schrieb mehr über etwas anderes. Statt einer Geschichte über Rühmann las man plötzlich, wie es bei Görings zu Hause aussieht, statt echter Kriminalfälle ging es um mehr oder weniger erfundene Gruselgeschichten von jüdischen Ritualmorden oder bolschewikischen Komplotten. Für einen leidenschaftlichen Zeitungsleser eine goldene Zeit. Aber ich war ja runter vom schwarzen Rauschgift. Nur das Radio bot mir in diesen letzten Tagen noch ein wenig Abwechslung. Ich hatte fast das Gefühl, dass sich der Bayerische Rundfunk auf die Besetzung durch die SA vorbereitete und Belanglosestes sendete. Das passte mir ganz gut. Musiksendungen, Wissenschaftliches, Hörspiele, Lesungen.

64

Am 10. März erschein wieder ein Artikel über den Mord. Nur eine winzige Notiz:

»Moosburger Isarmord: Polizei hat heiße Spur.

München. Wie die Kriminalpolizei München auf Nachfrage mitteilt, ist man einem Ermittlungserfolg und einer Verhaftung in der Mordsache Aumiller sehr nah. Viele Zeugenaussagen und Hinweise aus der Bevölkerung haben ein sehr eindeutiges Bild vom Täter gezeichnet. Es handelt sich offenbar um ein Gewaltverbrechen aus Leidenschaft. Der Mörder sei aus dem direkten Umfeld der Toten. Ein Freund, Verwandter, Liebhaber oder Verlobter. Man rechnet mit einer Verhaftung in den nächsten Tagen.«

Das konnte nur ich sein. Liebhaber. Hatten sie doch eine Therese Aumiller gefunden? Das konnte doch gar nicht sein. Das wäre ein komplett unwahrscheinlicher Zufall. Ich zweifelte an meinen Wahrnehmungsfähigkeiten. Hatte ich mir das alles doch gar nicht ausgedacht? Hatte ich das alles doch wirklich erlebt? War ich wirklich zum Mörder geworden? Was, wenn die Polizei gleich vor meiner Türe auftaucht und mich verhaftet? Ins Gefängnis?

Oder es war nur ein Bluff? Um den Täter zu verunsichern. Damit er den Fehler beging, der dann zu seiner Verhaftung führen würde. Und was, wenn es dabei um mich ging, wenn sie nur darauf warteten, dass ich einen Fehler beging, der mich überführte? Ich konnte es nicht riskieren.

Panisch floh ich aus meiner Wohnung und versteckte mich in Traubs Fotostudio. Niemand wusste, dass ich das Atelier nutzte. Ich hatte die Miete bar für ein Jahr im Voraus bezahlt und im

Sommer noch einmal auf insgesamt zwei Jahre verlängert. Ich konnte sicher sein, dort nicht gefunden zu werden. Ich hatte einige Kleider deponiert und deckte mich auf dem Weg zum Atelier mit Konserven und Trockenwaren ein. Ich würde dort bleiben, bis sich die Wogen geglättet hatten und dann mit den gesammelten Beweisen aus dem Fotostudio bei der Polizei erscheinen und meine Unschuld beweisen. Die Negative, die Retuschen, die Originale vom Bubikopf. Alles Beweise, dass der vermeintliche Mord nichts mit mir zu tun hatte.

Ich sammelte in den folgenden Tagen alle Beweisstücke, die es im Atelier gab, zusammen, um mit einer lückenlosen Akte bei den Behörden meine Unschuld zu beweisen. Alle Negative, Probeabzüge, Retuscheversuche, die Haare, Selbstporträts und die ganze Therese-Sammlung Traubs. Ich sortierte die einzelnen Bestandteile zu den jeweiligen Abzügen, kringelte die Bestandteile, die ich für bestimmte Teile in Bildern verwendet hatte, ein und malte Pfeile, die in den fertig retuschierten Fotos darauf hinwiesen. Eine wirklich ordentliche Beweisführung.

Ich schob trotzdem den Schritt, zur Polizei zu gehen, vor mir her, denn ich fürchtete mich davor. Was, wenn ich dort auf Burgl traf? Wie würden Außenstehende auf mein verrücktes Verhalten im letzten Jahr reagieren? »Morgen gehe ich hin«, sagte ich mir jeden Tag aufs Neue und tat es dann doch nicht.

Womit ich nicht gerechnet hatte: Antisemitismus und Ausschreitungen gegen Juden. Über dem Atelier stand immer noch Fotoatelier ›Traub‹. Isaak Traub war Jude. Am 17. März schmierte jemand »Juda verrecke« an die Scheibe, am 18. März wurde sie eingeschlagen und am 19. März brannte der ganze Laden aus. Alles weg. Alle Beweise. Ich konnte mich noch in den Hinterhof retten. Mir blieb nichts anderes übrig. Ich kehrte in meine Wohnung zurück.

Überraschenderweise kam die Polizei erst einmal nicht bei mir vorbei. Erst am 23. März hörte ich wieder von ihnen. Ein anderer, auf den ersten Blick wichtigerer Polizist als der Allgäuer, klingelte abends an meiner Türe. Er war vielleicht fünfzig, groß, im grauen Anzug, glattrasiert und mit sehr vollem, nach hinten gekämmtem, grauem Haar. Er sprach mit leichtem bayerischem Einschlag. Bestimmt, aber sehr freundlich. Fast schon übertrieben. Er stellte sich sogar vor: »Baumschlager.« Ich bot ihm einen Stuhl an, aber er blieb die ganze Stunde, die unser Gespräch dauerte, in Mantel und Schal in der Küchentüre stehen. Nur den Hut legte er auf die Anrichte, da er sich auf einem kleinen Block Notizen machte. Mir war sehr mulmig.

»Ich sage es Ihnen ganz ehrlich, Herr Dürrnheimer. Mittlerweile haben wir eine ganze Menge an Dingen zusammengetragen, und es sieht nicht gut aus. Sogar eher schlecht.«

Dann schwieg Baumschlager eine ganze Weile, schaute auf den Boden, als gäbe es da irgendetwas zu sehen und sprach dann weiter.

»Ich dürfte so gar nicht mit Ihnen reden, aber die ganzen Geschichten, die ich über die Causa zusammengetragen habe, machen mich etwas ratlos, und ich weiß mir nicht anders zu helfen, als mit Ihnen ganz offen zu sprechen, Ihnen nichts vorzumachen und einfach geradeheraus meinen Kenntnisstand auf den Tisch zu legen.«

Ich setzte mich auf einen Küchenstuhl und schwitzte. Bestimmt ließ mich das nicht gerade vertrauenswürdiger erscheinen. Mir war sehr flau.

»Wir haben ja die Aussage der Frau, äh …«, der Polizist tat so, als müsste er den Namen in seinen Notizen nachschauen, »… Hochstattner. Und einen ganzen Haufen Briefe und Fotos. Ich habe alles gelesen, alles angeschaut, Herr Dürrnheimer, und das Einzige, was für Sie spricht, ist, dass es Fräulein Aumiller nicht zu geben scheint. Zumindest nicht beweisbar. Kein Rathaus, kein Pfarramt, keine Post, kein Telefonbuch, nichts. Wir haben die Kameraden in der Pfalz sogar in ganz Landau von Haustür zu Haustür geschickt, um zu erfragen, ob nicht jemand diese Therese Aumiller kennt. In der ganzen Stadt und im ganzen Bezirksamt gibt es keine Aumillers. Nur eine Familie Aumüller. Aber deren Kinder sind alle noch unter zehn. Wir haben dasselbe in Landau an der Isar in Niederbayern gemacht. Man weiß ja nie, ob Frau Hochstattner da nicht was verwechselt hat. Da gibt es gar keine Aumillers. Nur zwei Familien Aumüller. Aber die Frauen im Alter zwischen zwanzig und fünfundzwanzig heißen: Roswitha, Kreszenz und Waltraud. Und nur Roswitha wohnt in München. Keine kennt eine Therese. In München selber haben wir sieben Aumillers gefunden. Keine Therese. Unter den vielen Aumüllers wiederum gab es eine sechsundzwanzigjährige Therese. Aber die ist wohlauf und sieht der Toten nicht einmal ähnlich.«

Ich war erschrocken, wie viel Recherche und Fragerei da bereits im Hintergrund abgelaufen war. Anders als ich es nach dem Besuch vom Neandertaler-Polizisten erwartet hatte. Vielleicht war die Zeitungsmeldung doch kein Bluff gewesen.

Baumschlager fuhr fort. »Trotzdem hat der Kollege Sanktjohannser weiterrecherchiert. Er hat angefangen, alle Personen, die in den Briefen, die uns von Frau Hochstattner zur Verfügung gestellt wurden, erwähnt werden, zu suchen und zu befragen. Er kann heute nicht hier sein, weil er gerade aus Italien zurückreist. Aber er hat bereits telefoniert, was er herausgefunden hat. Eine Pension Rossi hat er gefunden und mit der Wirtin gesprochen. Sie erinnert sich gut an Sie. Und an Frau Aumiller. Obwohl sie sich nicht sicher ist, ob sie sie jemals direkt zu Gesicht bekommen hat. Einmal am Fenster, meint sie. Aber ob das nicht doch nur ein Schatten hinter dem Vorhang war, wusste sie nicht mehr sicher zu sagen. Sonst, sagt Frau Rossi, hätten Sie Ihre Verlobte geschickt vor ihr versteckt. Sie meint sogar, dass sie das Gefühl hatte, dass Sie Ihre Verlobte bewusst vor ihr verborgen gehalten haben. Zwischendrin dachte sie, dass Ihre Verlobte in Wirklichkeit ein Mann ist und wollte Sie schon hinauswerfen, da sie Päderasten nicht in ihrer Pension duldet. Aber dafür waren dann doch zu viele echte Frauenutensilien im Zimmer. Bürsten, Parfums und benutzte Kleidung. Sie hat meinem Kollegen einen geschnitzten Spazierstock gezeigt, in den Therese und Carl eingeritzt war. Sanktjohannser hat auch erzählt, dass er mit dem Hausdiener sprechen konnte, der die Aussage der Wirtin bestätigte. Auch einen Chauffeur und einen Gepäckträger hat der Kollege befragt. Beide erzählen, Ihre Verlobte nicht direkt gesehen zu haben, aber sie sagen, dass Sie erzählt hätten, dass Ihre Verlobte nachkommen würde. Einzig Konkretes war ein Foto, das der Chauffeur hatte, das Sie und Fräulein Aumiller recht vertraut miteinander zeigt.«

»Das stimmt, das Foto habe ich der Wirtin gegeben, damit sie mir meine Verlobte abnimmt. Sie wollte es dem Fahrer geben, damit er sie vom Bahnhof abholen kann. Das beweist doch auch wieder irgendwas, oder? Bestätigt das nicht meine Version?«

In dem Moment war mir wirklich nicht klar, ob das Foto jetzt gut oder schlecht für meine Situation war. Ich hoffte auf gut.

»Das, was uns der Chauffeur und der Gepäckträger gezeigt und gesagt haben, ist ja alles recht glaubwürdig, aber trotzdem zu vage, um Ihre Geschichte wirklich zu widerlegen. Entweder haben Sie Ihre Verlobte aus uns unbekannten Gründen unsichtbar halten wollen, oder Sie haben sie erfunden und sehr geschickt so getan, als ob sie dabei wäre. Das müssen wir herausfinden, Dürrnheimer. Darum bin ich hier. Und, ich habe es Ihnen ja schon gesagt, ich weiß nicht wie. Aber eines kann ich Ihnen sicher sagen, wenn wir die Bestätigung aus Landau hätten, dass es Fräulein Aumiller wirklich und tatsächlich gibt, werden Sie sofort eingekastelt, Herr Dürrnheimer.«

Jetzt schwieg Baumschlager wieder. Ich nutzte die Gelegenheit und versuchte einzuhaken: »Das bestätigt doch meine Version, oder? Ich habe nicht genug Fantasie, um mir einen Urlaub am Gardasee vorzustellen, deshalb bin ich in echt gefahren. Um zu wissen, wie das ist und damit ich darüber schreiben kann. Ich habe nicht mitgedacht und zwei Zugkarten und zwei Betten in der Pension reservieren lassen. Der im Reisebüro hat mich vollkommen überrumpelt. Als ich dann in Italien war, habe ich mich einfach nicht mehr aus meiner Geschichte rausreden können, verstehen Sie? Warum hat einer einfach so ein Zimmer für zwei gebucht, und dann kommt er doch alleine. Warum gibt es zwei Zugfahrkarten und so weiter. Die ganzen Erklärungen, die notwendig gewesen wären, um die Situation aufzuklären, waren komplizierter, als einfach die Lüge weiter zu erzählen. Und ich wollte unbedingt eine Fotografie von mir und Frau Aumiller am See. Für meinen Brief nach Brasilien. In München habe ich nichts gefunden, um so ein Bild herzustellen. Keine Postkarte, kein Negativ, keinen Abzug, nichts.«

»Da wären wir beim nächsten Punkt. Die Fotografien, Herr Dürrnheimer. Sie hatten ja bereits dem Kollegen Sanktjohannser gegenüber behauptet, dass es sich dabei um Fotomontagen handeln soll. Wir haben die Bilder von einem Experten bei uns im Präsidium untersuchen lassen. Der sagt, dass er Sie für einen sehr schlechten Fotografen hält, weil die Bilder allesamt unscharf sind. Und wer so ein schlechter Fotograf ist, kann sicher keine Bildmontagen und Retuschen anfertigen. Keine sehr objektive Aussage, ich weiß schon. Und bestimmt nicht vor Gericht als Sachverständiger belastbar. Das habe ich ihm auch gesagt. Nichtsdestotrotz hält unser Sachverständiger die Bilder für echt, aber handwerklich sehr minderwertig. Und die Fotografien sind in einem professionellen Labor abgezogen worden, sagt er. Da war er sich ganz sicher. Wie soll so jemand wie Sie an die entsprechenden Apparaturen kommen, um so etwas selber zu machen? Und dann das Wissen und die Technik dahinter. Da muss man doch jahrelang üben und lernen, sagt er.«

»Eben«, rief ich ganz aufgeregt und sprang auf. »Sehen Sie, ich hatte ein professionelles Atelier. Schon seit über einem Jahr. Aber sie haben es abgefackelt. Die SAler und die Parteigenossen. Weil der Mann, von dem ich den Laden gekauft habe, ein Jude ist.«

In dem Moment wurde mir bewusst, dass ich nur noch unglaubwürdiger wurde. Schon wieder so ein unglaublicher Zufall, der meine Geschichte bestätigen sollte. Burgls Version dagegen wirkte so einfach und einleuchtend. Der erst freundliche Kommissar wurde jetzt ruppiger: »Sie wollen doch jetzt nicht ernsthaft den Ausbruch des Volkszorns gegen die Juden als Ausrede benutzen, Dürrnheimer. Die haben den Reichstag angezündet. Machen Sie sich nicht lächerlich. Alleine dafür könnte ich Sie schon mitnehmen.«

»Schauen Sie doch nach, bitte. Irgendwo muss es doch ein Protokoll oder so etwas geben. Bei der Feuerwehr, im Polizeirevier dort in der Gegend. Es ist in der Zenettistraße. Atelier Traub stand über dem Eingang.«

»Dürrnheimer, ein Bericht über irgendeinen Brand ist nichts, was Ihnen hilft. Das können Sie einfach mal so behaupten. Zeigen Sie mir einen Mietvertrag? Irgendwas Schriftliches. Ohne glaube ich Ihnen kein Wort. Und ein Gericht gleich dreimal nicht.«

Schweigen oder Weitererklären? Ich wusste im Moment nicht, was mich retten konnte und was mich noch weiter in die Misere brachte. Alles kam mir wie eine Ausrede vor. Ich schwieg. Ich überlegte, was oder wer mir dabei helfen konnte, zu beweisen, dass meine Version wahr war und Burgls falsch. Ich konnte das Haarmodell im Bahnhofsviertel suchen gehen. Aber sie wusste ja auch nichts. Sie würde nur bestätigen, dass ich ein Perversling mit Haarfetisch war. Dass es sich nur um Retuschefotos gehandelt hatte, wusste sie nicht. Gab es eine Möglichkeit, mit Traub in Kontakt zu treten? Oder mit Ruth? Oder zumindest mit Gregorowitsch, dem Mitbewohner Ruths? Würde das irgendetwas bringen? Würde das meine Geschichte stützen? Versuchen musste ich es.

»Herr Baumschlager, ich kann Ihnen den Namen des ehemaligen Atelierbesitzers nennen, und Sie fragen bei ihm nach, ob ich das Atelier von ihm abgekauft habe. Er ist nach Buenos Aires gegangen. Isaak Traub. Sie als Polizist haben doch da sicherlich Möglichkeiten, dort nachzufragen.«

»Sie überschätzen uns. Aus Südamerika bekommen wir definitiv keine Auskunft. Nur um Ihre Aussage vielleicht bestätigt zu bekommen, telegrafieren wir da bestimmt nicht hin.«

»Dann fragen Sie den Vermieter in der Zenettistraße. Dem habe ich vor anderthalb Jahren die ganze Miete auf einen Schlag bezahlt. Sie müssen doch rausfinden können, wer das ist. Zenettistraße 12. Der Laden. Oder die Versicherung weiß, um wen es sich handelt. Immerhin ist der Laden ausgebrannt. Der Vermieter wird doch den Schaden irgendwo geltend machen.«

»Das machen wir, sobald wir die Existenz von Fräulein Aumiller nicht mehr bezweifeln. Aber ich muss Ihnen sagen, dass ich mir gut vorstellen kann, dass der Vermieter kein Interesse haben wird, zu bestätigen, dass Sie den Laden gemietet hatten. Bargeld für ein Jahr auf die Hand? Würden Sie das offiziell machen oder sich einfach die Steuern sparen? Oder haben Sie eine Quittung bekommen?«

Ich schüttelte den Kopf.

»Sehen Sie.«

Ich hatte fast den Eindruck, dass der Polizist jetzt Mitleid mit mir hatte. Ich saß da wie betäubt. Meine Möglichkeiten, die Ermittlungen heil zu überstehen, hingen nur noch an einem einzigen Faden: Der fehlende Beweis für Thereses Existenz. Sobald sich die Polizei dazu entschließen würde, einfach davon auszugehen, dass die Tote Therese war, war das das Ende meiner Unschuld. Nicht dass ich mich unschuldig gefühlt hätte. Nach wie vor war Therese in meiner Erinnerung realer als vieles andere, und ich trug immer noch die Schuld für ihre Auslöschung.

»Einen letzten Punkt habe ich noch, bevor ich Sie wieder alleine lasse. Hans Raetzer. Wie stehen Sie zu ihm? In den Briefen erwähnen Sie ihn mehrere Male. Später taucht er auch noch einmal als ›Spezl‹ auf. Zumindest schließe ich aus dem Zusammenhang, dass Sie ihn mit ›Spezl‹ meinen.«

Das war mein erfundener bester Freund ganz vom Anfang des Briefaustauschs. Daran hatte ich gar nicht mehr gedacht.

»Was wissen Sie über den Verbleib Ihres Freundes?«

Ich schüttelte den Kopf.

»Sie schreiben immerhin vom ›guten Freund‹. Da ist es doch komisch, dass Sie nicht wissen, wo er sich aufhält.«

»Nur erfunden.«

»Falsch. Den gibt es. Raetzer ist keine zweite Therese Aumiller. Er war bis vor ein paar Wochen Gast in Stadelheim. Im Dezember entlassen. Seitdem verschwunden.«

»Im Gefängnis? Glauben Sie, dass jemand wie ich einen guten Freund im Gefängnis hat? Passt das zu mir?«

Der Polizist seufzte: »Dürrnheimer, glauben Sie mir, ich habe schon so einiges erlebt. Da wundert mich eine Freundschaft zwischen einem Kanzleivogel und einem Zuhälter nicht im Geringsten. Verbindungen zwischen dem Verbrechermilieu und der Anwaltswelt sind ja nicht gerade ungewöhnlich. Es gibt da ja schon Überschneidungen. Schon aus beruflichem Interesse. Verteidiger – Verbrecher, sie verstehen.«

»Ich habe den Namen ›Hans Raetzer‹ irgendwo gelesen und dann für meine Briefe ausgeliehen. Genauso wie ich es mit dem Namen Thereses gemacht habe. ›Therese‹ habe ich auf einer Zeitungsannonce gelesen und den Namen ›Aumiller‹ irgendwo auf der Straße gesehen.«

Der Polizist notierte sich etwas und mir fiel ein Punkt auf, den er erwähnt hatte, der vielleicht dabei helfen konnte, die Glaubwürdigkeit meiner Briefe zu untergraben und zu beweisen, dass meine Geschichte nur erfunden war. Ich versuchte ruhig und besonnen zu wirken.

»Apropos Anwalt. Ich habe zwar die ganze Zeit darüber geschrieben, dass ich erfolgreich in einer Anwaltskanzlei arbeite und vor Gericht stehe und so. Aber nichts davon ist wahr. Das können Sie ganz leicht herausfinden. Fragen Sie bei Schönhuber nach, und Sie werden sehen, dass alles, was ich in den Briefen über meine Karriere geschrieben habe, erfunden ist. Ich bin nur ein besserer Sachbearbeiter dort. Ich verfasse die Vertragsdokumente. Das klingt doch todlangweilig. Damit kann man doch vor seinem Jugendschwarm nicht angeben.«

An seinem Gesichtsausdruck konnte ich sehen, dass der Polizist das noch nicht überprüft hatte. Morgenluft. Ich fuhr fort. Ich wurde ganz eifrig. Nichts von wegen Ruhe und Gelassenheit.

»Und wenn ich meinen Beruf nur erfunden habe, macht das doch meine restlichen Geschichten genauso unglaubwürdig, oder? Einmal Lügner, immer Lügner?«

Baumschlager geriet sichtlich ins Zweifeln. Er starrte auf seinen Block und dann wieder zu mir.

»Wir haben fast überall nach Ihnen und Ihrer Verlobten gefragt. Allen Hinweise, die wir aus den Briefen herauslesen konnten, sind wir nachgegangen. In der Osteria Bavaria waren wir. Keine Erinnerung an irgendwen. An der Kunstakademie haben wir gefragt. Keine Therese Aumiller war in den Jahren seit dem Krieg dort immatrikuliert. Sie schreiben aber nur, dass sie eine Künstlerin ist, nichts vom Studienort. Also ist es kein Beweis für ihre Nichtexistenz. Nur weil sie nicht in München studiert hat, heißt das nicht, dass sie nicht doch woanders an der Akademie gewesen ist. Wir haben im Künstlermilieu herumgefragt.

Zwei Zeugen behaupten, sie zu kennen. Aus dem Nachbaratelier. Beide sind Musiker. Fast wie in Ihrem Brief geschildert. Aber einer der beiden ist verschwunden und der andere nicht gerade sehr glaubwürdig. Ein Jude.

Dann sind wir natürlich zu Ihnen ins Haus gegangen und haben dort alle Bewohner befragt. Durch die Ausstellungsräume ist da ja viel los. Unten und im Hinterhaus war sich keiner sicher, ob er Frau Aumiller schon einmal gesehen hat. Kann sein, kann aber auch nicht sein. Nur die Frau Moosbauer erinnert sich genau, Frauenstimmen aus Ihrer Wohnung gehört zu haben. Genauer gesagt eine Frauenstimme. Immer dieselbe. Über Wochen hinweg. Reden, Lachen, Streiten, sogar Geräusche der Leidenschaft, wenn ich das so sagen darf. Jetzt ist das Problem bei der Sache, Sie werden es ahnen, Frau Moosbauer ist blind. Was bedeutet, dass ihre Aussage wieder nur halb verwertbar ist. Wie schon am Gardasee. Herr Dürrnheimer, was soll ich tun?«

»Weil es keine Therese Aumiller gibt. Alles ergibt doch nur Sinn, wenn sie erfunden ist. Keine Verwandten in der Pfalz, keine Immatrikulation, keine Künstlerfreunde, keiner in Italien, der sie je wirklich gesehen hat, die Nachbarin, die sie nur gehört hat und so weiter. Es bleibt nur meine Geschichte übrig.«

»Und eine Leiche bleibt noch übrig. Eine Leiche, die Ihrer Verlobten, erfunden oder nicht, so ähnlich sieht, dass niemand behaupten kann, dass sie es nicht ist.«

»Aber es gibt die Person ja. Ich habe die Fotografien ja irgendwo her. Aus dem Fundus des Fotografen. Bestimmt ist die Tote die Frau, die Traub immer wieder fotografiert hat.« Ich Vollidiot. Warum war ich da nicht früher draufgekommen. Weil Therese für mich schon vollkommen mit dem Modell Traubs zusammengewachsen war. Aber natürlich musste das Therese-Modell irgendwann ein echter Mensch gewesen sein. Die musste man finden. Beziehungsweise den Beweis, dass sie die Tote aus der Isar war.

»Und, lassen Sie mich raten, der Fundus ist zusammen mit dem Atelier verbrannt. Dürrnheimer, verscheißern Sie mich halt bitte nicht mehr.«

»Nein, aber wenn Sie doch den Traub ausfindig machen könnten, dann könnte er Ihnen sagen, wer sein Modell gewesen ist. Und Sie hätten eine Leiche mit Namen, und ich wäre nicht mehr verdächtig.«

Im Nachhinein dankte ich Traub, dass er die schlechten Abzüge gestohlen hatte. Vielleicht würde mir gerade das den Kopf retten.

»Das weiß ich nicht, ob Sie dann nicht doch noch verdächtig sind. Seien Sie sich da nicht zu sicher, Dürrnheimer.«

»Isaak Traub in Buenos Aires. Das muss man doch herausfinden können, Herr Kommissar.«

»Ich muss mir das mal genauer anschauen. Sie jedenfalls gehen nicht nach Argentinien nachschauen. Weil Sie gehen erstmal nirgendwo hin. Auch nicht in die Arbeit. Sie sind quasi unter Hausarrest. Freiwillig. Aber wenn Sie nicht mitspielen, nehme ich Sie in Haft, verstanden.«

Der Polizist ging wieder, und ich war wieder sehr zuversichtlich. Nicht mehr auf die überhebliche Art und Weise wie am Anfang, als ich noch dachte, dass meine Geschichte wasserdicht ist, sondern ich hatte echte Hoffnung.

Ich erinnerte mich dunkel, etwas über die Internationale Kriminalpolizeiliche Kommission gelesen zu haben. Leider war mein Zeitungsstapel weg. Weggeräumt für Therese. Aber ich wusste noch, dass es internationale polizeiliche Zusammenarbeit gab. Vielleicht sogar mit Argentinien. Die würden Traub finden, ihn befragen, er würde sagen, wer das Modell ist oder war, und alles würde sich einrenken.

65

Die Tage nach dem Besuch des Polizisten saß ich alleine in meiner Wohnung und wartete. Ich verließ das Haus nur, um mir etwas zu essen und Zeitungen zu kaufen. Ich aß fast jeden Tag abgebräunten Leberkäs mit Spiegelei und hörte Radio dabei. Manchmal aß ich morgens, mittags und abends das Gleiche. In den Zeitungen stand nichts mehr über die Isartote, und im Radio hatten sie sowieso noch nie etwas darüber gebracht. In der Presse wie im Rundfunk ging es natürlich fast ausschließlich um das Ermächtigungsgesetz und die Reaktionen im Ausland auf die neue deutsche Regierung. Manchmal ging es um Fußball, manchmal um Theater oder Kino. Im Radio liefen oft Unterhaltungsmusik, Hafenkonzerte und Mitschnitte aus Opernhäusern. Langsam kam meine alte Routine, alles an Nachrichten und Meldungen wahllos zu verschlingen, zurück.

Am 27. März bekam ich ein Telegramm mit meiner Kündigung aus der Kanzlei. Das war ja zu erwarten gewesen. Bestimmt hatte die Polizei die Kollegen in der Kanzlei befragt. Vielleicht sogar den Schönhuber selbst. Das war natürlich eine Gelegenheit, mich fristlos rauszuschmeißen. Wer kann es der Kanzlei verdenken. Ich hätte es genauso gemacht. Am 30. März bekam ich einen letzten Gehaltsscheck. Der Betrag war viel höher als sonst. Wahrscheinlich eine Art Mitleidsbonus vom Chef. Ich nahm mir vor, ihm zu schreiben und mich zu bedanken.

Nachts lag ich meist wach. Nicht aus Grübelei oder Angst. Ich saß einfach den ganzen Tag in meiner Stube und tat nichts. Wie sollte man da müde werden. Meist hörte ich Radio, wenn ich nicht schlafen konnte. Über Kurzwelle konnte man nachts die verrücktesten Sender aus der ganzen Welt hören. Man hat ja als Normalhörer keine Vorstellung, was da alles gesendet wird. Endlose Konzerte aus der Sowjetunion, Sportereignisse aus Amerika, lange Monologe in mir unbekannten Sprachen. Einmal blieb ich bei einer Opernaufzeichnung aus Zürich hängen. ›Der Sturz von Oktagor‹ von einem bulgarischen Komponisten namens Serafim Barekow. Ich begriff erst nicht ganz, worum es ging. Von der Beschreibung der Oper durch den Radiosprecher bekam ich nicht alles mit, weil ich ein wenig zu spät beim Sender gelandet war. Aber als ich mich an die Musik und den Gesang gewöhnt hatte, verstand ich, dass es um einen seltsamen künstlichen Erdtrabanten oder Mond namens ›Oktagor‹ ging, der von einem jungen buckeligen Genie namens Orgar gebaut worden war und als Ort des freien Geistes und der freien Entfaltung galt. Fern der Erde, fern der Zwänge und Vorschriften dort. Orgar, der ursprünglich aus der erfundenen Stadt Pliwdow (der Komponist stammt aus Plowdiw) ist, hat den Frauen abgeschworen, da er keinen Erfolg in der Liebe hat, weil er so krumm und hässlich ist. Nur auf ›Oktagor‹ fühlt er sich halbwegs zufrieden und von den vielen Besuchern, die dort die Freiheit suchen, respektiert. Auch die schwindsüchtige, schöne Malerin Ewar besucht ihn dort mit ihrer Freundin Tur (oder so ähnlich, ich habe es mir so gemerkt, weil es sich rückwärts Rut liest und mit T anfängt wie Therese). Ewar begegnet Orgar bei ihrer Ankunft am Weltraumbahnhof und ist fasziniert von ihm, weil er der alleinige Schöpfer von ›Oktagor‹ ist und natürlich auch der Herrscher über den Planetoiden. Sie will ihn beeindrucken und behauptet, seine innere Schönheit sehen zu können und ihn unbedingt malen zu wollen. Orgar fühlt sich zum ersten Mal verstanden und gesteht ihr nach vielen gemeinsamen Stunden, Malereisitzungen und Spaziergängen, dass er sie liebt, und sie lässt sich von der Situation davontragen und sagt es ihm ebenfalls. Als Ewar nach ein paar Tagen wieder zur Erde abreist, bricht der Kontakt zwischen den beiden nicht ab. Ewar und Orgar sprechen über eine futuristische, visuelle Funkanlage miteinander und verstehen sich weiter blendend. Orgar lädt Ewar ein, ihn wieder zu besuchen. Schon als sie aus dem Raumschiff tritt, fragt er sie, ob sie ihn heiraten möchte. Sie zögert, macht, um nachdenken zu können, einen Spaziergang über den Planetoiden. Als Schwindsüchtige gerät sie wegen der dünnen Luft in Atemnot und ruht sich in einer Höhle aus. Dort begegnet ihr Graf Tolgar, der just diese Grotte auf ›Oktagor‹ als Ort für wilde, ausschweifende Orgien nutzt. Ewar ist von seiner animalischen Ausstrahlung überwältigt und gibt sich ihm sofort, ohne lange nachzudenken und ohne schlechtes Gewissen, hin. Den Buckeligen hat sie schon vergessen. In einer dramatischen Szene stirbt Ewar während eines sehr offenherzig geschilderten Liebesaktes in der dünnen Luft. Orgar ist gleichzeitig traurig und enttäuscht. Er wirft alle Menschen von seinem Planetoiden und möchte von da an alleine sein und in seinem Gram versinken. In einem traurigen Falsett singend, spaziert er über den Planetoiden. Doch er ist nicht der letzte Mensch dort. Tur hat sich seit dem ersten Besuch versteckt. Sie verbringen von da an ihre Tage miteinander und Orgar beginnt zaghaft, Tur zu vertrauen. Gerade als er ihr näherkommen will, erscheint der Geist Ewars und verbietet Tur den Kontakt zu Orgar. Tur verlässt heimlich mit dem letzten Raumschiff ›Oktagor‹. Orgar ist vollends von den Menschen enttäuscht und wird nach und nach wahnsinnig. In einer Art finalem Akt beschließt er, ›Oktagor‹ zu zerstören und auf die Erde stürzen zu lassen. Im Wissen, dort alles Leben auszulöschen. Das letzte Lied der Oper ist ein euphorischer Gesang Orgars, der diesen Befreiungsschlag herbeisehnt.

Ich bin mir gar nicht mehr ganz sicher, ob das genau die Geschichte war, die ich gehört habe oder ob ich mir, damit es besser zu meinem Schicksal passt, etwas dazugedichtet oder etwas weggelassen habe. Die Musik der Oper war jedenfalls fürchterlich, daran erinnere ich mich noch genau. Trotzdem wühlte mich die Geschichte zusammen mit dem ungewöhnlichen Gesang auf. Ich bekam eine enorme Wut auf Ewar und steigerte mich regelrecht in einen Zornrausch hinein. Diese falsche Schlange. Erst dem armen hässlichen Tropf Hoffnung machen und so tun, als würde man ihn und seine inneren Werte mögen, dann bei der ersten Gelegenheit mit dem dahergelaufenen SA-ler rumschieben. Als wären die endlosen Spaziergänge an der Isar und viele Jahre später all die Briefe nichts gewesen. Hatte ich ihr nicht genügt? Ja, da war Therese gewesen, aber Burgl hätte mich doch wenigstens einmal so begehren können wie ich sie damals. Und ich hätte sie triumphierend zurückweisen können, weil meine Therese die viel bessere Liebe bedeutete. Ich war so zornig, dass ich eine Stunde durch die Wohnung stapfte. An Schlaf war sowieso nicht mehr zu denken, also setzte ich mich, leise vor mich hin schimpfend, auf den Diwan und hoffte, mich irgendwann wieder beruhigen zu können.

66

Am Morgen darauf war ich aber immer noch wütend. Sogar noch mehr als in der Nacht. Ich musste mit Burgl reden und ihr ins Gesicht schreien, dass sie eine falsche Schlange ist und eine Hure und dass sie alleine am Tod von Therese schuld ist. Weil sie so eigennützig war, einfach nach München zurückzuwollen. Weil sie ihre Wollust nicht im Griff hatte. Weil sie nicht wusste, wer wirklich gut für sie war und wer nicht. Die Oper hatte meinen fast schon vergessenen Zorn wieder geweckt und auf Ewa/Burgl gelenkt. Anfangs gab es ja wirkliche Parallelen zwischen der Geschichte im Radio und meiner, dann aber wurde es vollkommen irrational, und ich vermischte die Opernfiguren Ewar, Orgar und Graf Tolgar mit Burgl, dem welschtiroler Liebhaber, dem SAler und mir. Ich verrührte 1919, die Zeppeline, Recife, München, Pliwdow und den Planetoiden ›Oktagor‹ zu einem wirren Brei des Zorns. Ein Haufen aus Wut und Wahnsinn. Und Schuld hatten Burgl und ihre egoistische Wollust. Ihre mitleidlose Selbstliebe und ihre Sucht nach Aufmerksamkeit. Ihre Unfähigkeit, die zu wollen, die sie wollten. Ich suchte auch einen finalen Akt, der mir Erleichterung verschaffen würde. Ich brauchte auch ein ›Oktagor‹, das ich auf die Erde stürzen lassen konnte. Meinen privaten Feuerregen über Ewar/Burgl. Und alle anderen auch!

Um sieben in der Früh stand ich in Hut und Mantel vor der Wohnungstüre des SAlers. Burgls größere Tochter Fernanda hatte mir vor ihrem Verschwinden einen kleinen Zettel auf dem Küchentisch hinterlassen, auf dem die neue Wohnadresse der drei Brasilianerinnen stand. Deshalb wusste ich, wohin ich musste. Salvermoser, Dreimühlenstraße 28.

Das Gebäude war von oben bis unten hakenkreuzbeflaggt. Als wollte mir jemand zeigen, dass das Haus des SAlers war. Auf dem Klingelschild am Vorderhaus stand, dass Salvermoser im zweiten Stock wohnte. Ich klingelte, die Hausmeisterin öffnete und ließ mich ohne weitere Fragen hinein, als ich nach Salvermoser fragte. Ich ging zielstrebig in den zweiten Stock. Im Vorbeigehen riss ich eine gedrechselte Geländerstange aus dem Treppengeländer, um einen Knüppel als Waffe dabeizuhaben. Das ging leichter als gedacht. Entweder verlieh mir die Wut enorme Kraft oder das Geländer war schon morsch. Wenn es schon keinen Feuerregen geben würde, dann wenigsten Prügel. Ohne Rücksicht auf irgendwen. Nicht auf Ana, nicht auf Fernanda und natürlich nicht auf Burgl und den SAler.

Ich prügelte mit meinem Knüppel gegen die Wohnungstüre. Als nicht sofort reagiert wurde, schrie ich: »Kommt raus, ich weiß, dass ihr da drin seid.« Ich hielt den Knüppel bereit, um sofort losschlagen zu können. Egal, ob Burgl oder Ewar, Salvermoser oder Tolgar die Türe öffnete. Doch es war Ana, die im Türrahmen stand. In eine Art Herrenhemd gewickelt, vollkommen verdreckt. Der Mund mit einer Art Zwetschgenmus verschmiert, und die Beine sahen aus, als hätte sie sich angeschissen. Sie sah mich, und ihre Augen waren sofort voller Tränen. »Endlich«, sagte sie und umarmte mich. Ihr Körper war abgemagert und sie stank. »Fernanda, ele está aqui«, rief sie und dann wieder auf Deutsch »endlich«. Die große Schwester kam aus einem Zimmer am Ende eines Flurs. Sie war etwas sauberer und hatte ein Kleid an, das in ihrer Größe war. Auch ihr liefen die Tränen übers Gesicht. Sie ging langsam auf mich zu und sagte: »Ich wusste, dass du uns holst.« Dann sah sie den Knüppel und fragte: »Hast du den dabei, falls der Salvermoser dir blöd kommt?«

Ich versteckte das Geländerteil hinter meinem Rücken. »Was ist denn passiert? Warum schaut ihr so aus?«, fragte ich.

Fernanda antwortete. »Mama und der Salvermoser sind seit sieben Tagen nicht mehr hier gewesen. Vor einer Woche hat sie uns fünf Mark gebracht und ist dann wieder mit ihm weg. Sie war betrunken und er auch.«

»Und ihr seid die ganze Zeit alleine?«

»Ja. Ganz alleine. Immer in der Wohnung.«

»Und die Schule?«

»Da gehen wir nicht mehr hin. Wir haben keine sauberen Kleider, und das Wasser ist abgestellt. Wir können uns nicht waschen und die Kleider auch nicht. Gas und Strom gibt es auch nicht mehr.«

»Warum sind die denn nie hier? Die Mama und der Salvermoser.«

»Die Machtergreifung feiern, sagt die Mama.«

»Das ist ja jetzt auch schon zwei Monate her. Da wart ihr ja noch bei mir! Wie lange feiern die denn schon?«

»Drei Wochen würde ich sagen.«

Ich ging ein paar Schritte in die Wohnung hinein. Es roch schimmelig. Überall lagen Sachen herum. Flaschen, Scherben, Dosen, Lumpen und Speisereste. Fernanda hatte offenbar versucht, ein wenig Ordnung zu schaffen und alles zu verschiedenen Haufen zusammengeschoben. Sie führte mich in ein Zimmer. Das, in dem die beiden Mädchen schliefen. Hier war es sogar verhältnismäßig ordentlich. Doch waren die Wände schwarz vor Schimmel, und entsprechend roch es.

»Wir gehen jetzt erst einmal heim«, sagte ich.

Die Mädchen nickten nur.

»Schreib der Mama einen Zettel. Dass es euch gut geht. Aber nicht, wo ihr seid, ja?«

Fernanda nickte wieder und Ana sagte, dass sie noch etwas dazumalen würde.

Ich packte die Mädchen in die saubersten Decken, die ich finden konnte und nahm sie mit auf die Straße. Im Flur fiel mir der starke Kontrast zwischen der verwahrlosten Wohnung und dem sauberen, bürgerlichen Haus auf. Den Knüppel lehnte ich neben die Haustüre. Meine Wut war jetzt nicht mehr so groß. Obwohl ich jetzt erst richtig Anlass gehabt hätte, auf Burgl und Salvermoser wütend zu sein. Ich winkte einer Taxe und fuhr mit den Kindern über die Isar zurück in die Au.

Daheim wuschen sich die beiden, und ich ging in der Tegernseer Landstraße, ein paar Kleidungsstücke kaufen. Die Verkäuferin wunderte sich darüber, dass so früh schon einer bei ihr einkaufen wollte. Und dann noch ein Mann, der alleine Kinderkleidung besorgte. Aber ich sagte, dass meine Nichten zu Besuch wären und im Schlamm gespielt hätten und jetzt neue Kleider bräuchten. Auf dem Rückweg kaufte ich Nusshörnchen, Semmeln, Butter und Honig.

Die Mädchen fraßen das Frühstück in einer enormen Geschwindigkeit in sich hinein. Essen kann man das gar nicht mehr nennen. Danach schlief Ana auf dem Diwan ein, und Fernanda erzählte ein bisschen mehr.

»Dem Salvermoser waren wir egal. Komplett. Der hat bloß immer an der Mama rumgefummelt. Und eigentlich waren die die ganze Zeit im Schlafzimmer eingesperrt. Ich weiß schon, was die da gemacht haben. Dann sind sie weg, und wir waren alleine. Dann hat die Lehrerin zur Ana gesagt, dass sie stinkt und erst wiederkommen darf, wenn sie sich gewaschen hat. Einmal hat die Mama was zu essen gebracht und einmal der Salvermoser und dann sie Geld. Ich habe Brot gekauft. Immer nur Brot. Weil es so wenig kostet. Und Wasser habe ich vom Brunnen am Eck geholt. Aber ich konnte nicht so viel tragen, dass es zum Waschen gereicht hätte. Es war so kalt in der Wohnung. Wir haben im Ofen die Stühle verbrannt. Den Tisch haben wir nicht kleingekriegt. Ich bin einmal los, um dich zu suchen. Wir kennen ja sonst niemanden in München. Aber ich wusste die

Straße nicht mehr und hatte Angst, nicht mehr zum Salvermoser zurückzufinden.«

Fernanda war genauso müde wie ihre kleine Schwester und schlief fast schon im Sitzen ein. Ich schickte auch sie ins Bett. Dann saß ich alleine in der Küche, und meine Situation war schon wieder völlig neu. Ich hatte plötzlich so etwas wie Verantwortung bekommen. Ich musste mich um die Kinder kümmern und durfte jetzt nicht mehr nur um meinetwillen nicht verhaftet werden. Ich konnte die Kinder doch nicht mit Burgl und dem Salvermoser alleine lassen. Zumindest nicht, bis sie sich wieder gefangen hatte.

Wie sehr hätte ich in diesem Moment Therese gebrauchen können. Sowohl ihren Ratschlag als auch ihre liebevolle Art, mit anderen Menschen umzugehen. Sie hätte den Kindern sicher noch mehr ein neues Zuhause bieten können als ich alleine. Oder noch besser: Zu zweit wären wir ideal für die beiden Mädchen gewesen. Mir fiel wieder ein, dass sie ja schwanger gewesen war, und ich merkte, wie real Therese für mich immer noch war. Der Gedanke an Therese und das Gefühl der Leere ohne sie erschütterte mich, und ich weinte ein bisschen still vor mich hin.

Ich weinte immer noch, als Fernanda nach einer Stunde wieder in die Küche kam. Ich glaube, sie ahnte, warum ich niedergeschlagen war.

»Heulst du wegen deiner toten Freundin? Die Mama hat gesagt, dass du sie umgebracht hast.«

Ich nickte, und weil mir bewusst wurde, dass man das auch als Bestätigung für den Mord ansehen konnte, schüttelte ich gleich darauf den Kopf.

»Also hast du sie jetzt umgebracht oder nicht?«

»Ich habe niemanden umgebracht. Niemand Echten, jedenfalls.«

»Versteh ich nicht. Hast du jemand Falschen umgebracht? Wie soll so was gehen?«

»Die Tote aus der Isar ist nicht meine Freundin. Weil meine Freundin nur erfunden war, verstehst du?«

Fernanda sah mich nachdenklich an und sagte dann langsam: »Ich glaube schon. Ana hat, seit wir auf dem Schiff waren, auch eine ausgedachte Freundin. Sie verrät den Namen nicht und spricht in einer Geheimsprache mit ihr. Bodensprache nennt sie das. Wenn ich ihr sage, dass da ja niemand ist, lacht sie mich aus.«

Ich weiß gar nicht mehr, ob Fernanda zwölf oder sogar schon dreizehn war, aber sie verstand vollkommen, was mit mir los war. Und sie verurteilte mich nicht.

»War das mit deiner Freundin so ähnlich?«

»So ungefähr.«

»Und wer ist die Tote?«

»Keine Ahnung. Jedenfalls nicht Therese.«

Und dann erzählte ich zum ersten Mal die komplette Geschichte. Zuerst nur Fernanda, dann, als sie aufgewacht war auch Ana. Keine der beiden stellte Fragen oder zweifelte irgendetwas an. Zum Schluss verriet mir Ana sogar den Namen ihrer ausgedachten Freundin. Ich behalte ihn aber für mich. Ich habe es ihr versprochen.

67

Die ersten beiden Aprilwochen vergingen, ohne dass irgendwer nach den beiden Mädchen fragte. Ich ging einmal am 5. April an Salvermosers Haus vorbei, klingelte an der Türe, aber niemand öffnete. Ich fragte bei der Hausmeisterin nach, ob jemand die Mädchen vermisse, aber sie wusste nichts. Ich sagte ihr, dass sie in Sicherheit seien. Sie zuckte mit den Schultern.

Erst am 16. April, einem Sonntag, geschah wieder etwas. Ich hatte mich entschlossen, Burgl zu suchen, mit ihr zu sprechen und ihr alles zu erklären und dann als Trumpf die Mädchen sozusagen als Geiseln zu nehmen, um Burgl zu zwingen, ihre Aussage bei der Polizei zurückzunehmen. Und dann hätte man sich ausdenken können, bei wem die Mädchen besser aufgehoben wären. Bei ihr oder bei mir. Ich hätte sie gerne bei mir behalten, obwohl es nicht meine Töchter waren. Ja, ich weiß, es ist besonders unmenschlich und böse, jemanden auf dem Rücken von jemand anderem zu erpressen. Aber mir schien es der einzige Ausweg zu sein.

Es war sonnig und warm, und ich ließ die Mädchen zur Praterinsel gehen. Dort fand ein Jugendfest des BDM statt, und ich dachte, dass das vielleicht die Möglichkeit sein könnte, die beiden wieder ins Schulleben und den BDM einzugliedern. Ich lief über die Isar in die Dreimühlenstraße und suchte Burgl. Nachdem ich einmal mehr vergeblich geklingelt hatte, begann ich Leute auf der Straße anzusprechen. Es war Sonntag, und es waren hauptsächlich Spaziergänger unterwegs. Keiner kannte den Salvermoser. Erst ein Mann in SA-Uniform kannte ihn. Der Kamerad sei bestimmt im Arndthof, da seien die Kameraden der ersten Stunde immer. »Nicht die Schleimer, die erst jetzt dazugekommen sind. Die gehen in den Bürgerbräukeller. Hitlertouristen.«

Der Arndthof war ein Arbeiterwirtshaus, das immer geöffnet hatte. Trotz Sperrstunde. Es war verraucht und fettig. Ich sah die ganze Blase gleich beim Hineingehen. Hinten an der Wand war ein langer Tisch, an dem nur Braunhemden und ein paar dazugehörige Frauen saßen. Nicht alle saßen aufrecht, einige schliefen, die Arme wie Kissen unter dem Kinn, auf der Tischplatte. Burgl saß einem der SAler auf dem Schoß. Ich weiß gar nicht, ob es überhaupt der Salvermoser war. Ein wenig verließ mich der Mut, als ich die ganzen Braunhemden da sitzen sah und sie mittendrin.

Ich glaube nicht, dass ich mich von selber getraut hätte, etwas zu sagen, aber Burgl bemerkte mich auch so. »Das ist der Mörder!«, rief sie. »Der die Tote aus Moosburg auf dem Gewissen hat!« Sie zeigte mit dem Finger auf mich. Die SAler wurden wach, zumindest die meisten und schauten zu mir. Ein paar standen auf und blickten empört zu mir herüber. Ich wollte schon losrennen, als mir einfiel, weshalb ich hier war. Mir kam meine Waffe in dem Moment so mächtig vor, dass ich sie den SAlern einfach entgegenschleuderte: »Und ich habe deine Kinder!«

Schon wieder so ein dummer Fehler. Wieder hatte ich es nur schlimmer gemacht. Jetzt war ich nicht nur mehr der Frauenmörder, sondern auch noch ein Kinderschänder. Und bekanntermaßen mögen die SAler nur eines noch weniger als die Juden: Menschen, die Hunde schlecht behandeln. Aber nach den Juden kommen dann sofort die Kinderschänder.

»Wenn du deine Kinder wiedersehen willst, musst du alleine mit mir sprechen!«

»Hast du die Mädchen bei dir daheim?«, fragte Burgl. Man hörte ihrer Stimme an, dass sie seit sehr vielen Tagen geraucht, getrunken und SA-Lieder gesungen hatte. Trotzdem kombinierte sie schnell.

»Ich bin doch nicht dumm. Sie sind woanders.«

»Geh nicht alleine mit ihm mit«, sagte der SAler, bei dem sie auf dem Schoß saß.

»Was willst du, Carl?«

»Nur reden. Dann kannst du deine Kinder weiter verwahrlosen oder sie gleich von der Fürsorge abholen lassen.«

»Die kommen schon alleine zurecht. Das geht dich einen Scheißdreck an.«

»Was ist jetzt? Kommst du zum Reden?«

»Nur vor die Türe«, sagte sie zu mir. Und dann zum SAler: »Wenn ich in fünf Minuten nicht wieder da bin …«

»… bestellen wir dir ein neues Bier, oder?«, krakelte ein SAler, der ihr gegenübersaß. Alle lachten. Auch Burgl. Dann stand sie auf und ging mit mir vor die Türe.

Ich ließ sie gar nicht erst zu Wort kommen und fing gleich mit meiner Erpressung an: »Also, die Mädchen sind in Sicherheit, haben genug gegessen und sind sauber angezogen. Alles, was sie bei dir nicht waren. Und ich will nur eines von dir: Ich will, dass du zur Polizei gehst und deine Aussage zurückziehst. Dass du gestehst, dass Therese nur erfunden war und dass du das schon die ganze Zeit gewusst hast, aber verliebt in mich warst …« Verächtliches Naserümpfen. »… ich aber nicht und dass du dich an mir rächen wolltest für den üblen Streich, den ich dir mit Therese gespielt habe. Verstehen wir uns?«

»Scheißmörder! Ich mach gar nichts. Außerdem glaubt dir das sowieso keiner mehr. Hast du das Foto in der Zeitung etwa nicht gesehen? Das ist Therese. Wer soll es denn sonst sein? So einen Zufall kann es gar nicht geben.«

»Noch hat mich niemand abgeholt. Weil es Therese nicht gibt. Weil noch keiner auch nur einen Hinweis darauf gefunden hat, dass irgendwo eine Therese Aumiller gemeldet gewesen ist.

Und solange es keinen Beweis gibt, dass die Tote überhaupt wer ist, können die mir nichts. Aber ich will, dass ich reingewaschen werde und für immer meine Ruhe habe. Also musst du zur Polizei und mich entlasten. Sonst wars das mit den Mädchen.«

Burgl musste sich sehr konzentrieren, um trotz Suff nachdenken zu können.

»Wir brauchen keine Polizei mehr. Weil die SA jetzt die Polizei ist. Und die machen eh kurzen Prozess mit dir. Da gibt es nichts mehr mit Beweisaufnahme. Die hängen dich auf, bevor du überhaupt was sagen kannst.«

Das konnte nicht sein. Immerhin gab es ja noch die Polizei. Der Staat konnte es sich doch nicht bieten lassen, dass eine Parteimiliz die Macht übernahm.

Dann ging die Wirtshaustüre auf, und einer der SAler kam heraus. »Die fünf Minuten sind um.«

68

Die SAler brachten mich nach Hause. Sie waren weniger brutal, als von Burgl angekündigt vermutet. Sie schlugen mich nur ein bisschen und verwüsteten die Wohnung kaum. Und aufknüpfen wollte mich auch keiner. Ana weinte und schrie, als Burgl sie mitnahm. Fernanda blieb still, aber ich sah ihr die Verzweiflung an. Zum Schluss trat mir noch einer der SAler in den Bauch, und ich lag schmerzverkrümmt auf dem Boden, als der Trupp aufbrach. Als die Mädchen und Burgl schon auf der Straße waren, kam noch mal einer zurück und sagte: »Glaub bloß nicht, dass das schon alles war. Wir kommen wieder, und dann gehts dir richtig an den Kragen, Mörder! Du glaubst doch nicht im Ernst, dass wir das der Polizei überlassen?«

Das war dann der Moment, in dem ich mich entschloss, selber die Polizei zu benachrichtigen. Ich meine, lieber von denen abgeführt, als von den SAlern abgemurkst. Auch wenn es im Endeffekt dasselbe bedeutet.

69

Jetzt ist es 6 Uhr 30 am 17. April 1933. Ich koche mir noch einen Kaffee und werde ihn langsam trinken. Dann werde ich die Polizei anrufen und abwarten, wie die nächsten Wochen und Monate ablaufen werden. Wie schon geschrieben: Ich werde Therese nicht mehr verleugnen. Ich werden zugeben, dass sie wirklich existiert hat. Und wenn ich mich zurückerinnere, hat sie das ja auch. Sie war realer, als das meiste in meinem Leben gewesen ist. Aber mehr als das Geständnis, dass Therese keine reine Fiktion war, werde ich nicht sagen. Das bin ich ihr dann doch schuldig. Vielleicht schaffe ich es ja, mich aus der Wirklichkeit zu verabschieden und so wieder mit Therese zusammenzukommen. Nur diesmal erwarte ich nicht von ihr, in meine Welt zu kommen, diesmal gehe ich zu ihr. Mal schauen, ob das hinhaut.

Carl Dürrnheimer

Sechster Teil

70

Jetzt liest man so etwas und fragt sich, was daran wahr ist und was erfunden. Erst habe ich mich von der Geschichte Dürrnheimers einlullen lassen und war mir sicher, dass er die Wahrheit schreibt. Ich meine, wer erfindet sowas. Die ganze Zeppelingeschichte und das Fotoretuschegetue. Dann aber dachte ich, dass es schon sehr viele Zufälle sind, auf die er sich da beruft. Und dann hatte ich den Gedanken, dass vielleicht andersherum ein Stiefel daraus wird. Dass die Tote aus der Isar tatsächlich Therese Aumiller ist und dass die Zeppelinbriefstory nur erfunden ist, damit sich der Mörder Dürrnheimer quasi reinwaschen kann. Ob vor der Polizei oder der Nachwelt ist ja letztendlich egal.

Irgendwie hat mich Dürrnheimers Zettelhaufen all die Jahre nie ganz losgelassen, und ich wollte immer ein bisschen herausfinden, was da hinter dem Schrieb steckt. Also habe ich mich in den letzten Monaten dahintergeklemmt, gegoogelt, bin in Bibliotheken und Archive gegangen, habe E-Mails geschrieben, mit Leuten telefoniert und sogar echte Briefe auf Papier verschickt.

Als Erstes wollte ich herausfinden, ob die Zeppelin Abfahrts- und Ankunftszeiten, die Dürrnheimer beschreibt, stimmen. Das wäre das einfachste Mittel, um zu beweisen, dass seine Geschichte nicht stimmt. Wenn die Fahrttage falsch sind, hat er gelogen. Wenn sie stimmen, hat er die Wahrheit gesagt oder sehr gut gelogen. Also bin ich ins Archiv des Zeppelinmuseums nach Friedrichshafen. Vielleicht liegt es ja daran, dass ich nicht gut recherchieren kann, aber ich fand keinen Fahrplan für die Graf Zeppelin. Für die Hindenburg, die LZ 129, einige Jahre später, ja. Aber nicht für die LZ 127. Wahrscheinlich weil das Lakehurst-Unglück einfach interessanter war als die recht problemlosen Fahrten der Graf Zeppelin. Ich habe mich schließlich an einen Satz aus Dürrnheimers Aufzeichnungen erinnert. Burgl schrieb, dass viele

Philatelisten die Briefe aus den Zeppelinen sammelten. Also bin ich auf ein Philatelistenforum im Internet, habe einen kleinen Beitrag geschrieben und innerhalb der nächsten halben Stunde hatte ich den Scan einer Seite aus einem Sammlerkatalog, auf der die exakten Abfahrtszeiten in Friedrichshafen und Recife standen. Dürrnheimer hat genau diese Tage und sogar die Tageszeiten, an denen die Briefe dann aus Friedrichshafen in München ausgeliefert wurden, in seinem Kompendium korrekt beschrieben.

Als Nächstes habe ich mich auf die Zeitungsartikel, die er fein säuberlich abgeschrieben hat, gestürzt. Weder von der Münchner Zeitung noch den Münchner Neuesten Nachrichten gibt es ein Online-Archiv. Aber in den realen Archiven der Nachfolgeblätter und in der Stabi habe ich die erwähnten Ausgaben gefunden. Jedes Wort stimmt mit Dürrnheimers Aufzeichnungen überein.

Aber das ist natürlich immer noch kein Beweis für die Richtigkeit seiner Geschichte.

Ich versuchte mich an Traub, Ruth und Burgl und ihren Töchtern. Im Internet fand ich eine Seite, auf der alle Münchner Adressbücher von 1870 bis 1992 digitalisiert zu finden waren. Da waren sowohl die Schmaderers als auch Isaak Traub. Erstere in der Lilienstraße gemeldet bis 1920, Letzterer wird bis 1932 als Fotoatelier in der Zenettistraße geführt. Burgl taucht dann ab 1934 als B. Salvermoser in der Dreimühlenstraße wieder auf, und ab 1945 steht sie als B. Salvermoser, Kr. Wtw. (Kriegswitwe?) im Adressbuch. Ab 1951 konnte ich sie weder unter der Adresse noch unter Salvermoser oder Schmaderer irgendwo finden. Vielleicht hat sie ja noch einmal geheiratet. Ruth war nirgends zu finden. Aber das wunderte mich nicht. Sie als Studentin war bestimmt nicht offiziell irgendwo gemeldet.

Ich googelte Traub und Buenos Aires. Die Suchergebnisse zeigten nur irgendwelche Artikel über deutsche Kulturereignisse aus den letzten Jahren in Buenos Aires, aber nichts, was erkennbar mit Isaak zu tun hatte. Dann gab es einen Schriftsteller namens Ricardo Schopflocher, der irgendwie mit irgendwelchen Traubs in Buenos Aires zusammenhing. Aber der Wikipedia-Eintrag war auf Spanisch und die automatische Übersetzung war fast genauso unverständlich wie das Original. Nur dass er 1923 in Ansbach geboren worden war und 2016 in Buenos Aires gestorben ist, verstand ich. Und dass er ein gemeinsames Buch mit einem oder einer M. Traub herausgegeben hat.

In den Páginas Blancas, dem argentinischen Telefonbuch, fand ich neun Traubs. Von Abraham bis Valeria Elvira. Mittendrin eine Monica Traub. Vielleicht M. Traub? Belgrano 647, Quilmes - Buenos Aires. Und eine Telefonnummer. Natürlich traute ich mich nicht, dort einfach anzurufen. Ich spreche ja kein Spanisch. Aber meine Schwägerin. Sie half mir, einen Brief zu schreiben: Liebe Frau Traub, mein Name ist ... Ich bin auf der Suche nach ... ich weiß nicht, ob Sie die richtige Ansprechpartnerin sind ... Meine E-Mail-Adresse ist ...

Ich bekam nach zwei Wochen sogar eine Antwort. Sie sei nur die Witwe von einem Traub und heiße mit Mädchennamen Osterreicher. Ihr Mann sei schon vor fünfzehn Jahren bei einem Autounfall ums Leben gekommen. Er sei der Sohn einer Sarah Lipgott gewesen, die aber nach einer schlimmen Scheidung wieder ihren Mädchennamen Traub angenommen habe. Wie deren Vater mit Vornamen geheißen habe und ob er aus München stamme, wisse sie nicht. Ihr Mann habe da nicht so viel erzählt. Auch habe sie keinen Kontakt mehr zu ihrer angeheirateten Familie. Sie wisse nur, dass es noch eine Schwester ihres Mannes gebe. Aber ob die noch lebe und ob in Buenos Aires, wisse sie nicht. Der Name der Schwester sei jedenfalls Sofia Schopflocher. Vielleicht war das ja schon eine Spur, Ricardo Schopflochers Name und der irgendeines Traubs waren zusammen in diesem Wikipedia-Artikel aufgetaucht.

Die Páginas Blancas spuckten drei Schopflochers in Buenos Aires aus: Ariel, Manuel und Nicolas. Ariel klang am jüdischsten, also googelte ich seinen Namen zuerst. Er arbeitete für einen deutschen Drahthersteller und war einer der Ansprechpartner für Argentinien. Mit E-Mail-Adresse. Ich schreib ihm auf Deutsch. Er antwortete sofort. Ja, er sei der Urenkel von Isaak Traub aus München. Seine Mutter habe mit Mädchennamen Traub geheißen und Ricardo Schopflocher geheiratet. Ich schrieb zurück, bedankte mich und schrieb ihm ein paar Fragen zu seiner Familiengeschichte. Ich begründete es mit ›Traubs‹, die ich in meinem Stammbaum gefunden hätte und jetzt auf der Suche nach Hilfe bei Forschungen zur Familie Traub wäre. Er antwortete viel zu ausführlich.

»Von: AS@DRAHTLUEDENSCHEID.AR
An: SCHERZERFLORI@GMAIL.COM
Betreff: Aw: Aw: Bitte um Hilfe bei der Suche nach der Familiengeschichte Schopflocher/Traub

Lieber Herr Scherzer,
vielen Dank für Ihre ausführliche Nachricht. Sie erreicht mich bei strahlendem Sonnenschein und bestem Wohlbefinden.«

Man kann sich vorstellen, wie das Anfangsgeplänkel weitergeht. Schopflocher ist sehr geschwätzig. Ich springe zum Wesentlichen:

»Ich weiß natürlich auch nicht alles, und einiges sind natürlich nur Geschichten, von denen ich nicht weiß, ob sie stimmen oder nur erzählt wurden. Außerdem waren wir immer mehr Schopflochers als Traubs. Die Familie meines Vaters war immer präsenter als die der Mutter. Immerhin war er Schriftsteller. Kennen Sie ihn vielleicht sogar? Er hat deutlich mehr auf Deutsch veröffentlicht als auf Spanisch. Bis 2015. ›Der Peru Komplex‹ heißt sein letztes Werk. Ein psychologischer Roman. Sehr interessant, sollten Sie mal lesen.

Aber meine Großmutter Sarah war sehr gesprächig und hat gerade in ihren letzten Lebensjahren viel erzählt. Also, ein bisschen was weiß ich schon.

Sarah Traub ist Jahrgang 1907 und 1925 nach Buenos Aires gekommen. Ihre große Schwester Johanna hat immer schon vom Auswandern geträumt, und als sich die Gelegenheit bot, eine Arbeit in Buenos Aires anzunehmen, ist sie dorthin und meine Oma einfach mit. Sie war gerade achtzehn. Ihre große Schwester zwanzig. Johanna arbeitete als

Haushaltshilfe für eine reiche deutsch-jüdische Familie in Buenos Aires. Es war wohl gut bezahlt, aber nicht das, was sich meine Großtante vom Leben erhoffte. Sie kündigte schnell wieder und hangelte sich dann weiter von Arbeit zu Arbeit. Eigentlich wollte sie Kunst oder Malerei oder so etwas studieren. Aber dafür hatte sie nicht genug Geld. Ich glaube, dass meine Großtante nie wirklich in Argentinien ankam. Zwar hatte sie immer eine Arbeit und schnell auch einen Verlobten, aber sie blieb fast ausschließlich in deutschsprachigen Kreisen und schaffte es nicht, sich zu integrieren. Meine Großmutter war da ganz anders. Zwar blieb auch sie in den deutsch-jüdischen Kreisen, aber sie sprach schnell perfekt Spanisch, und niemand wäre auf die Idee gekommen, sie für eine Deutsche zu halten. Außer anderen Deutschen natürlich.

Dem Vater Isaak ist es in München bald nicht mehr sehr gut gegangen. Die Wirtschaftskrise, hieß es. Meine Mutter und ihre Schwester wollten den Vater immer nach Buenos Aires nachholen. Aber das Geld für eine Überfahrt bekamen sie nicht zusammen. 1931 oder '32 konnte Isaak seinen Laden verkaufen und hatte das Geld für die Reise. In Argentinien ist er wohl überraschend gut zurechtgekommen. Er hat sehr schnell sehr gut Spanisch gelernt und hatte, außer meinem Vater, einen rein argentinischen Freundeskreis. Bei irgendeinem Fußballspiel Argentinien gegen Deutschland wurde er in den Achtzigerjahren vom Fernsehen interviewt, für wen er denn wäre und ob da zwei Herzen in seiner Brust schlügen. Er war ganz entsetzt und sagte, dass er Argentinier sei und es ihm nie in den Sinn käme für die Deutschen zu jubeln. Keine Ahnung, wann das genau war und wer damals gewonnen hat. Ich habe ihn angeblich sogar noch kennengelernt. Mit drei Jahren saß ich an seinem neunundneunzigsten Geburtstag auf seinem Schoß. Ich schicke Ihnen ein Foto als Anhang.«

Ein typischer Schnappschuss der Siebzigerjahre. Ein dreijähriger, blonder Junge auf den Knien eines sehr tattrigen alten Mannes.

»Im selben Jahr ist er gestorben.

Meine Großmutter ist '37 ungewollt schwanger geworden und hat den Kindsvater Natan Lipgott geheiratet. Es gab zwei Kinder: Monica, geboren 1937, und Sofia, geboren 1939. Letztere ist meine Mutter. Die Ehe der Oma zerbrach, und sie nahm wieder den Namen Traub an. Sie heiratete nicht mehr, zog 1964 nach München und lebte dort mit einem Mann zusammen, bis beide 1999 starben. Meine Mutter heiratete 1966, und ich kam 1967 auf die Welt.

Für Sie interessant könnte aber noch folgende Geschichte sein: Warum meine Großmutter nach München zurückzog, hatte einen bestimmten Grund. Sie suchte ihre Schwester, meine Großtante Johanna.

Johanna ist, wie schon erwähnt, obwohl sie die treibende Kraft hinter der Auswanderung war, in Argentinien nie so richtig heimisch geworden. Es klappte nicht mit ihrem Beruf, es klappte nicht mit den Männern. Dann war wohl auch das Verhältnis zum Vater nicht ganz einfach. Jedenfalls war da wohl immer eine große Sehnsucht, nach München zurückzukehren. Ganz anders übrigens als bei meiner Großmutter. Sie blieb auch in Deutschland Argentinierin. Es ist dann zu einem großen Streit zwischen meinem Urgroßvater, meiner Großmutter und Johanna gekommen. Das Ergebnis war, dass Johanna unter vielen Flüchen und mit theatralischem Geschrei die Familie verließ und nach Flores (das ist in manchen Ecken so etwas wie das Rotlichtviertel in Buenos Aires) gezogen ist. Meine Großmutter hat dann später herausgefunden, dass sie dort unter einem anderen Namen als ›Künstlerin‹ gearbeitet hat. Meine Mutter hat, wenn sie darüber sprach, immer diese Anführungszeichen mit den Fingern gemacht. Ich denke, dass sie meinte, ihre Tante habe als Prostituierte oder erotische Tänzerin oder so etwas gearbeitet.

Im Jahr 1928 oder '29 gab es ein letztes Lebenszeichen meiner Großtante. Ein Telegramm aus München. Was dann passiert ist, weiß niemand. Ich denke, dass man das auch kaum noch herausfinden kann. Johanna war Jüdin und die Nazis kamen an die Macht. Da sind die Chancen, dass etwas Schreckliches passiert ist, sehr groß.«

71

Das waren sehr viele, sehr verwirrende Informationen, die da nach und nach auftauchten. Es gab also die Traubs wirklich. Die Eckdaten stimmten. Vieles, das für Dürrnheimers Geschichte sprach. Aber eines machte mich doch nachdenklich. Johanna. Hatte sie für Traub Modell gestanden? Das wäre doch nahe liegend, dass sie das Bubikopfmädchen auf Traubs Fotos war. Und wenn sie tatsächlich nach München zurückgegangen sein sollte und dort verschwand, warum sollte sie denn dann nicht die Tote aus Moosburg gewesen sein? Dann hätte vielleicht Dürrnheimer den Laden Traubs gekauft (nur mal so vor mich hin gesponnen), Johanna auf den Fotos entdeckt, sie attraktiv gefunden und sie dann einige Zeit später in echt, wie im Brief an Burgl beschrieben, kennengelernt. Sie hätte sich vielleicht Therese Aumiller genannt, um mit Argentinien und ihrem Vater abzuschließen. Und als Burgl ankündigte, zurück nach München zu kommen, hätte Dürrnheimer sie umgebracht. Weil Therese ja in Wirklichkeit Johanna Traub hieß, wäre die Leiche für die Polizei unidentifizierbar geblieben. Jetzt erschien mir die Geschichte Dürrnheimers gar nicht mehr so plausibel wie noch vor ein paar Wochen.

Ich schrieb Schopflocher und fragte ihn nach weiteren Details zu Johanna. Ob er wisse, wie sie sich im Rotlichtmilieu genannt habe. Ob es ein Foto von ihr gebe. Ob er wisse, ob sie gemalt habe und wenn ja, wie. Er schrieb zurück, dass er sich durch die Alben der Familie stöbern würde und mir bald mehr schicken könne.

Inzwischen wollte ich mich auf die Suche nach der Polizeiakte machen. Vielleicht gab es da ja noch etwas, das mich weiterbrachte. Ich rief zuerst bei der Kriminalpolizei in München an und wurde an deren Pressestelle verwiesen. Dort sagte man mir, dass Polizeiakten normalerweise nach dreißig Jahren vernichtet würden. Das Landgericht hingegen würde seine Akten ewig aufheben. Als ich dort anrief, teilte man mir mit, dass ich mich doch am besten an das Bayerische Hauptstaatsarchiv wenden solle. So alte Akten seien eher nicht bei ihnen. Aber wenn ich dort nicht fündig würde, solle ich mich wieder ans Gericht wenden. Dann würde man sehen.

Also rief ich im Bayerischen Hauptstaatsarchiv an. Ich wurde mit Begriffen bombardiert: Findmittel, Repertorien, Schutzfristen, Kopierverbot. Nach ein paar weiteren Telefonaten und Lügengeschichten meinerseits saß ich ein paar Tage später im Archiv und blätterte in Findbüchern. Aktenzeichen, Namen, Daten. Und tatsächlich fand ich die staatsanwaltlichen Akten zum Fall Dürrnheimer. Weil seine Geburt schon über 90 Jahre zurücklag und sein Tod über 10, war es auch gar kein Problem, die Akte einzusehen. Leider durfte ich sie nicht kopieren oder Fotos davon machen. Aber ich habe mir Stichpunkte aufgeschrieben und mir eine Geschichte daraus zusammenkonstruiert.

Die Akte war sehr dick und bestand aus mehreren maschinengeschriebenen Protokollen und Berichten. Unter anderem von den Besuchen der Polizisten bei Dürrnheimer. Sie deckten sich mit dem, was er aufgeschrieben hatte. Es gab auch eine Abschrift des Berichts der Polizei aus Freising vom Fund der Leiche und Aufnahmen der Toten. Sowohl vom Fundort als auch von der Bahre des Pathologen. Eine junge hübsche, ein wenig unspektakuläre Frau. Nicht dick, nicht dünn. Ihre Haare waren offen, aber auf dem Tatortbild konnte man erkennen, dass sie ursprünglich hochgesteckt gewesen waren. Auch die Bilder der Kleidung entsprachen den Beschreibungen in den Zeitungsartikeln. In einem großen Briefumschlag lagen die Notizbüchlein der Polizisten. Für mich unlesbar, weil sie in Sütterlin geschrieben waren.

Am interessantesten aber war der zweite Briefumschlag. Was darin war, hätte ich gerne hier beigefügt, darf ich aber nicht. Kopierverbot. Es waren die Briefe Carls an Burgl und die Fotos, die er in seinem Bericht beschreibt. Therese und Carl im Englischen Garten, Therese am Gardasee, Therese beim Tanzen im Zimmer und viele mehr. Manche waren doppelt. Wahrscheinlich handelte es sich um die Kopien, die

Dürrnheimer selbst behalten hatte und die die Polizei später beschlagnahmt hatte.

Ich meine, ich bin ja irgendwie vom Fach, was Fotos und Retusche betrifft. Und ja, die Bilder waren allesamt ein wenig unscharf. Was man nur durch die Lupe erkennen konnte. Aber Anzeichen, dass die Bilder montiert waren, sah ich nicht. Vielleicht, mit etwas bösem Willen, gab es an ein paar Stellen besonders homogene Flächen, die von einem Pinsel stammen konnten. Aber ob die wirklich vom Retuschieren stammten …

Wieder gab es weder einen Beweis für noch gegen Dürrnheimers Geschichte. ›Therese‹ sah der Toten sehr ähnlich. Aber ob es wirklich ein und dieselbe Person war, traue ich mich nicht sicher zu sagen. Die Aufzeichnungen der Polizisten bestätigten sowohl Dürrnheimers als auch Burgls Version.

Das letzte Beweisstück aus den Akten war ein grafologisches Gutachten, das den Abschiedsbrief Thereses mit den Zeilen, die zuvor schon in den Briefen nach Brasilien gestanden hatten, verglich. »Keine Übereinstimmung.« Auch das ließ keine Schlüsse auf Schuld oder Unschuld Dürrnheimers zu.

Dann lag das Projekt »Die Wahrheit über Carl Dürrnheimer« fast ein Jahr brach. Die Tochter kam auf das Gymnasium, die Frau wechselte den Job und ich hatte immer sehr viel anderes zu tun.

72

Im Sommer des Jahres darauf fuhr ich ein paar Tage alleine an den Staffelsee. Das Kind war im Schullandheim, und die Frau musste arbeiten. Ich zeltete auf dem Campingplatz auf einer der Inseln und fuhr jeden Tag mit einem Paddelboot auf dem See herum.

Abends saß ich im kleinen Wirtshaus auf dem Hügel in der Mitte der Insel und aß Gyros und trank Helles dazu. Als ich am Tresen zahlen wollte, sah ich, dass man dort auch lokalen Honig kaufen konnte. Meine Tochter liebt Pfannkuchen mit griechischem Joghurt und Honig. Also kaufte ich ihr ein Glas als Mitbringsel.

Wieder zu Hause, als ich ihr das Glas überreichte, sah ich zum ersten Mal, was auf dem Etikett stand. Eine linolschnittartige Biene und darunter handschriftlich: Wiesenhonig vom Staffelsee. Robert Schmaderer, Uffing. Ganz unten dann eine Festnetznummer aus Murnau.

Natürlich rief ich dort an. Der Name Schmaderer weckte meine Neugierde, die eine ganze Weile geschlafen hatte. Ein von der Stimme her vierzigjähriger Mann meldete sich, und ich erzählte kurz von meinem Anliegen. Der Schmaderer am Telefon hatte nichts mit Burgl, ihren Vorfahren oder ihren Nachkommen zu tun. Aber er habe einmal ein Foto eines Ladens in München bekommen, auf dem ›Schlosserei Schmaderer‹ stand. Seine Tochter hatte es ihm aufs Handy geschickt, weil sie es so lustig fand, dass es noch einen anderen Schmaderer gab. Ich googelte, fand aber keinen Schlosser namens Schmaderer in München. Auch im Telefonbuch gab es keinen. Ich ließ mir vom Uffinger Schmaderer das Bild schicken. Auf den ersten Blick erkannte ich nicht, wo das Foto aufgenommen worden war. Ein Altbau, nicht zu protzig. Solche Häuser gab es überall in Münchens Innenstadt. Aber beim Ranzoomen konnte ich das Schild mit der Hausnummer und der Straße darauf erkennen. Ligsalzstraße 28. Dort schaute ich mir das Klingelschild an und tatsächlich wohnte ein R. Schmaderer im Haus. Ich wollte ihn nicht überrumpeln und hinterließ einen Zettel mit einer Andeutung meiner Frage und der Bitte, angerufen zu werden.

Am selben Tag rief er zurück. Ein älterer Herr, schüchtern und schon ein bisschen zittrig in der Stimme. Aber auskunftsfreudig. Franz Schmaderer, der lange pensionierte Schlosser, war tatsächlich der Sohn von Walburga. Wir trafen uns in einer Bäckereikette mit Café am Georg-Freundorfer-Platz.

Schmaderer war ungefähr achtzig. Aber, anders als seine Stimme vermuten ließ, noch ganz gut in Schuss. Bundhose und kariertes Hemd. Ein Herrenfilzhut, wie man ihn in München nur noch ganz selten zu sehen bekam. Er sprach Bayerisch, trank grünen Tee und war weniger schüchtern als am Telefon. Wir redeten erst über das Wetter und als wir etwas lockerer waren, erzählte er seine Familiengeschichte.

Schmaderer: »Meine Mutter war Walburga Schmaderer. Burgl haben die Leute zu ihr gesagt. Ich war ein Nachzügler. 1941 geboren. Meine Mutter hat mich mit neununddreißig bekommen. Das war sehr alt für die damaligen Verhältnisse. Und dann war sie auch noch unverheiratet. Mein Vater ist im Krieg gefallen, hat sie erzählt.

Ich habe drei ältere Halbgeschwister. Aber ich kannte nur die zwei Schwestern. Der Bruder war in Brasilien. Von denen lebt keiner mehr. Ich hatte auch nie groß Kontakt mit denen. Die beiden Schwestern habe ich nur ein einziges Mal getroffen. Zur Beerdigung der Mutter 1980.«

Ich: »Hat Ihre Mutter jemals von einem Brieffreund erzählt?«

Schmaderer: »Ja. Meine Mutter hatte, solange ich zurückdenken kann, Probleme mit dem Alkohol.« Schmaderer machte eine verschwörerische Trinkergeste, indem er mit der Hand eine Flasche am Mund nachahmte. »Wenn sie angetrunken war, wurde sie immer sehr nostalgisch. Dann sprach sie immer von vor dem Krieg. Davon, wie gut die Zeit war, als der Hitler an die Macht kam und wie schlecht es dann war, als ihr Mann gefallen war. Noch schlimmer muss die Entnazifizierung für sie gewesen sein. Sie war in jeder nur erdenklichen Parteiorganisation. Gruppenleiterin beim BDM, NS-Frauenschaft, Reichmütterdienst und so weiter. Aber sie war dann auch sehr weinerlich und fühlte sich immer ungerecht behandelt. Sie hat ja nichts Böses getan, und es war ja nicht alles schlecht. Das übliche halt. ›Das mit den Juden war nicht in Ordnung, aber er hat immerhin die Autobahnen gebaut.‹ Sie hat auch gesagt, dass sie ja persönlich keine Juden auf dem Gewissen hat. Da waren andere viel schlimmer. Auch welche, die keine Nazis waren.

Dann erzählte sie immer, dass sie einen echten Mörder gekannt habe. Einen, der nicht nur einen Gashahn irgendwo aufgedreht hat, sondern einen Frauenmörder. Dass der vor dem Mord ein Freund gewesen ist und dass sie sogar von Brasilien aus lange Briefe geschrieben hat. Sie hat ihn auch gemocht, damals. Dass man sich so in einem Menschen täuschen kann.«

Ich: »Gibt es denn ein Foto von dem Mann? Vielleicht haben Sie ja ein Album Ihrer Mutter oder so etwas.«

Schmaderer: »Da gibt es nichts mehr.«

Ich: »Und sonst, wissen Sie sonst noch irgendwas?«

Schmaderer: »Dass der Mörder in sie verliebt gewesen ist und wahrscheinlich wegen ihr gemordet hat. Damit hat sie immer angegeben. ›Ich war mal sehr schön. Wegen mir sind Morde begangen worden‹, hat sie immer erzählt, wenn sie deprimiert war, weil sie so alt und säuferhaft aussah.«

Ich: »Haben Sie noch irgendwelche Dokumente oder irgendwas?«

Schmaderer: »Meine Mutter und ich, das war jetzt kein gutes Verhältnis. Sie war nicht gut zu mir, und ich bin mit sechzehn weg von ihr. Als sie gestorben ist, habe ich alles meinen Halbschwestern geschickt.«

Ich: »Gibt es da vielleicht noch Nachkommen?«

Schmaderer: »Es gibt schon ein paar Nichten und Neffen. In Pfaffenhofen und Ingolstadt, glaube ich. Eine ist in Brasilien, habe ich gehört. Aber ich habe keine Telefonnummern. Eine heißt Katharina, einer heißt Thomas …«

Ich googelte die Namen, telefonierte mit Thomas. Aber über die Großmutter wusste keiner der Kinder Fernandas und Anas etwas Genaueres. Thomas, der Älteste, erinnerte sich an eine alte, zitternde Frau, die stark nach Urin gerochen habe, und an die Beerdigung erinnerte er sich nur, weil er eine ganze Schweinshaxe nur für sich alleine gehabt habe.

73

Jetzt muss ich etwas gestehen: Ich habe einen sehr großen E-Mail-Saustall. Mein Postfach ist übervoll und alte Mails kann ich nicht löschen. Also benutze ich für viele unterschiedliche Dinge viele unterschiedliche Mailadressen. GMX, Gmail, WEB.DE und so weiter. Von manchen vergaß ich einfach, dass es sie gab. So auch die scherzerflori@gmail.com. Die Adresse, an die mir Schopflocher immer geschrieben hatte. Und prompt hatte er das auch. Vor über einem Jahr. Das hatte ich vollkommen vergessen. Als ich ihm dann auf seine Mail antwortete, war die Adresse nicht mehr aktiv.

»Von: AS@DRAHTLUEDENSCHEID.AR
An: SCHERZERFLORI@GMAIL.COM
Betreff: Aw: Aw: Aw: Aw: Aw: Bitte um Hilfe bei der Suche nach der Familiengeschichte Schopflocher/Traub

Lieber Herr Scherzer,

entschuldigen Sie, dass ich mich so spät erst melde. Aber ich musste doch recht lange im Keller und auf dem Dachboden suchen.

Tatsächlich konnte ich noch ein paar Details herausfinden:

Ich schicke Ihnen im Anhang einige eingescannte Dinge, die ich gefunden habe. Zuerst ist da ein Handzettel eines Revuetheaters in Flores.«

Im Anhang der E-Mail fand ich einen rosa Zettel, auf dem die Zeichnung eines Frauenbeins im Netzstrumpf zu sehen war. Drunter stand ›Moulin Rouge‹ und einige Namen und eine erotische Charaktereigenschaft ›la Orgastique‹ oder ›la Mouche‹. Alle klangen französisch, nur einer stach mir ins Auge: ›Teresa Muller, la alemana sensible‹.

»In den Familienalben gab es nicht besonders viele Fotos meiner Großtante. Nur diese kleinen mit dem gezackten Rand. Ich habe Ihnen das Bild, wo meine Großtante am größten drauf ist, gescannt. In einem Umschlag habe ich den deutschen Pass meines Urgroßvaters entdeckt. Mit Ausreisestempel in Hamburg und Einreisestempel in Buenos Aires. Und im Pass, fast wie ein Lesezeichen, war das Foto, das ich Ihnen ebenfalls angehängt habe. Es sieht für mich aus wie eine schlechte Fälschung, was meinen Sie?«

Das eine Foto war klein und nicht besonders deutlich. Aber ich war mir sicher, dass es die Tote aus Moosburg war. Auch der Kleidungsstil ähnelte dem Kleid, das die Leiche getragen hatte.

Das zweite Bild kannte ich schon. Es war Dürrnheimer mit einer Frau im Englischen Garten. Eines der Bilder, das Traub heimlich mit nach Südamerika genommen hatte. Wenn man die drei Personen nebeneinanderhielt, also Therese, die Leiche und Johanna, dann war die Ähnlichkeit verblüffend. Johanna war wie ein Zwischenschritt in der Entwicklung von Therese zur Leiche.

Aber ein Beweis, ob Dürrnheimer ein Mörder war oder nicht, war das immer noch nicht. Vielleicht finde ich es ja noch heraus. Wahrscheinlich nicht. Ich hasse Open Ends. Aber was soll ich machen. Auch wenn Dürrnheimers Geschichte erfunden sein sollte, meine ist jedenfalls wahr.

Zu guter Letzt:

Dieses Buch ist Fiktion. Auch wenn einem vieles wahnsinnig echt vorkommt: echte historische Ereignisse, Personen, die wirklich gelebt haben, das echte Wetter an den jeweiligen Tagen (danke kachelmannwetter.de) und der tatsächliche Fahrplan der ›Graf Zeppelin‹ (danke, ihr großartigen Philatelisten). Sogar bei den Namen der Bewohner an den jeweiligen Adressen habe ich fast immer Personen gesucht, die zu dem Zeitpunkt wirklich dort gelebt haben (danke wiki-de.genealogy.net). Trotzdem habe ich natürlich unheimlich viel geschönt, verändert und in eine Richtug gebogen, die mir gerade in den Kram gepasst hat. Zum Beispiel war ich mir nie sicher, wie sehr die ›Graf Zeppelin‹ wirklich für den echten Briefverkehr genutzt worden ist. Ich habe den leisen Verdacht, dass es den Briefschreibern hauptsächlich darum ging, abgestempelte Sondermarken für ihre Sammlungen einzuheimsen. Aber was solls. Dafür ist es eben Fiktion!

Ich hoffe, es hat trotzdem Spaß gemacht, dieses Buch zu lesen. Ich jedenfalls habe es gerne geschrieben.

Florian Scherzer

Florian Scherzer

Neubayern

Florian F. Scherzer »Neubayern«,
Hirschkäfer Verlag München,
ISBN 978-3-940839-56-5

»Scherzer schildert das Bauernleben ungeschminkt, die gute alte Zeit ist hier nur eine Schimäre. Er zeichnet die gesellschaftlichen Verhältnisse grob und ungeschönt, ähnlich wie es Oskar Maria Graf und Lena Christ in ihren Bayern-Romanen taten.«
Süddeutsche Zeitung

»... ist ein beachtliches Buch entstanden, das nun die breitere Leserschaft findet, die es verdient hat. Zugleich erinnert es daran, wie viele vergleichbare Romane noch existieren mögen in den Untiefen der Programme kleiner Verlage, die ungerechterweise untergehen, während sich auf den Bestseller-Tischen der Kettenbuchhandlungen zu weiten Teilen der Schund stapelt.«
Volltext

»... sprachmächtig, bildgewaltig, bedrückend und mit viel Herzblut ...«
INmünchen

»Wenn die Heimat eine Lüge ist.«
Muh

»Dieses Romandebüt ist ein kleines Meisterwerk. Es vereint gleich mehrere Genres miteinander. Man fühlt sich zeitweise wie in einem Buch von Oskar Maria Graf. (...) Dann ist dieses Buch wiederum schauerlich und düster und unheimlich wie eine Spukgeschichte von Edgar Allan Poe.«
Wir in Bayern, BR

»Ein ›Heimatroman‹, der Begriffe wie Heimat und Tradition kritisch hinterfragt und dabei das Lesevergnügen nicht klein hält.«
Bayern im Buch